〔意〕茱莉亚·卡米尼托 著

陈波 译

湖水永远不会甜

南海出版公司

新经典文化股份有限公司
www.readinglife.com
出　品

目 录
Contents

1 家，是心之所安 / 7

2 湖底的圣诞马槽 / 29

3 没有体验过痛苦的人何来善良 / 49

4 世界是一个冰冷刺骨的泳池 / 73

5 旋律剧 / 103

6 夏天，我死去了一点 / 137

7 这个家真是一团糟 / 167

8 湖水是什么味道？ / 199

9　未成年人禁令 / 227

10　火 / 259

11　月亮在今晚坠落 / 289

12　汽油的味道 / 317

"湖"是一个神奇的词 / 345

后　记 / 351

每一个生命都起源于某个女人，我的也不例外。现在，这个顶着一头红发的女人正走进房间，准备穿上一身亚麻套装。为了今天的场合，她特地从衣柜里把这身衣服取出来。这是她从波特塞门①跳蚤市场的某个摊位上买来的，那里卖的都是打折的名牌衣服，可不是便宜的地摊货。摊位上挂着一块广告牌：各档价格，欢迎选购。

这个女人就是我的母亲，她的左手正攥着一个黑色的皮革公文包。她用卷发器和发胶给自己烫了头发，还把刘海梳得非常蓬松。她的眼睛是黄绿色的，脚上穿着细跟皮鞋，她走进去，整个房间都因她而变得渺小。

员工们坐在办公桌前，而母亲把公文包抱在胸口，在大厅的一角待了整整三个小时。每当提起这事，她总说当

---

① 建于1644年，如今是罗马著名的跳蚤市场举办地。

时自己的腿像黄油一样软，口水都是酸的。

然后她扭着腰走上前，用来掩盖午饭煮豌豆气味的香水味先她一步抵达了目的地。她说：我来找拉尼女士，我有预约。

在镜子前、在电车里、在电梯里、在大厅的角落，她把这句话重复了无数遍：我有预约。

甜美的语气、欢快的语气、果断的语气、低沉的语气，她试着让自己听上去自然一些，而现在，她对一位年轻的女士说出了这句话。后者扎着低马尾，看上去不太真诚。她观察着我的母亲，看见她微皱的亚麻套装和公文包提梁上剥落的皮革。

那位女士看了看面前的记事簿：您叫什么名字？

哥伦布·安东尼娅，母亲回答说。

那位年轻的女士仔细查看起记事簿上拉尼女士的预约信息。她的手指快速从纸上划过，寻找着"哥伦布"这个名字。可是她并未找到。

我没有找到您的名字，女士。

母亲皱起眉头。她曾想了又想，思考在这种时候，她该做出怎样的表情，她仔细研究每个时刻，想象这期间具体会发生些什么。她觉得皱眉是个不错的反应，这能让她看起来像一个忙碌的女人，一个因为他人的失职而不耐烦的女人。

我的母亲说道：听着，我一个星期前就预约过。我是律师，拉尼女士和我保证，她今天肯定会来。我们有一些文件急需递交，经不起耽搁。

母亲的表情愈发扭曲。她的确难以忍受这一切，就如同她难以忍受挤脚的皮鞋，还有电车上那些汗流浃背的高个子男人。

两人又交涉了一会儿。哥伦布·安东尼娅一再坚持，认定自己之前的说法是对的。她占着座位，一动不动。

那位年轻女士终于相信，这个红头发的女人看上去很有把握，而办公室里没有人抬头看一眼，因为她们的对话还没有上升到激烈的争论。

于是她打开一扇门，上面挂的名牌上写着"**拉尼女士**"。母亲走了进去，跨过那道通往未来的门槛。

她看见另一个女人身穿成套的短裙和西装外套，黑色的套装上点缀着绿色的波点。那个女人正等着门在母亲身后关上。

两人互相观察。那位女士先是在抽屉里摆弄什么，又立即把抽屉关上。她身后的书架上塞满了有关法律的书籍，而我的母亲知道自己永远不可能拥有那些书，因为它们不仅占地方，而且价格昂贵。

您是？拉尼女士跷着二郎腿问道。

哥伦布·安东尼娅，母亲回答道。我们不认识，我也没有预约。

办公室里一片沉寂，直到几秒后，安东尼娅接着说。

您并不认识我，但您的桌上有我的住房申请。我确定它就在那里，我的申请就在那堆文件里。我住在蒙泰罗托路六十三号，不，我不"住在"那里，因为我还没有正式的居留权。那地方只有二十平方米，是间半地下室。水电账单上不是我的名字，为了住在那里我得缴一笔罚款，还要再预付一些钱。五年了，我希望能得到安置。

拉尼女士站起身，她的身材看上去并不高挑。她摘下玳瑁色的圆形镜框眼镜，愤怒地摔到办公桌上，高喊着让我的母亲出去。

我来过你们的办公室，所有办公室，我把你们要求的文件都带来了。我嫁给了和我住在一起的男人，他收养了我的儿子，我现在怀孕了，组建了一个小家庭，我符合你们的所有要求。母亲继续说道。

拉尼女士开始拨打电话，然后扔下听筒，用报警要挟我的母亲，让她赶紧离开：您怎么敢为了进来弄虚作假。她的声音愈发响亮：您怎么敢？

于是，母亲盘腿坐在地上。亚麻套装向上缩起，露出白皙却爬满色斑的大腿。她双手举过头顶，说：我就待在这里，我这么做是为了我的家。

她就坐在那儿，手臂伸直，手掌张开。她的公文包掉在地上，里面什么也没有。母亲不是律师，也没有向任何相关人员预约。她只有一个家，一个她从老鼠、蟑螂和注射器中打理出来的家。她需要一个答案。

拉尼女士绕过办公桌，走过母亲身边时还故意用膝盖撞了她一下。拉尼女士打开门，让外面的人过来帮忙：有个疯子坐在地上，快把她带走。

于是，先前那位年轻女士、几个男人、前台和门房都跑了过来。他们看见那个端坐着的女人——也就是我的母亲——正向上举着双手，衣服已经完全卷了起来。她面无表情，时而咒骂，时而声嘶力竭地唱歌。

她相信这些人并不明白，当一个人在求助了一名、两名、三名、四名、五名、十名社工，一家、两家、三家、四家、五家、十家邮局，一名、两名、三名、四名、五名、十名法律援助律师，一名、两名、三名、四名、五名、十名廉租房协调部门的工作人员，填写了一份、两份、三份、四份、五份、十份表格，上缴了一笔、两笔、三笔、四笔、五笔、十笔罚款和水电账单，经历了无数次劝诫和威胁之后，终于到了忍无可忍的地步，这究竟意味着什么。

他们抬着她，把她举了起来。他们抓住她的胳膊和腿，她的衬衣被扯开，露出没有钢圈的胸罩和隆起的乳房；她的裙子也开裂了，能看见里面的内裤。母亲身上的那件好衣服已经被撕扯成了碎布片。她又踢又叫，像一头凶残的野兽。

而我仿佛就在现场，站在房间的角落里，看着母亲的一举一动，我审判着她，我想，我不会原谅她。

1

家，是心之所安

我的母亲打心里不愿承认我们住在城郊。要定义何为城郊，就必须知道市中心在何处。而我们从没见过罗马的市中心。斗兽场、西斯廷教堂、梵蒂冈、博尔盖塞公园、人民广场，这些地方我从没去过。我们从不参加学校的出游活动，而我就算出门，也不过是跟母亲去当地的市场。

那个家长四米宽五米，我还记得门前有一大片水泥地和几个花坛。花坛里杂草丛生，似乎从没有人考虑过在里面种花。母亲也不愿意，似乎在她看来，一旦在里面种上些什么，便意味着将要永远留在这里。

我们家的厨房藏在衣柜里[①]；马里亚诺的床下是一张行军床，只在要用的时候才会拉出来；天气实在太冷时，我们才敢开上几分钟电暖器；吃饭的桌子上方贴着一张披头

[①] 指折叠式厨房，欧洲常见的一种外形为橱柜，内部是一体式厨房的家具。

士的海报,桌边的四把椅子各不相同;父母做"那种事"时,床铺吱吱嘎嘎的声音听得一清二楚,毕竟我们的家不过就是一个房间,你既不能待在外面,也无法把自己关进卫生间,因为无论在哪儿,家里的声音总能一点不落地钻进你的耳朵里。

对于这个家,小时候我熟悉的只有那片水泥空地,它就是我和哥哥的王国。它属于我们,只属于我们。我们在水泥地上凿刻,蹦蹦跳跳,把蚂蚁和荨麻放在一起烹煮。我们用从学校拿来的粉笔在地上写下一个个数字,画出各式各样的线条、三角形和方形;我们坐在当中,宣告周围的一切都属于我们。我们生活在那里,在那些我们画在地上的图形之中。

C-A-S-A,家。墙壁、屋顶、门窗,只要寥寥几笔,便能画出家的模样。

那片水泥地是我们的游乐场,也是我们想象力诞生的地方。它的存在完全归功于我们的母亲。最初,那里是蟑螂和老鼠的领地;还有很多注射器,有从大路扔进围栏里来的,也有那些睡在公寓楼大门外的人留下的。

我们的母亲穿上父亲借来的高筒橡胶靴,把它们一个个捡起来焚烧,然后再丢掉。母亲经常告诉我们,如果你看见注射器,就应该把它处理掉,因为如果有孩子不小心跌倒,被注射器伤到,那就是你的错,是你没有把它捡起来。

她买了一些毒药,又让父亲从工地带回来一把铲子,用来追踪、消灭、铲除水泥地上肆虐的蟑螂和老鼠。

经过几个月的努力，我们位于半地下的家窗外的那片水泥地终于被清理出来。母亲牵着我们的手来到那里，说：去玩吧。

这里之前住着一个老妇人，但她在租期结束前就去世了。为了得到这间房子，母亲问自己的祖母要了些钱，交给那位老妇人的亲戚，作为提前入住的补偿。

这个住宅区满是吸食海洛因的瘾君子和徘徊在死亡边缘的老年人，没有人愿意买这些发了霉的窟窿，而我的母亲却连这种破房子也买不起。于是她只能接受这些邻居，并同时开始申请安置，希望能够找到另外一个住处，至少能让我们暂时落脚。

母亲原以为这个过程不需要太久，以为自己一定能够达成目的，以为我们一定会有一个新家。然而我们一直在原地等待。

漫长的等待，长到母亲终于妥协，开始清理地板、粉刷房顶、疏通管道，因为罗马市政府似乎并不想给我们一个新家。

一切都摇摇欲坠，用最后的根抓着松散的土地，维持着一种微妙的平衡，直到我的母亲再次怀孕，而我的父亲——也就是马里亚诺的继父——在工地上受了伤；他从脚手架上掉下来，瘫痪了。

除了结婚证、收养证，现在又多了一张残疾证；除了失业救济金，我们还开始申请多人口家庭补助金；为了送弟弟们进幼儿园，我们向罗马市、向市长、向意大利请求帮助、保障和庇护，请求他们不要忽视我们。我们的生活成了一种永恒的祈求。

双胞胎出生的时候，我只有六岁，而马里亚诺恨我们所有人，首当其冲的便是自己的父亲。他不是马里亚诺的生父，而且之前一直是个粗鲁的人，直到成为全家人的负担和累赘，成为一台再也无法正常运行的烤箱、一台再也无法清理垃圾的吸尘器、一台五分钟后就只剩冷水的热水器。他成了一堆废铜烂铁，而马里亚诺只想甩掉他。

我的父亲曾因为暴躁的性格和狂热的性欲而出名，现在却被禁锢在那把母亲从在医院工作的亲戚那儿借来的轮椅上。他会先后抬起双腿，却再也不会出现在晚饭时间的餐桌上：吃了又有什么用呢。

于是家里有了一个一动不动的男人，像一尊雕像，一尊在瓷砖上、门框上、公寓大楼的矮墙上随处可见的大理石雕像；还有一个忙碌的女人，她要收拾、挪动、擦净、归置、修缮家里的一切，她要毒死害虫，在雨下得太大时用扫帚把积水清理出去。那个一动不动的男人是我的父亲，而那个不知疲倦、顶着一头红发的女人就是哥伦布·安东尼娅。

我没有自己的玩具，朋友也少得可怜，属于我的每样东西看上去都是最糟糕的：洋娃娃是用剩布头缝的；书包是别的孩子用过的，上面甚至还有她的涂鸦；从市场买来的鞋子装在塑料袋而不是鞋盒里，鞋底也早已磨损了；圣诞树上挂的不是彩灯，而是几个橘子；我没有芭比娃娃，只有从杂志上剪下来的芭比娃娃的图片。

我觉得我们就像没用的垃圾，一场复杂牌局中的废牌，无法继续滚动的碎弹珠，被扔在地上，一动不动。就像我的父亲：在一个非法的建筑工地干活，从一个不合格的脚手架上摔下来，没有合同也没有保险。我们也是如此，只能躺在地上，眼睁睁地看着别人把宝石项链戴在脖子上。

双胞胎还那么小，成天哭闹个不停，只能睡在一个塞满被褥的大纸箱里。纸箱就放在厨房的桌子上，尿布和汤的气味就这样混合在一起。

我和马里亚诺不明白自己为什么还会留在那里，为什么从未尝试逃离。我和那个深色头发的男孩都在偷偷设想出逃的那一刻，但我们从未真正准备好离开这里，让生活来一场翻天覆地的变化。

*\ *\ *

我们对自己所在的拉齐奥大区的地理几乎一无所知，对自己所在的罗马城的街道也没有什么概念。我们的活动范围只有那个街区，因为一旦离开那里，所有的费用都会变得十分昂贵，也没有人愿意借钱给母亲，或是用火腿和面包换取她一天的劳作。

母亲的理论是这样的：不认识你的人不会帮助你，那么我们就留在人们都知道我们是谁的地方，留在她能够或多或少得到帮助和认同的地方。

马里亚诺是家中的长子，他把我们每一个人视作他和安东尼娅之间的插足者：在安东尼娅还是年轻母亲的时候，他们两个曾为了活下去相依为命。

我的哥哥之所以对我多加忍耐，是因为我不是爱哭鬼，也愿意默默倾听，任由他把那些童话与魔鬼、那些黑暗而又可怕的故事发泄在我身上：冒险的结局总是女孩死去，恶狼获得胜利。我们之间只差四岁，但从孩提时起，这个差距便看起来远不止如此，这让马里亚诺在我眼中像个成年人，甚至还有些古板。他会在别的女孩欺负我时站出来。说实话，我对这些女孩没什么好印象，总是失落地看向她们。在我看来，她们拥有一些我没有的东西，而我还没有找到向她们宣战的方式。

她们当中有个金发女孩，我觉得她可能是奥地利人，她总叫我"蝙蝠嘴"，说我的嘴唇太过突出。于是我踮起脚，在家里卫生间的镜子前看了又看，却看不出任何不正常的地方，并且我知道人们一度把蝙蝠当作老鼠，而不是鸭子。但孩子们的欺辱所造成的伤害没什么道理可言：差异和缺陷会让你受欺负，与周围的人完美地保持一致则能让你混迹在他们之中，不被关注。我们已经被自己的生活折磨得千疮百孔，更没有资格拥有显眼的嘴巴或是耳朵。

当我把这件事告诉马里亚诺之后，他来到我的学校大门口，让我告诉他谁是那个给我起外号的女孩。他冲着对方大声喊道：闭上你的嘴，傻子。然后给了她一拳。

我顿时对马里亚诺充满了钦佩之情。他只用了一个动作，就能让那些恶作剧消停下来，我也随即将他易怒暴躁的性格视作某种埋藏已久的珍宝。

不过这个举动并没有得到老师或是母亲的赞许，母亲甚至为此一连好几天把马里亚诺的双手绑在背后。母亲还告诉他，不需要用手做的事情就自己做，做不到的时候再叫我们帮他；如果他不知道如何正确地使用双手，那以后也就不必再用了。

面对各种问题，母亲总能找到与众不同的解决办法。她几乎从不对我们拳打脚踢，她更喜欢"夺去"我们的一些东西。

如果我们在家里大喊大叫，她就不做晚饭；如果我们只顾着自己玩，不帮忙照看双胞胎的话，她就不给我们准备带去学校的点心，或是没收我们的饭盒。她简直就是为罢工和抵抗示威而生的。

她总有一些不知从哪儿来的想法，也许来自我的外祖母，也许来自生活，也许只是她自己琢磨出来的。她没有宗教信仰，不属于任何党派；她只想伸张正义，执着地追求那些正确的事。

我对花很是痴迷。我指的并不是那些春天在我们院子里偷偷冒出来的小雏菊，脆弱不堪，数量也少得可怜；我指的是那些盛开在别人花园里的玫瑰花、茉莉花和绣球花。我跟在母亲身后经过那里，看见它们肆意绽放，便想将它们一一摘下，据为己有。

有一次，我确实这么做了。我想把玫瑰花瓣碾碎，装到塑料瓶子里。我的同学们也是这么做的，她们还会把这种难闻但少见的自制香水带到学校，向其他人炫耀。安东尼娅看见我摘下了一朵探出围栏的玫瑰，争吵就这么爆发了。

你不能拿不属于你的东西，她冲着我大喊。

但这朵花就在路边，路是属于所有人的，我反击道。

那你就更像小偷了，属于所有人的东西碰都不能碰，母亲叫骂道。

在母亲看来，破坏或损毁物件是一种亵渎神明的行为，作为补救，她会想办法修好它们，或者找些能重新利用它们的方式。然而一旦牵涉到那些属于所有人的东西，母亲就会变得丝毫不留情面：不许踩踏公园里的草坪，不许把纸丢在垃圾桶外面，不许摘花园里的花，不许损坏图书馆里的书。

书是母亲最大的执念，因为在家里，尤其在父亲瘫痪之后，他只能躺在床上或是坐在椅子上，而我们家没有电视，只有一台收音机，阅读便成了打发时间的唯一方式。可家里既没有放书的空间，也没有买书的钱，于是我们只能利用那些属于所有人的书。我们把这些书视作圣物，整整齐齐地堆放在一起，母亲会在日历上标注归还的日期，不时催促我们及时读完。她还会检查我们有没有把书弄脏或是弄皱，如果这样的情况发生了，母亲就会把我们拖到图书馆，向图书管理员和别的孩子道歉，然后赔偿损失。哪怕他们都说没这个必要，母亲依旧回答：有必要，当然有必要。

当我鼓起勇气告诉她，如果某个东西属于所有人，这就意味着它不属于任何人时，她回答道：现在就把这个想法从你的脑袋里拿出来，否则你迟早会变成一个坏女人。

* * *

母亲不再讲究穿戴，她会穿居家的衣服，头发里插一个发夹，满头是汗地去见那些政府工作人员。她是圆脸，太阳穴凹陷，睫毛很长，鼻子不高也不低。她不算瘦，但也没有多余的脂肪，体形还算健康。

她总告诉我们，健康的外表才是最重要的。干瘦的腿一点也不好，凹陷的脸颊也只会让人害怕。

安东尼娅认为，想要达到目的就必须坚持。她时常出现在那些工作人员眼前，就像一个从天花板掉下来、砸在舞台中央的聚光灯，既不招人待见，又十分危险；本应照亮他人，现在却成了主角。

她就像一个精神失常的女人，不择手段，不顾一切，包里塞满了证件。她找到一个看上去比其他人更好说话的工作人员，然后在一张小纸条上写下了那人的名字：穆里·弗兰科。

你好，穆里·弗兰科，我是哥伦布·安东尼娅。①除非你们帮我解决问题，否则我会再来麻烦你。我的母亲一边表态，一边把文件一份一份地递了过去。

穆里·弗兰科尽量保持温和：女士，您之前谎称自己有预约，我们的领导是不会忘记这件事的，因此您的申请可能很难通过。

哥伦布·安东尼娅毫不退让：那我会继续递交申请，再递交五十次，直到我成为你们再也不能忽视的麻烦事。我现在有四个孩子，还有一个残疾的丈夫。

就这样过了一个月、两个月、三个月，母亲知道，要是她换个人纠缠，一切又要从头来过。因此，如果她没在办公室看见穆里·弗兰科，就会第二天再去，或是预约另一个时间。

回家之后，母亲会和我们说起这个叫弗兰科的人，仿佛他是药剂师、卖报的摊贩，是她的一个熟人，来自另一个为人熟知的美好世界。我们不知该如何评价，只觉得他是一个闯入者，不知道他会为母亲做些什么。这让我们感

---

① 正式场合中，意大利语人名中的姓在前，名字在后。此处工作人员的姓为"穆里"，名字为"弗兰科"。

到嫉妒，尤其是马里亚诺。

她去见那家伙，你的父亲居然什么都不说。有一天，他对我抱怨道，仿佛这一切都是我的错，都是因为我有一个他没有，也不愿拥有的父亲。

他该说什么？我一边回答，一边观察我的父亲。他坐在轮椅上，两个轮子抵着桌脚。一份《宣言报》摊放在他的膝头。父亲已经盯着其中的一页看了半个多小时，我觉得他大概已经忘了自己在读什么。

说什么都行，马里亚诺答道。他瞥了父亲一眼，眼神里满是不屑，和往常一样。

父亲如同一个关机、短路了的机器，我走到他身边，把手搭在他的膝盖上，虽然我知道他什么也感觉不到。我问他那个弗兰科是谁，他对那人有什么评价。

父亲没有抬眼看我，只是说：让你哥闭嘴。

他与马里亚诺分别坐在轮椅和床上对峙着，谁也无法逃避，无法装作没有听见对方的话，因为他们只能共处一室。

她被逮捕了，父亲说。而马里亚诺正愤怒地穿上训练鞋，准备出门跑步。

谁？我低头看向报纸。

那个人，那个领导，父亲解释道。但我并不明白"领导"是什么意思，也不知道她都领导些什么事务，于是只能在字里行间寻找线索。这时我看到父亲正用手指按住一个名字：维多利亚·拉尼。

我不知道她是谁，只是一遍遍地读着那个名字。维多利亚·拉尼，我大声读着。这时，母亲拎着一桶地板清洁剂走进来——她从不空手回家，有时是玻璃罐、塑料瓶，有时是几块胶合板，都是些别人不需要，但我们肯定用得上的东西。

维多利亚·拉尼，她怎么了？她一边问，一边把桶放在我们身旁的桌上。马里亚诺，你要去哪儿？她又问道。但马里亚诺看都没看她一眼就出门了，因此没能见证我们的母亲第一次表现出心满意足的模样，没有发觉她紧皱的眉头舒展开来，也没有留意她眼中一闪而过的光芒和翘起的嘴角。

安东尼娅从父亲手中一把夺过报纸，读了一遍又一遍。然后我看见她的笑容开始颤抖，我的母亲哭了起来。

我惊愕地看着她。我从没见过她哭的样子：她在医院生双胞胎时没哭，在她的祖母去世时没哭，在父亲从脚手架上摔下来时也没哭。

她正在接受渎职调查，之后会被送进监狱，母亲哭着说道。我分不清她到底是开心还是难过。

她是你的朋友吗？我轻轻问道，母亲却突然大笑起来。她的眼里明明还有泪水，却笑得那么开心。

* * *

安东尼娅需要展示我们所缺少的一切：这里不通热水，

插座上裸露着电线，没有足够的活动空间，也几乎没有什么光线照进来。然而当那些人来时，母亲还是不停地说：我们过得还凑合，家里很干净。

新上任的领导也是一位女性，是从社会救济部门调过来的。当她在我们的档案中看到二十平方米的房子里挤着四个孩子时，她拿起一支红笔，在文件第一页标注：**紧急处理**。

那些工作人员这才开始过问我们的事情。他们进门查看我们的居住环境：父亲坐在床上，一句"你好"都不说；双胞胎拽着母亲的裙子，似乎随时都能把她拽倒在地，他们的衣服则被堆放在衣柜下面的一个包裹里。他们睡在纸箱里，紧挨着彼此，似乎仍不愿分开。

马里亚诺在院子里大喊大叫，装作一副陷入险境的样子，用成熟的嗓音高喊着：救命，救命！妈妈说：别担心，他没事，只是想吸引别人的注意力而已。

一共来了两个人，他们的到来让我们家显得更加逼仄。现在它看起来更像一个储藏室，一个商店后间，一个装满了清洁剂和扫帚的小房间。

警察来啦！屋外传来马里亚诺的喊声，然后是他把爆竹丢到地上的声音。

两人一边记录，一边询问母亲这间房子的状况。他们离开后，父亲吃力地平躺下来，不一会儿就打起了呼噜。我啃起一根生胡萝卜，而母亲站在门口看着马里亚诺：你这个流氓,她冲他喊道,他们可是市政府派来的人,晚饭你只有干面包吃。

两个星期之后,新上任的领导给母亲打来了电话。众所周知,申请安置的人很多,而我们的申请又被搁置了太久,但她还是希望我们能够离开现在这个过于逼仄的住所。她帮我们找了一间房子,她不能把它正式分配给我们,但签署了相关文件,在新通知发布前,我们可以暂时住在那里。

母亲把那份文件足足复印了好几十份,把它们拿给相关部门、邮局、银行、税务局,把它们放在钱包里、挂在墙上,存放在我们的身份证件和装着我们乳牙的小盒子旁。

我和马里亚诺在惊慌与不安中同我们的水泥空地道别。

我们的新住处位于的里雅斯特大道,那里住的都是有钱人,附近有许多政府办事处和银行,步行就能前往托洛尼亚别墅[1]和阿达别墅[2],十分钟就可以到达"吹笛人"俱乐部[3],而旁边的帕里奥利区则住着城里最有钱的那些人。在那栋有两个天井的六层建筑里,只有一套房子属于市政府,那里将成为我们的临时住所。

就这样,我们带着大大小小的盒子,一大堆破烂,种着仙人掌的酸奶盒,之前用来装豆子、现在却装着牙刷的玻璃瓶,用胶带和硬纸板做的衣架和塞在几个大垃圾袋底

---

[1] 建于十九世纪,曾是意大利法西斯独裁者墨索里尼的私人住所,现已面向公众开放。
[2] 罗马面积最大的公园之一,位于罗马东北部。
[3] 意大利最著名的夜店之一,创立于1965年。

下的内裤，搬进了这里。

这里有三间卧室、一间厨房、一间客厅，还有真正的玄关、真正的楼梯、真正的大门、真正的浴缸、真正的炉子和真正的百叶窗。

我和马里亚诺把两个塑料袋放在我们的卧室中间，里面装着那些快要散架的玩具。房间太大了，大到几乎让我们感到害怕。

自从搬进这里，我就没有好好睡过一觉。哥哥在我的强迫之下只能同意晚上开着灯入睡，而我总莫名地在半夜准时惊醒。我记不清那些困扰着我的噩梦，只知道我在梦里不停地摔倒，却没有人上前扶我一把。

晚上，我再也听不到父亲震耳的鼾声或是双胞胎的哭闹，只能看见马里亚诺起身走到窗边，盯着楼下的街道。

楼上的邻居们开始有了怨言，因为双胞胎总是吵闹不休，因为我和马里亚诺跑来跑去，因为母亲做饭的时候把收音机开得太大声，因为父亲每天早上都高声咒骂——他从来不会感叹"多么美好的一天"，而是叫喊着让所有人都下地狱。

公寓楼设立了业主委员会，有专人管理，还有业主会议，但我们不能参加，因为房子并不真正属于我们。我们没有出钱买下它，我们和他们不一样，我们一无所有。

天井里种满了黄色、红色和粉橙色的玫瑰，还有一些能结果的植物，但我们不能碰，谁也不能碰。每个星期三，会有园丁来给它们撒上一些臭烘烘的东西。

一天下午，我和马里亚诺第一次在楼下玩耍。一桶水从高处泼下，淋了我们一身：我们的吵闹声惹恼了楼上的一位女士。

马里亚诺冲她叫骂：浑蛋！

而她用报警威胁我们。

那一次，母亲责骂了我们，并且警告马里亚诺不许再大声叫喊。她说这里的人都比我们来得早，我们不能再像住在老房子时那样。我们必须适应这些人的生活，尊重他们。

在这附近购物对我们来说实在困难，因为所有的东西都格外昂贵。我们在后半学年转到了新的学校。老师们说，我们的成绩比别的同学落后太多，必须留级。我的哥哥经常被赶出教室，而我说不出一个完整的词，总是用零碎的句子回答问题，写的字也歪七扭八。其他女孩都能写出漂亮的字母 o 和字母 m，让我羡慕极了。

在这里，母亲唯一的朋友是大楼的门房。她来自西西里，个子矮小，不太爱说话，打扫卫生时却很麻利。她耐心地倾听所有人的牢骚、琐事和纷争，关于自己的事却绝口不提。她把寄来的邮件摆放得整整齐齐，把每个住户、每个储藏室、每把锁的钥匙收在一个陈列柜里。钥匙上面没有任何标注，只有她清楚地知道哪把钥匙可以打开哪一把锁，这是属于她一个人的秘密。

她叫农齐亚，她的女儿罗伯塔和我父亲一样离不开轮椅，但她没从高处摔下来，而是生来如此。她不能正常说话，头总是耷拉着，双目无神，仿佛灵魂飘到了别处。

放学回家的路上，我经常在天井逗留。如果没有人看见我，我还会把书包扔在地上，跑向天井中间那座脏兮兮的白色喷泉。喷泉四周的水池里有六条红色的鱼。大多数时候，我会把手浸在水里，试图抚摸它们，而它们先是从我手中溜走，又转头向我游过来。我的双手在水里搅来搅去，掬起漂浮在水面的碎枝。

我自认为这个游戏不会给任何人带来困扰：我和鱼都不会发出吵闹的声音，而且我还能陪它们玩耍；我既不会把池水弄得满地都是，也不会把水喝进肚子。

天井里有一小块地方，即使在冬天也会受到阳光的眷顾，从那个角落抬头望去，便能看见一小片天空。这样一块小小的三角形，却足以让人们忘记自己正身处城市的中心地带。罗伯塔喜欢晒太阳，所以农齐亚会推着轮椅，让她的女儿坐在那里。她们家就在门房边上，是整栋楼里最小的房子。幸运的是，她们回家路上没什么台阶，但不幸的是，那里也没什么新鲜空气。

罗伯塔是一个安静的女孩，有时她会发出咯咯的笑声，舔舔嘴唇，然后慢吞吞地说话，问一些只有她的母亲能听懂的问题。不过，女孩想待在那个角落晒太阳的愿望不难察觉。

我看见很多人从她面前走过，却从不和她打招呼。他们还会再瞪我一眼,然后径直走开,更不会在意水池中的鱼。于是我对他们说:你好。

我大声地向他们问好,想看看他们有何反应,是否回应我的问候。有些人会含糊着应付一句"早上好"或"晚上好",其他人则什么也没说,应该是懒得搭理我。

大楼里住着一个德国女人,总是在窗口一脸严肃地注视我们。有时她会来天井花园里走动:她先微笑着和别的女士打招呼,但我们除外;她会看着我,然后双手叉腰,转身走到门房抱怨一通,再走回来。一天,我看见她满脸通红,像是看见强盗的作战部队一样扑过来,一把将我的手从池水里拽了出来。

够了,这喷泉被你毁了,她尖叫道。她的眼睛是天蓝色的,额头很宽。

她的动作惊动了水里的鱼。它们伸直尾巴,睁着惊惶的眼睛在水池里四处乱窜。罗伯塔也变得激动起来,开始不停跺脚。德国女人抓着我的手腕,把我推向楼梯入口,那是通往我家的必经之路。

走,快走!她气红了脸,大声命令道。我一步两个台阶地跑上楼,找我的母亲。

我找到母亲的时候,她正抱着双胞胎中的一个,另一个则光腿在桌子上扭着屁股,就像在跳舞一样。

妈妈。我一路跑上楼,浑身是汗。德国女人骂我,说我把楼下的喷泉弄脏了。

我和你说了多少次，这里和老房子不一样，你不能去那儿，那座喷泉只是装饰，明白吗？它不是用来玩的，而是为了让这栋楼变得更漂亮，就像蝴蝶结一样。

我沉默了，盯着楼下水池里的鱼，问道：这些傻瓜要这么一个漂亮却连碰都不能碰的地方有什么用？

项链、蕾丝、花边又有什么用？没用。不是每样东西都得有用，只要它能让人们变得漂亮，这就够了。

接下来的日子里，每当从喷泉前走过，我都会像看一个失去的恋人一样看着它。鱼是它的珠宝，玫瑰是它的妆容，然而除了我，没有人在意它们。

我很快就发现天井里没了罗伯塔的身影，哪怕在最晴朗的日子里，她也没有出现。我的母亲也察觉了，就去找农齐亚问原因。

母亲发现，这是那个德国女人干的好事。那个女人告诉农齐亚，她的女儿流着口水坐在那里的样子简直上不了台面；她说大楼里搬来了这些家伙——她指的是我和我的家人，再也没有人想买这里的房子，他们的房产都要贬值了。

于是，母亲带上双胞胎，还有我和马里亚诺，下楼等那个德国女人。她命令我们面朝墙壁，脱掉上衣，她也脱掉衣服，只穿着胸罩，倚靠在墙边，如同一个等待枪决的罪犯。当德国女人与丈夫走到我们面前，她对两人说道：如果你们不让那个女孩来花园，我们就待在这儿，每一天，我都会带着孩子们，脱了衣服，以示抗议。

她大声喊着，人们纷纷从天井上方的窗户里探出头。那个干瘦得像衣架一样的德国女人一动不动。她说：我要报警。

您报警吧，我们不会离开的。您怎么能阻止一个女孩晒太阳，何况还是一个不能走路的孩子？我会把这些都告诉警察，就算被逮捕，我们早晚会回来。您不知道我能有多固执，您永远不会知道。

就在两人大声争吵的时候，德国女人的丈夫也掺和进来。而我们仍半裸着靠在墙边，马里亚诺只穿一条内裤，我的裙子也掀了起来。

我们为革命做足了准备。

您难道没有看见这些铁门吗？德国女人的丈夫问道。他看上去比自己的妻子大了十几岁。这些铁门曾被法西斯分子抢走，是我们在战后把它们重新修好的。这栋楼是有历史的。他的语气镇定而激昂，也许正是这种刻薄的平静，激起了母亲更大的怒火。

看看现在谁才是法西斯？你们在意的只有铁门，而不是孩子们。你们不让他们玩，也不会问候一句或是摸一下他们的头，你们甚至不允许他们在角落里坐一坐，你们还算是什么人？我为了让我的孩子们有地方玩耍，差点染上艾滋病。

红发女人拍了拍胸脯，然后在胳膊上比画了一个注射的动作。

对面二人哑口无言，不知如何回答。

收到提前约定好的信号，我们穿上衣服，在安东尼娅身后排成一队，跟她回家。她说，我们还会回来的。

我们也的确回来了。每天下午放学后，我们都会回到天井，重复这些别人眼中的恶人行径，直到罗伯塔再次出现在那个洒满阳光的角落。

只要坚持，直到达成目的，只要你坚持再坚持，就没有什么得不到的。看见罗伯塔戴着毛巾布围嘴，在空中转动手腕，挥舞双手，一副开心的样子，母亲对马里亚诺解释道。

我们的母亲就像漫画里的英雄，电影荧幕上的安娜·马尼亚尼[1]。她呐喊，她不妥协，她让所有人闭上他们的嘴。

我和马里亚诺站在通往各个房间的走廊里，穿着短裤，僵直地站在那里，发现了对方眼中浮现出的恐惧：我们不可能成为安东尼娅，我们永远做不到，永远赢不了人生里的任何一场战斗。

---

[1] Anna Magnani（1908—1973），意大利女演员，曾凭借电影《玫瑰文身》获得奥斯卡最佳女主角奖。

2
湖底的圣诞马槽①

一天早上,我走进厨房,安东尼娅递给我一顶帽舌歪斜的豆绿色帽子,说:我带你去个地方。

马里亚诺去哪儿了?我问。桌上并没有他吃早餐时用的茶杯。

他出门了,他不和我们一起去。母亲语气生硬,快去穿衣服,我们要迟到了。

那双胞胎和爸爸呢?我又问。

门房会帮忙照看他们的,母亲中断了这个话题。你的鼻子上有雀斑,她仔细地看了看我的脸,仿佛之前从没见过我。

我是缩小版的她,而她是放大版的我:同样的红色鬈发,同样的褐绿色眼睛,都不懂颜色搭配,都不会用窄口

---

① 一种用来表现耶稣降生情景的雕塑。

杯，鼻子上都长着雀斑。

我们的每一个共同特征对我来说都是致命的缺点。雀斑比粉刺更糟糕；眼睛既不算绿色，也不是正宗的褐色；皮肤的颜色太苍白，看上去就像生病了一样；最要命的是头发，据说这样的头发会带来灾难。

我和母亲先乘坐公交车，又换了两次地铁，终于到了瓦莱奥莱利亚站。我们在那儿又坐上一列区间火车[①]，沿着一条不久前重新启用的路线出发了。我觉得自己仿佛正在进行一场星际旅行，身上的粉色海绵布[②]短裤是太空服，歪斜的帽子是头盔，透过它向外看，就能看见一片繁星。

火车座椅上装饰有小小的菱形花纹，电蓝色的头枕一侧凸起，可以把头倚在上面打个盹。

座椅边还有一个金属盒子，用来放废纸和垃圾。合上盖子时，它会发出冷冰冰的声音，就像机器鲨鱼的嘴巴。我把盖子开了又关，关了又开，弄出啪啪的响声，直到坐在我们附近的一个女人哼了一声，母亲也威胁要摘了我的帽子，让太阳晒死我，我才停了下来。

空调的出风口在座位底下，我们穿着布鞋，双脚冰凉。车站的绿色钢架上搭着有机玻璃板。我问母亲我们在哪儿，因为我想知道自己到底离家有多远，而安东尼娅回答：在火车上。对话到此结束。

[①] 在意大利各大区内运行的慢速火车，经停沿途各站，速度最慢，价格最低。
[②] 一种用粗糙棉线织成的蜂巢或海绵状织物，常用来制作衣物。

她随身带着填词游戏，自顾自写着，从不向我寻求建议。我偷偷瞄了一眼，她正竖着写下：**星座**。

哪个？

什么哪个？

哪个星座？

我又不懂星座。

可能是大熊座。

她没再理我，开始研究下一个单词，横排第二十七个。

除了去奥斯提亚①的海边看望外祖母，我从未经历过这样的旅行。但看望外祖母也不是常有的事，因为我们不能把父亲独自留在家里，而外祖母又受不了双胞胎的吵闹。母亲还觉得马里亚诺会四处闲逛到晚上，迟早变成瘾君子。

我们这是要去哪儿？我一边问安东尼娅，一边用腿在柔软而粗糙的座椅上蹭来蹭去。

去看一间房子。她回答时的语气如同在谈论一把遮阳伞，一把躺椅，一件再普通不过的东西。

谁的房子？我问。

我们的房子。安东尼娅答道。我觉得她在说谎，她的每一根红头发都在说谎，这辆火车会把我们丢在一片荒漠里。

我们没有自己的房子，只有那些别人出于好心让我

---

① 位于罗马西南方向25公里处的海滨城市，曾是古罗马最重要的港口之一。

们暂居的住处。我说的是"好心",而不是"施舍"。或许"施舍"这个词才更合适。不,或许不是,或许用"接济"或"援助"更为贴切,又或许一切都是谎言。

我睁大眼睛,高声读出每一站的名字。母亲告诉我,我们现在到了罗马的北面,那里是卡西亚大道①,这里是切萨诺站,有一个军队的驻地就在此。我觉得自己正在穿越一片大陆,我们将认识不同的国家和民族,将侵入敌人的领地。

即将停靠的站台上,蓝色站牌上写着"安圭拉腊萨巴齐亚"②,母亲催促我下车。我觉得自己的双脚在不停抗拒,但我什么也没说。火车开走了,我们开始四处打听。

从这里到湖边有多远?安东尼娅问道。然后我们得知,车站距离湖边四公里,没有公交车,我们要么走着去,要么请求别人载我们一程。

于是母亲走出车站。我们面前是下雨时供路人避雨的站台棚,一个书报亭,一间售卖浓缩咖啡和卡布奇诺的小店,两条相交的窄路和四周广袤开阔的田野。

再往前,隐约能望见一座教堂。它看起来刚建成不久,外形就像马戏团帐篷,看上去既丑陋又沉闷。教堂的外墙坑坑洼洼,玻璃大门上却装着医院的那种门把手,只有建筑顶上的十字架能够表明它的用途。教堂后面散布着几个

---

① 罗马自古以来的一条交通要道,北部连接着意大利重要的港口城市热那亚。
② 罗马周边的一个城镇,位于布拉恰诺火山湖畔。

小礼拜堂，然后是一个小广场，广场上的喷泉已经坏掉了。

安东尼娅站在那儿，希望有人能停下来，捎我们一程。她动作僵硬，脸上没有一丝笑意。根本没有人理会我们。她攥着我的手，像是握着一把左轮手枪。

母亲几乎没有低胸或紧身的衣物。她穿着大腿处有两个口袋的及膝短裤，上身穿着男式圆领衫，衣服上还印着建筑公司的电话和标志。父亲说，这身打扮让她看起来像个泥瓦工。

而我和这位遭了难的泥瓦工顶着一头红发，站在原地，露出祈求的神色，期待有人能帮我们一把。路上一共开过三辆车，却没有一辆停下来。

我对安东尼娅说：我们回去吧。

她变得有些烦躁，把我拽到身边：别傻了，这地方多漂亮，这里还有一片湖。她很坚决地说。

* * *

从外面看，整栋楼就像是一家生产金枪鱼罐头或是系带鞋的小型工厂，大楼后面应该还有一个垃圾堆放处，工人们每天七点打卡上班。而事实上，它只是一栋保障性住房大楼，周围是几幢小别墅、两个可以遛狗的小公园和一个长方形的小广场。广场地面的颜色就像夏威夷的白沙一样浅，却如混凝土般坚硬。

大楼正对小镇的主干道，附近有一家建材店、一家买一赠一的眼镜店，还有一栋在建的房屋。

大楼外侧的窗户都一般高，方方正正的小阳台最多只能塞下一张小桌子、两张板凳、一个芦荟花盆和扫帚收纳柜。打开前门，对称的楼梯就在眼前。这栋结实的建筑既不算新，也不能说旧。它就像一个中年妇女，虽然没有花哨的珠宝首饰，却也绝不会顶着一对黑眼圈出门。

安东尼娅领着我来到三楼，只见一位女士穿着印花连衣裙——两片领子在胸前交叉成"V"形，又像围裙一样系在身后。她笑着与我们握手，那眉开眼笑、过分热情的样子总让我觉得她不怀好意。

母亲向我介绍了这位女士。她说：很高兴认识你，我是米雷拉。

我只告诉了她我的名字，没加上那句"很高兴认识你"。

这间房子和你们在的里雅斯特大道住的地方差不多大。米雷拉特意解释道。还有一个阳台，夏天的时候棒极了，晾衣服绰绰有余。厨房配备了家具，煤气灶也符合标准。她说，这里很安静，而且这儿的保障性住房与罗马城区里的那些不一样，这里的人都有自己的工作，孩子们也可以去公园玩耍。据她说，这里的卫生间很宽敞，还有浴缸，这样我的父亲只需用上些技巧就能毫无障碍自主洗澡。沙发和柜子都可以留下，卧室有三间，米雷拉热心地介绍。不过显然，其中一间现在是储藏室，我想它以后肯定是双胞胎的房间。他们还小，还能在这个狭小的房间里挤一挤。

我的母亲说：我觉得很完美。

我问：哪里完美？

没有人回答我的问题。

两人一边握手，一边说着客套话，商量什么可以留下，什么需要带走，什么需要签字。我不知道她们之间达成了什么协议，也不明白我们哪儿来的钱买房子，为什么要买。我们已经有了新房子，而且这个小镇这么偏僻，连公交车都没有，教堂就像超市一样丑。

我走进那间将来应该属于我和马里亚诺的卧室。环顾四周，地砖是鲨鱼灰色，没有光泽、没有图案，不像是镶木地板，也不是瓷砖；它们看上去很粗糙，可能由水泥砌成。墙纸上是彩色波点，难看得要命，这里原先可能住着还在襁褓中的婴儿，最吵闹、最惹人烦的那种。还有一面石膏板墙，外面的噪音听得清清楚楚。房间里热得要命，太阳照在我们身上，里面闷热得像间温室，而我就是一棵被关在其中的柠檬树。

能继续和哥哥睡在同一间卧室是唯一让我感到安慰的事。我还能听见他平稳的呼吸声，看他关掉卧室的灯，看见他把袜子扔进脏衣篓里的样子。我还能听见他在深夜熟睡时说的梦话：够了，马，月亮，再见，给我打电话，为什么？

米雷拉女士和我母亲拥抱，母亲说：这间房子是我们的救赎。

* * *

我第一次见到那片湖,不是戴豆绿色帽子的那天,而是搬家那天。

母亲很早就开始筹划这件事。她列好清单,找来盒子和胶带,然后把所有东西都打包得十分结实。我看见她封上一个个纸箱,用盘子和杯子填得满满当当,仿佛它们是海绵或是卫生纸。她小心翼翼地抱起衣帽架和灯具,汗流浃背地咒骂。一连数个小时,她一个人拖动着晾衣架、包好的椅子和置物架。

我只能做那些她让我去做的事情:整理衣服,把每个人的衣服分开摆放,把冬季和夏季的东西分类、打包、做好标记,堆放在房间的一个角落。

母亲的决定在马里亚诺看来不合常理,简直是纳粹行径。为了抗议,那几天他拒绝做任何事。

马伊科尔和罗贝托五岁了,两张脸看上去几乎一模一样,唯一能够用来区分两人的标志是长在不同位置的胎记。他们用相同的眼神看着我们厮打,辱骂,不停地搬家。

到新家之后,我们与包裹和家具展开了新一轮"战斗"。母亲的一个朋友过来帮忙。他叫维琴佐,是母亲儿时的玩伴。我们直呼他的名字,而父亲叫他"那个家伙"。

搬家用的面包车是他的;是他在帮忙搬我们为数不多的几件家具并运到新家;是他帮父亲乘电梯,抵达新家所在的楼层；也是他提议，在清空面包车离开之前，起码要去看一眼那片湖。

我和母亲跟着维琴佐一起出发了。我们把双胞胎留给马里亚诺照看，而马里亚诺正像外星人一样在新家四处闲逛，寻找银河，寻找通向那艘能带他离开这里的宇宙飞船的舷梯。

码头的空地上停满了车，沥青浇筑的堤岸上，沿路修建了一排铁栏杆。我和安东尼娅登上码头，维琴佐则去附近的咖啡馆喝咖啡。

这下面有什么？我向栏杆外探出身体，看着脚下幽暗的湖面，却看不出湖底有什么特别的东西。

泥巴，母亲回答道，然后又接着说，别往下看，看看周围的风景。

她抬起我的头，指着四周延绵的山丘和其他小镇。布拉恰诺城堡①，特雷维尼亚诺的沿湖公路，森林，还有远处的齐米尼山。她说那边是维泰博，那边是曼齐亚纳；她说我们可以在散步的途中跳到湖里游泳；她说这些树是杨树；她说这里的水从来不会特别冷。而我又低头向湖底看去。

可这下面到底有什么？我又问了一遍，因为我看见湖底似乎有什么东西在闪光。

什么都没有，只有湖水。母亲不再搭理我，继续欣赏

---

① 即奥尔西尼－奥德斯卡奇城堡，坐落于布拉恰诺湖畔，位于罗马西北方向。

远处的湖岸、小镇和沙滩。

我喜欢这里的阳光,照在一栋栋房子上。她最后说道。

我依旧盯着那个幻影闪烁的地方:也许是一片碎瓦、一条鱼,或是一个瘪了的球。

一个金发男孩坐在栏杆上,双脚悬空。他指着湖面,指尖正对那个令人生疑的位置。他说,那里一直沉放着一个圣诞马槽,上面有婴儿耶稣,还有一头牛和一头驴。每到节日,人们就会把它们照亮,这是这个小镇的传统。

我探出身看了又看,可什么都没看见。湖水很清澈,我却没有看见男孩口中的圣诞马槽。

于是我说:我可不相信。

他说:圣诞节的时候你自己过来看。

我鄙夷地看着他。男孩穿着滑稽的军用短裤,像是刚从树林里钻出来似的。

母亲打断了我们之间的谈话,带着我离开了。她说这简直就是胡说八道,真到了圣诞节,你连一个脑袋、一只眼睛、一只脚、一件衣服都不会看到。我半信半疑,不知道该相信谁的话:是什么都没有看见的母亲,还是目睹一切的男孩。

* * *

我们离开罗马的时候,哥哥十五岁。随着年龄的增长,他的鼻子也愈发突出：鼻梁很长，但鼻孔十分狭窄；鼻尖向下，鼻梁上还有一个隆起。这些特征让他的鼻子看上去既像是一座陡峭的山，又像是意大利北部曲折的海岸线。

他的鼻子长得与我们任何一人都毫不相干，这是他的父亲留给他唯一的印记。哥哥不知道自己父亲的姓名，也不知道父亲的生平和职业。他们不会在人群中认出对方，更不会在圣诞节登门拜访，为彼此送上祝福。

对于哥哥的鼻子，母亲称之为独特，我却觉得那是个假鼻子，因为它看上去并不属于那张脸，反倒像是偶然摆放在那里。它与任何人的鼻子都不一样，安东尼娅的、罗贝托的、马伊科尔的、我的，更不必说我父亲的。

甚至在很多年里，父亲都把那个鼻子作为一种报复途径，借由它，父亲不必闹出什么大动静，就足以表现得令人难以忍受。从我们这些孩子身上，他找到了自己不费吹灰之力便能伤害他人的能力。

每一刻都是一个好时机，父亲会说马里亚诺脸上有什么不对劲的东西。如果马里亚诺承认，父亲就会给他切一片面包；如果否认，他就把东西全吃完。

父亲先针对那个鼻子，然后是马里亚诺本人。他坐在吱呀作响的轮椅上，一边抽烟一边叫骂，把烟灰掸进一旁的芦荟花盆里。轮椅的靠背污迹斑斑，父亲臀部的形状清晰地印在椅垫上。

位于安圭拉腊①的新家有电梯,父亲完全可以乘坐它上下楼,让我或母亲带他去小公园。他可以待在树荫下,也可以晒晒太阳;可以斜倚着,也可以睡一觉。他想做什么都可以,但是他不想。

他的路线就是从床到轮椅,从轮椅到没有轮子的椅子,从没有轮子的椅子到沙发,从沙发到浴缸,从浴缸到马桶,从马桶到床,然后从头再来。

父亲每三天要洗一次澡。这是一种令人绝望的仪式,因为我们必须帮助他,把他推进卫生间,扶进浴缸,给他搓洗后背。而他咒骂、嘶喊着,说要把我们全都吃掉。洗澡时父亲总觉得备受约束,有一次他一拳打在放肥皂的瓦片上。瓦片划破了他的手,鲜血沿着浴缸边缘流到地面,在地砖缝隙间留下一道道痕迹。

他似乎想让我们为他的苟活付出代价,仿佛是我们让他从脚手架上跌落却没有当场摔死,仿佛这都是我们的错。

安东尼娅并不愿接受父亲的玩笑,还有他嘲笑儿子的方式:抬起嘴角,露出被尼古丁和牙垢染黑的牙齿。

我觉得这并不好笑,安东尼娅总会这样说。

马里亚诺大多时候并不理会父亲的无理取闹,但其他时候,他会用各种方式折磨父亲,通过辱骂和殴打把怨气都发泄在父亲身上。他从椅子背后伸手打父亲的脖子,拉

---

① 即上文提到的"安圭拉腊萨巴齐亚"的简称。

扯头发，然后远远跑开，冲着父亲大喊：来呀，站起来抓我呀。

哥哥个子不高，脾气却不小，一点风吹草动就能让他变得暴躁。从家里的小打小闹，到学校里的胡作非为，他做过各种叛逆的行为。

按父亲的话说，他才十五岁，就已经烂到骨子里了。

自从我们搬离罗马，马里亚诺就去了一所专业技术学院学习勘测。学校位于布拉恰诺，就在我们居住的小镇附近。每天早上八点左右，他会坐车去学校，直到晚上七点之后才回家。有几次他回家的时候两眼猩红，看向我时眼神涣散，鼻子仿佛也变成一把锋利的武器。

对他来说，学校里没有一件称心的事：老师给的成绩是一种控制学生的形式，故意没扫干净的厕所是对学生的一种羞辱，体育课上会被逼着踢足球，历史书里全是谎言，电脑教室闻起来有一股塑料熔化时的臭味，勤杂工会偷走厕所里的卫生纸。

对于每一个不公正的行为，马里亚诺都表达了抗议。

在课堂上不举手就发言；打断老师，谈论一些他们根本不知道的书；在校长室门口静坐，把自己写的海报贴在厕所外面；弄坏零食售卖机，因为里面全是费列罗集团[①]的产品，都贵得要死。

---

① 意大利食品品牌，世界第二大巧克力和糖果产品制造商。

他们只让我们吃那些在电视里看到的东西，那些广告里的玩意儿。晚饭时，马里亚诺抱怨道。他的话只换来母亲温柔的眼神、我的沉默和父亲的嘲笑。

是你把他养成了这副德行，迟早会有人朝他开枪。马西莫对安东尼娅说。

* * *

你是谁的孩子？

安东尼娅的……

安东尼娅是谁？帕图佐的侄女？

不，我不认识什么帕图佐。

那她到底是谁？你们是从哪儿来的？

哥哥向我解释了很多小镇上的事，比如在得到他人的关注之前，你必须先表明身份。所有人都确切地知道你是谁，来自什么样的家庭和城区，做什么工作，哪里是你的地盘、房子、别墅、公寓或商店，店里有没有折扣，是不是按照惯例每个星期四不营业，你的兄弟和谁的孩子是同学，那辆红色菲亚特汽车是不是你的，你会把它停在人行道上还是车库的自动卷帘门里，灵车经过的时候你会不会把卷帘门放下来——只有这样，你才能存在于这个小镇。

人们热衷于给别人起绰号，他们会再次为你洗礼，给每个熟识的人冠上一个新名字。这个名字可能取自你的工作、你住的地方，或是你祖父的生平。你可能是"鱼贩子""青蛙"或"邋遢鬼"。谁也不能把这个小镇赋予你的名字从你身上夺走，它就像一件为你量身定做的衣服，将伴随你一生。

很多情况下，绰号的来由简单易懂：如果你是卖面包的，你就是"面粉"；如果你的鼻子很长，你就叫"大鼻子"。但在别的情况下，缘由就不是那么清楚了：它们多是继承自先辈，也可能反映了当事人某个阶段的处境，或源自二三十年前的争吵。它们存留至今，苦涩，倔强，让嘴巴里泛起铁的味道。

他们也给地点起绰号，马里亚诺告诉我。比如"洗衣房广场"，虽然那儿的洗衣房如今已不复存在；广场后面的"士兵大道"上也没有士兵，还有"罐头路""桂皮街""山羊胡弯道"和"十字架路口"。

如果不知道这些地名指的是哪儿，那你在他们眼里就成了异类。他们不知道你是谁的孩子，选举时你会把选票投给谁，你的家庭医生是谁，狂欢节你会做出什么样的花车，会不会在鱼节[①]炸小银鱼。他们不知道该如何请你帮忙，在需要帮助的时候也不会想到你。他们不会在邮局与你打招呼，你在肉店提醒他们该轮到你了，他们也会置若罔闻，因为下一轮永远是他们。

---

① 意大利传统民俗节日，多于四月至六月在罗马及周边地区举办。节日当天，人们会炸上百公斤的鱼，分发给参与节日的人群品尝。

我到了该上中学的年纪，而我从母亲那里得知，近些年来，从罗马搬来安圭拉腊的人数正在爆炸式增长。这里房价更低，生活也更加安静，乘坐火车一个小时便能到达圣彼得广场和特拉斯提弗列区[①]。小镇从湖岸向内陆延伸，联排别墅、付费停车场、加油站、超市、学校和健身房变得随处可见。来自罗马的城里人和本地人混杂而居，给小镇带来了分歧、不安与焦虑。

他们根本无法理解我们到底是谁，至于我们来到这个小镇的原因，对于他们来说更是一个谜团。

有时我们会编出一些合理或天马行空的缘由：我们有一个拥有贵族血统的姨妈，我们对城市的雾霾过敏，我们喜爱乡间小路，在罗马我们已经连番茄都买不到了，我们喜欢麦子和牛的味道，我们喜欢散步和徒步旅行，有机会的话我们还打算进行一次环湖骑行。

我不知道母亲和米雷拉女士说了什么，我只知道绝不能把我们童年的细节、父亲残疾的经过和这间房子的来历告诉别人。这不是掩饰，也不是撒谎，只是省略掉一些事情而已。母亲教导我们，在这种小地方，把那些小事、琐事、家务事说出去，可比束手无策地直面议论要糟糕得多。

在母亲看来，我们在罗马活得如同人质一般。于是她

[①] 罗马的二十二个区之一，位于台伯河西岸、梵蒂冈以南，也常被译作"越台伯河区"。

替我们所有人选择了最好的解决方式，这样我们便不必与那些用钱也买不来清白的人扯上关系。那栋位于罗马市中心的公寓楼如同一团泥淖，满是青蛙、蝌蚪、蠕虫、蚯蚓，鱼龙混杂。为了航行，我们需要一片清澈的水面。母亲描绘出一幅帆船顺风而行的画面，我就这样被说服了。

安东尼娅的工作是帮别人打扫房子，但实际上她做的远不止这些。她会修理坏掉的家具和慢吞吞的洗碗机，更换灯泡，清理暖气片，缝制一些简单的衣物，给袜子打补丁；她能花很少的钱凑齐一套化装舞会的礼服，用木头制作一些卫生间的置物架和小件家具；必要的时候，她还能修剪花草——她对玫瑰花有些了解，还拥有一手令人羡慕的园艺技术，所以她会帮忙照料雇主家的阳台、露台和花园，并在离开前给草坪浇水。

安东尼娅在别人的房子里发号施令，就像在我们自己家一样；她整理抽屉，训斥孩子，决定家里使用的洗涤剂和晾晒衣服的方式；她用自制的清洁液擦拭银器，不许孩子们在家里随意乱丢拖鞋和玩具；她把每一种蔬菜、奶酪和香肠都分门别类地装好，在外面贴上白色的标签，注明保质期；她列好购物清单，上面决不允许有工业化生产的零食与可口可乐；女孩们放学后，她给她们梳头、扎辫子。没有人敢惹她生气。

别人的房子都是好几层楼的别墅，有的还有游泳池、车库、门铃上方写着"**内有恶犬**"的警示牌和家里沙发上毛茸茸的猫。而这一切都在安东尼娅的掌控之下。

每一个晾衣夹、每一个软木塞、每一张餐巾纸、每一个遥控器都听从她的支配，待在由她选定的合适位置，依照她的品位和她的专横态度。

这些别墅的主人都对母亲寄予了一种难以撼动的信任。他们让她打理钱财，也会把车钥匙交给她，让她把车开去修理厂；他们会在圣诞节和八月让她带薪休假，还会把所有不穿的衣服都送给她。母亲会把这些衣服都带回家，让我和马里亚诺试穿。甚至还有父亲的份儿。这里面经常会有偏大的衬衣或者裤子，母亲会迅速改好尺寸，哪怕父亲穿上它们之后，也不过是从床上挪到厨房的桌子旁。

那些年里，母亲完全可以偷偷拿走一些东西：珠宝、卡波迪蒙蒂瓷偶①、银制小刀或是施华洛世奇水晶小象。可母亲并没有这么做。因为那些东西并不属于她，而对于每一件不属于自己的东西，安东尼娅都像对待逝者一般，始终保持克制与稳重。

有时父亲会和安东尼娅开玩笑，让她拿一些无关紧要但家里正好用完了的东西，比如面条、盐，或者一卷手纸。母亲则会大发雷霆，用冷酷的语气说今晚不会准备晚饭，然后摔门而出，去买那些我们需要的东西。这一系列动作

---

① 十八世纪上半叶，波旁王朝的查理国王在那不勒斯卡波迪蒙蒂地区主持建立了一家御用陶瓷厂，这里出产的陶瓷细腻、精美，被称作卡波迪蒙蒂陶瓷。

提醒我们每一个人,家里缺什么、有什么,都只取决于她一人。

没过多久,真的没过多久,小镇上的人们就开始叫我们红头发安东尼娅家的孩子。

3

没有体验过痛苦的人何来善良

成长是一件困难重重的事,我们不可能一直做孩子,没有人会永远维护你、照顾你、供养你,帮你梳洗打扮,拯救你于困境之中。总会有那么一个时刻,你需要独自面对世界。而现在,这就是我该面对的世界。

无论母亲决定送我去安圭拉腊还是布拉恰诺的中学读书,对我来说都不是好事。小镇确实更加安全,但罗马的学校更好,而且家里人都觉得马里亚诺靠不住。作为家里唯一的女儿,我必须要好好学习,出类拔萃,进入大学,成为一名医生或工程师,进入金融行业,或是发表小说。尤其是阅读,这是必需的,没有任何讨价还价的可能。

很多人告诉母亲,在拉吉乌斯蒂尼阿纳有一所不错的学校。那是罗马北部一个繁华的街区,卡西亚大道从当中横穿而过,带门卫和监控摄像头的高级住宅区混在预制楼房和几家中餐厅之间。

在我的学校，你能遇见那些来自像奥塔维亚或帕尔马罗拉这样的平民社区的孩子，也能看见一些来自资产阶级家庭的学生——他们居住的小区门口都装有自动栅栏门，还有三百个对讲按键供人选择。不过真正的富人对这里不屑一顾，因为他们更愿意把孩子送去私立学校。

我不知道学校的名字，在我的印象里，人们提起它时用的都是它所在街区的名字，也是我每天早上下车的火车站的名字。我第一次离开罗马前往安圭拉腊时，坐的就是这趟火车，后来它成了我前进、逃离、受挫的地方。那些挤满了通勤者的车厢，破旧的车站，昂贵的季票，还有火车晚点后为了不迟到而急匆匆地奔跑、为了逃票钻进卫生间躲避检票员的那些经历。

小镇的学生分成两派：一派在沿湖地区上学，还有一派像我一样，乘坐交通工具前往罗马上学。虽然听起来荒谬，但我这一派并不是少数，我的母亲也不是唯一一个认为火车便捷而罗马的学校教学质量更好的人。

我每天早上七点起床，等候镇政府好不容易决定开设的摆渡车前往火车站。每次到达车站，我都能看见和我一样背着书包、揉着鼻子、顶着黑眼圈、准备出发前往学校的孩子。我们会在不同的车站下车，周围挤满了初高中生，从切萨诺前往罗马中央火车站的士兵，还有夹着公文包、赶往圣彼得广场附近工作的人。

最初的几个星期，我像幼虫或虫茧般默不作声，把自己封闭起来，态度虔诚，听着自己的思绪断断续续地在脑海中萦绕。火车、车窗和座位上的头枕都让我感到陌生，封闭空间里的气味、早晨的汗味和除臭剂刺鼻的味道也令我厌烦。我把书包放在膝头，独自一人坐着。这个书包起先是马里亚诺的，母亲用纸板加固底部之后，又把它给了我。我在书包的口袋上写下自己的名字，母亲把我大骂了一顿，说马伊科尔或者罗贝托之后还要用，我们不可以把它弄脏，不可以在上面画画，不可以把它变成女孩用的东西。它原本是什么样子，就该一直是什么样子。

可是在车站里看见的面孔总是那些，于是目光开始交汇。尽管在不同的班级，但我们会在学校里认出彼此。我们这些来自安圭拉腊的孩子就像是来自同一兽群的狼或狮子，开始在课间休息时碰面，在火车上说悄悄话，在走廊里打招呼。

我就这样认识了阿加塔和卡洛塔。

阿加塔身材娇小，拥有一头金灿灿的头发，笑起来如月亮一般，睫毛也是浅浅的颜色。她总是抱怨自己不够漂亮，满身只有她自己才注意得到的缺点，但她仍吸引了所有同龄人的注意力，不仅仅是靠高马尾和小麦色的皮肤——她的父亲饲养了许多奶牛和猪，还要自己处理草料，在太阳下干活是全家人必须承担的责任。

卡洛塔的身材已经有了成熟女人的味道，柔软的腰肢、结实的大腿、低领的短袖，独特的笑声再加上一两声口哨，总能够让别人臣服于她。她不太对称的脸并不讨喜，而且耳朵太大、下巴太宽，眼睛也又小又黑，但卡洛塔依旧十分自信，这正是我和阿加塔所欠缺的。因为我们这样的女孩总在担心雀斑和不够笔直的腿。

我的朋友是否像公主，这对我来说并不重要。我们就像三座隐秘的城堡，相遇是出于对彼此的需要：我们需要一支能守卫自己的军队，需要有人来驻守我们的堡垒。

我们年纪还小，还没开始执着于自己和他人的身材。但我们也是大孩子了，足以预料到我们对待彼此的方式会随着时间的推移，演变成一场无声的战争，相互对立，从背后向对方射出淬毒的冷箭。

你买了新运动衫？有一天，卡洛塔问我。

没有，这是我哥哥的，怎么了？我回答。

这衣服居然是荧光绿色的，真是离谱。

家里有这么一件衣服，我就拿来穿了。

你看上去就像动画片里的人物。

"三"从来不是我最喜欢的数字，我对此感到很不自在，毕竟我习惯了这种至少有五个成员的家庭，时常能听到吃饭时的喧哗声和卧室里传来的哭声；安静只会令我感到害怕。

我们三个人的友谊从建立开始便摇摇欲坠，以至于让我开始怀疑它的存在。

更何况，我并不擅长交朋友。我不知道该如何与人相处，该如何避免误解，也不明白什么时候需要回应，什么时候要置身事外。我不能邀请她们来家里玩，也没有人能够陪我去她们家。母亲说，如果我想下午独自出门，那至少得到一年以后。我毫无吸引力，模样也一成不变；我没有玩具、化妆品，也没有可以借给她们的漂亮衣服。我拥有的只是哥哥的运动衫、双胞胎的尿布，还有父亲的轮椅。

我从不向她们提起我的家庭生活。阿加塔和卡洛塔会埋怨自己的母亲送了她们不喜欢的礼物：一件条纹毛衣，或一辆紫色而不是她们喜欢的粉色的自行车。我点头附和，但嫉妒如同潜行的蛇，见不得光，被我仔细地埋在心底，小心地养在体内，一有机会就喂上一口。我一边遮掩，一边心想：虽然我是三人之中最一无所有的那个，但与之相比，拥有两个朋友要重要得多。

于是我夸赞她们新买的上衣和项链，为她们在学校笔记本上给我写下深情满满的题词而激动不已。我和她们交换发卡与连环画，尽管这意味着为了买下这些东西，我不得不省下买点心的钱。

这种平衡时常被打破，让我手足无措：她们会对彼此感到不满，或是与我置气。阿加塔有时似乎有意无视我，有时又会紧紧抱住我，让我喘不上气，还会在火车上让我帮她涂指甲油。卡洛塔有时会讽刺我，说我穿裙子的样子像是刚从马戏团跑出来；有时又想帮我梳头发，还把一个带水钻的发箍送给我。

她们到底是真的怜悯我一无所有，还是享受馈赠带来的优越感，我并不能分清，或许都有。我知道该如何站好自己的位置，这是我在家里学到的处世哲学：只要你不到处乱跑，待在别人告诉你该待的地方——大纸箱里、衣柜里、床下整理箱里，你就不会给别人带来麻烦，不会扬起尘土。只有这样，人们才会包容你，才能忍住不踹你几脚。

与阿加塔和卡洛塔在一起的时候，我总是道歉，尽管我根本不知道自己究竟哪里惹了她们生气。我屈从于她们不可理喻的要求，遵守她们毫无来由的规定，轮番拥护她们，当两人在背后埋怨对方时点头附和，从不偏向任何一方。在她们的冲突中，我始终保持中立；待到需要平息纷争时，我就挂上白旗，充当和事佬。

我承受着一切，因为和她们在一起，便意味着无论在学校还是在安圭拉腊，我都不再孤单。郊游时、课间活动时、在火车站时，我有属于自己的小团体。我们一起走进学校，交换日记，写下给对方的话；一起议论那些比我们大的男孩，讲述那些大多是编造的经历与成就；一起见证这场悲剧，因为世界太大，我们太小。

我们互不留情面，总会暗地里彼此作对。我们会偷对方的东西，尽管这些东西根本不能拿来炫耀，否则被偷的人会有所察觉。我们知道对方是小偷，是敌人，却依旧会在好戏上演时露出与之前分毫不差的微笑。

当有来自外界的威胁时，我们又会团结起来，竖起盾牌，保护自己。为彼此说谎，装病，与压迫我们的父母、专制独裁的老师和那些搬弄是非的人开战。

我们之间的友谊平平无奇，有欢笑，有眼泪，有人扮演胜者，也有人饰演败者。我们的友谊像橡皮筋一样，被拉长到几近断裂。我们的友谊天真、单纯，不带有任何悲伤的迹象。

* * *

我就读的学校老旧无比，黄色的外墙皮皱皱巴巴，跟结了痂的皮肤一样。每次去学校，还得先爬一段陡坡。

学校里的教室根本不够用，于是院子里搭起了两个集装箱，夏天发霉，冬天结冰。每个班轮流在里面上课，反正谁也跑不了。

我们没有体育馆，只有一片铺了沥青的空地。所以学校和附近一家运动中心签了协定，我们每个星期都有两个小时的时间去运动中心锻炼。就这样，我们半年在室内游泳馆游泳，另外半年在室外网球场活动。

可是这样一来，我们就必须多花一份钱，还要购买一些必需的装备，比如泳帽、泳衣、泳镜和球拍。

头几个月，我的教室在三层。运动中心的体育课还没有开始，所以活动时我们就在沥青空地上玩躲避球，热身时就绕着空地跑圈。

我的两个朋友和我不在同一个班级，我也不怎么与班里别的女生说话。因为我不相信她们。她们有的是留级下来的，年龄比我大，对于她们来说，我不过是一个小屁孩。而其他人只希望能让自己快速成熟起来：怂恿对方吸烟，和男生一起溜进卫生间。当我表示不愿这么做的时候，她们立刻把我排挤在外。她们看我的眼神如同看一根煮熟的胡萝卜——不过是晚餐里一道口味寡淡的配菜。

我与这些同学的联系脆弱不堪，我从不参与她们的谈话，每次下课铃一响，我便冲出教室，寻找自己的两个朋友。我与她们一起坐在院子里，靠着那堵我们认定独属于我们的矮墙。我的课桌，我的铅笔盒，我们为彼此守门的卫生间，我们的矮墙，我们想留下印记的地方，我们开始接受的未知和恐惧。

我的两个朋友说的话和那些女生其实没有多大差别，我却发现了横亘于它们之间的鸿沟和巨浪，而我决定顺着自己选择的那道水流游下去。

班上的男生总是穿着化纤面料的运动服，可在他们任何一个人身上都看不见男孩刚刚退去稚气后那干净的魅力。他们会因为一些荒唐、令人厌恶的段子大笑，而且总是笑个没完。几小时，几天，甚至几个月，男生们狂热而神经质地执着于同一个玩笑。他们当中有人能让自己的耳朵动起来，便以此大肆吹嘘；有人瘦得能透过外衣看见锁骨；还有人头发油乎乎的，却从不洗遮阳帽。有意思的男孩就像遥远的星系一样遥不可及，他们往往比我们年长，要么在别的班级，要么在校门外的小镇上，尤其是小镇上的那些。学校里的这些男生在我看来毫无价值，找不出什么特点，很快便让人失去了印象。

我唯一的任务就是不要拿太低的分数。我在火车上看书，下午让母亲看见我在做该做的事，不让她被叫去学校与老师谈话，否则她就必须说明她为什么自己一个人去学校，她是做什么工作的，我们是哪里人。而我不想让老师们知道这些问题的答案。

数学老师喜欢给我们起外号，她叫我 pH4.5，因为她觉得我对她自以为友好的举动反应刻薄。英语老师有些咄咄逼人，如果我们弄错了一个动词或是一个名词复数，她就会让我们在本子上再写一百遍，于是我的本子上全是副词、代词、不及物动词。意大利语老师讨厌我的作文，认为我写的东西总是与她的要求相去甚远，我的文章几乎被她画满红线，然后收到一个"及格"。她一听到课堂上的动静，就合上我们的名册，用双手拿起再狠狠拍向讲台。不过我的死穴还是职业技术课老师，因为我太马虎了，画不成圆，线条被我抹得脏兮兮的，我拿尺子时哆哆嗦嗦，就连马里亚诺用过的文件夹也被我画上或是蹭上了痕迹，母亲怎么洗也洗不掉。

我疯了一般地学习，只求口试顺利，这样职业技术课就不至于挂科。我熟记如何建设预制房屋、电气系统、抗风抗震结构和建筑，尝试细致地了解纺织和陶瓷制作技术；我向父亲展示我的设计，他却对此嗤之以鼻，不耐烦地告诉我在他看来应该怎么做。然而不论是他还是母亲都没有任何学习、设计、写作或翻译的经验；就算有，生活的坎坷也早已让他们把这些忘得一干二净。

马里亚诺开始帮助我完成这些设计绘图的家庭作业。我相信他更愿意把这些时间花在别处，可他仍旧花上好几个小时摆弄圆规和黑色水笔。不过老师不是那么好骗的：她让我在课堂上重复画图的步骤，而我这个左撇子弄脏了每一张纸，根本画不出两条相互垂直的线。

同学们针对我并非因为我在课业上吃力。相反，从某种角度上说，它反倒保护了我。在学业上过于优秀就意味着你与老师是一伙的，是叛徒，所有人都会像食人族那般，随时准备扑上来咬你一口。而你的身体在不停生长，变化，伸长，破裂。周围的同学会仔细地搜寻你身上每一处不好看的地方，每一件过紧的衣服，脸上冒出的每一颗痘痘。

每个人都逃脱不了嘲弄，原因千奇百怪。轮到我时，仅仅因为剪头发就足以引发一阵冷嘲热讽。

理发店从来不在我们的可选范围之内。母亲一直负责给我们所有人剪头发：大人，孩子，还有她自己。最近这一次，她决定要好好修剪一下我的头发，因为它们实在太长了，发梢也已经开始分叉。于是母亲把我的头发剪到与下巴齐平，还把前面的两缕头发剪得很短。这样一来，我的耳朵就更加明显。现在它们看上去就像是被一个蓬松的红色头盔框在了中间。

一走进教室，同学们就发现我的发型出了问题。他们开起玩笑，说我的耳朵很大，还说我看上去就像一颗蘑菇。他们开始叫我"小红帽""小飞象"，趁着课间休息我不在的时候往我的桌子上画长着大耳朵的小人。他们躲在我背后模仿飞机飞行的样子，借此告诉大家我很快就能用两只大得夸张的耳朵飞起来。

和小时候被人议论嘴巴时一样，我在镜子里仔细地检查着自己的耳朵，发现它们和之前并没有什么差别。于是我责怪起母亲。

你把我的头发剪得像男孩一样。放学后，我哭喊着走进家门。

才不是呢，你这样很可爱。她辩解道。

我看起来就像个傻小子，没有胸，连头发也没了。

谁说你没胸没头发了。要是因为这些小事就哭的话，那你可真傻。比起头发，世界上多的是让你伤心绝望的东西。

在你看来，什么都比我遭受的痛苦要更糟糕。

你根本不知道什么是痛苦，这就是问题的关键。母亲说。我不会把钱浪费在什么理发师身上，我们可不需要。实在不行就戴上发箍和发卡，然后赶紧去学习。学校可不是让你们打扮的地方。安东尼娅结束了我们之间的对话，叹着气熨衣服去了。除了别人家里的杂事，自己家的也得她来做。

我跑回自己的房间，想进门时却发现房门用钥匙反锁了。我一遍一遍地敲着门，马里亚诺却和那个据说是来学习的女性朋友躲在里面，怎么也不肯开门。

我觉得，我恨他们所有人。于是我背靠着门坐在房间外，直到那个女孩穿好衣服，而马里亚诺也终于决定把门打开。

事实上，我的同班同学很快就厌倦了拿我和我的耳朵开玩笑，除了一个人。

* * *

那家伙叫亚历山德罗，个头比我高，可以把下巴架在我的脑袋上。

他戴近视眼镜，镜框十分精致。他足球踢得不错，总在学校的院子里练习传球。他顶着一头浓密卷曲的黑发，一个月就要换一双运动鞋。他的父母开了一家糕点店，整个街区都是他们的顾客。

亚历山德罗觉得我被取笑的时间还不够长，所以仍旧乐此不疲，就像一个穿着青铜铠甲、孤军奋战的骑士，面对我这样一个没有坐骑也没有武器的人。

对亚历山德罗来说，我只有"大耳朵"这一个名字。他一直这么叫我：在课上，在学校走廊上，在课间休息时，在学校外,在外出游玩的校车上。他把这个名字写在我的课桌和本子上,还在所有同学面前大喊大叫:大耳朵,过来;大耳朵,做这个;大耳朵,到那儿去。

一开始我很生气,和家里人与班上的同学抱怨,还想方设法让老师们知道这件事。不过似乎并没有人在意我的艰难处境:他们对此只是一笑了之,耸耸肩,说这样的事会发生在每一个人身上,我也不例外。

于是我想,我最好还是不要理他。听见他叫我"大耳朵"的时候不要转身,他从我面前走过的时候不和他打招呼,如果知道他在哪儿就不要过去,在老师提问时也不要帮他。我把自己变成一堵高墙,躲藏其中,抵御着一切。但正是因为这样,我把亚历山德罗惹恼了。于是嘲讽变为愤恨,玩笑成了挑衅。

一天,我们同往常一样绕着院子跑圈热身。亚历山德罗说,小心点,大耳朵,当心摔跤。

他绊了我一下,我摔倒在地上。

我的脸狠狠磕在沥青地面上,下巴也摔破了,血流到了衣服上。黑色的颗粒嵌进我的手掌,膝盖也由于突如其来的撞击不停地颤抖。我没能及时阻止他。

而他只是看着我,却并不得意。看见血的一瞬间他有些无措,意识到自己做得有些过了头,于是伸出手想拉我起来。我并没有理会他,自己爬起来,去卫生间清理干净,没有把这件事告诉任何人。

对不起，大耳朵，我不是故意的。亚历山德罗站在卫生间外想和我说话，但我并没有搭理他。

于是他喊了我的真名，想以此获得我的原谅，即便这样，我还是没有理睬他。离开卫生间之后，尽管腿还是很痛，我仍然回到了跑圈的队伍里，之后便坐在阴凉的地方，看同学们——也包括亚历山德罗——玩躲避球。

我看着他赢得了游戏，和队友们一同庆祝胜利。

体育课老师并没有注意到这件事，也没有对我的异样表示关心。她穿着花呢短裙和短靴，同往常一样涂了指甲油，戴着贝雷帽。上课时，她抽烟的时间比跑动的时间还要多。

晚上我向母亲解释说，是我自己不小心摔倒的，因为有一些松树的树根钻到了沥青地面上。

母亲说：我要去告诉学校，让他们把这些根清理掉。

我对她说：拜托，不要去。

这件事让亚历山德罗消停了一段时间，但也只是一小段时间。

很快他就故技重施，还让别人也都这么喊我。为了让那个真正的我永远消失，他甚至还给我捏造了新形象：大耳朵，一个又丑又干瘪的家伙，没有胸，不会接吻，连等腰三角形都画不好。

每次班级聚会，亚历山德罗都坚持不邀请我。他弄到了我家的电话号码，总是只说一声"大耳朵"之后就把电话挂掉。如果他觉得接电话的人是我的母亲或者哥哥，他就保持沉默。

他还会让一些我不认识的人往我家打电话，有时甚至在晚上，电话一响就是好几个小时。但我并没有屈服，也没有告诉母亲这一切发生的缘由。因为由她为我出头，就意味着承认我败下阵来。

如果我告诉母亲或者马里亚诺正在发生的事，他们一定不会袖手旁观，问题也肯定能够得到解决。若是以前，母亲会找上门大吵一架，马里亚诺则会在校外找个机会揍他一顿。他们有能力让所有不公正都消失。可这一次，事情在我眼中已经变得与往常不同。这一次，我觉得我长大了，我想学着保护自己。

每天去学校成了负担，私语、讥笑和嘲讽如影随形。我觉得自己正被吸血鬼吸食，血液淌出血管，让我时时觉得困倦，很想睡觉。

到了在室内游泳馆上体育课的日子，情况变得愈发糟糕。母亲给我缝了一件游泳衣，但是臀部的尺寸太小，我时不时就得调整一下。泳帽是那种上了年纪的女人才会用的粉红色，上面还有镂空的花样，我的红头发时不时会从当中钻出来。干瘦、长满雀斑的腿，扁平的胸部，腋下和腿上没有剃掉的体毛：败局已定，童年那个虽不出众但也从未自暴自弃的自己走向了终结。

我被欺负的缘由又增加了许多，因为我看上去格格不入,比如大到不合脚的柠檬绿色拖鞋,比如我学不会蝶泳,每次都差点溺水。

回到教室,我坐在自己的课桌边,就像坐在高塔的塔顶。

别的女孩在圣诞节收到了第一部手机:和香蕉一般大小,通体灰色。她们会打电话和别人聊天,发送一些不顾语法规则的短信,以"我爱你"结尾。

我被排除在外,就像班里去位于朱利亚别墅的伊特鲁里亚博物馆参观时那样。在那里,我们看到了许多瓦器、碎瓦片、小雕像、盒匣,还有厌倦和无聊。那天的照片被印在了光滑的覆膜纸上。收到照片时,我拿起剪刀,把我的头像从上面剪了下来,一个位于右上角边缘处的小方块。

咔嚓,咔嚓。我看着小方块落了下来。

纸片上的脸属于一个叫"大耳朵"的人。她不是我,我也不认识她。我只想尽快摆脱任何属于她的痕迹。

我捡起那张脸,放在父亲的烟灰缸里。我知道他会把香烟直接摁在里面,看都不看一眼。果然,这次也毫不例外。晚饭之后,烟灰已经把照片灼出了一个洞。

* * *

看见鲜血弄脏大腿时,我并没有感到愤怒或不安,而是果断地拿着内裤,光着下身走到安东尼娅跟前,问她该怎么办。

她把我带到洗手间，拿出她的卫生巾，拆开其中一片，放到一条干净的内裤上。她展开卫生巾的护翼，粘好，告诉我这是我在今后很多年里都必须执行的一项仪式。

这些卫生巾现在不只是她的，而是我们的。母亲告诉我卫生巾放在哪里，还把它们分为三类：颜色最深的是开始那几天用的，紫色是感觉不那么疼的时候用的，粉色是最后流血很少的时候用的。

如果流血太多你必须告诉我；如果没有流血你必须告诉我；如果在学校肚子疼得厉害，你必须停下正在做的事情；如果你觉得血压低、头晕，就赶紧去床上躺着。

要经常洗澡，母亲反复说道。就算不舒服，也要经常冲澡。记得用坐浴器，如果内裤和床单脏了就赶紧洗，否则会留下血渍。

不过最重要的一点，这件事对你有很大的影响，一定要注意。当心那些男孩，就算他们嘴上说相信你，看上去理解你，但实际上他们什么都不明白。要知道，从现在开始你已经可以怀孕了。至于要不要孩子，都取决于你。

别最后像我这样，十七岁的时候就和一个外号叫"托尼"的人生了马里亚诺，那家伙现在还因为谋杀罪待在监狱里呢。

马里亚诺知道这件事吗？我问。

不知道，也没必要知道。我们家已经有够多没用的男人了。

安东尼娅把脏了的内裤扔进漂白剂里，我感觉肚子一阵绞痛。

从那晚开始，母亲变得忧心忡忡。我不该再和马里亚诺睡在同一个房间里，这件事必须解决。

她把一根绳子从房间的一边拉到另一边，然后把几张床单缝到一起，挂在我和马里亚诺的床之间。这样一来，我在床单后面脱衣服或是做些别的什么，就不会被看见了。

这都是什么乱七八糟的玩意儿。哥哥进来后说道。

你妹妹需要隐私。母亲回答。

这几张床单构筑了一道鸿沟，横亘在童年的我和成熟的我之间。曾经，我可以听马里亚诺说梦话；而现在，我必须停止这样的行为。我们开始分开摆放自己的玩具，我也不会再穿他的衣服；我这边的墙上贴着海报，他那边的墙上挂着政党的旗帜。两边的床上依旧是不配套的床单和枕套，影子投映在房间中间的床单上，我看见马里亚诺在床单后时隐时现，仿佛是一个提线木偶。

我的身体也开始发生变化，所有人都在关心这件事，除了我自己。父亲开始莫名其妙地嫉妒和焦虑：和我说话的是谁，给我打电话的又是谁，我的朋友是谁，和我不对付的人又是谁。

他开始时不时地翻我的笔记本和日记，如果他够得着的话。父亲担心我羽翼未丰，没有父亲的保护，就要独自面对这个世界。

他始终没有表现出这种担忧。直到我的身体开始像蛇蜕皮一样发生明显的变化，他开始让马里亚诺小心盯着我，唠叨着：看着你的妹妹，看看她在做什么，要去哪里。

马里亚诺回答说，我又不是保姆。两人就开始高声对骂起来。

吃饭的时候，每个人都在争论、咒骂，但争执最激烈的，还是关于球拍的事。

游泳课已经结束，网球课马上就要开始了，可我还没有球拍。因为二手的球拍不太容易找，买一副新的又太贵了。

母亲明白我最近为何心情消沉。她认为球拍必须要买，所以开始节省别的开销，比如给父亲和哥哥买烟的钱，交电费和电话费的钱，置办家用的钱，甚至她用来买染发剂的钱。

网球课能有什么用，这钱不就是打水漂了吗？晚餐时，父亲在一桌子的煮胡萝卜和奶酪前情绪激动地抱怨。

马西莫，重点不是什么课的问题。所有的孩子都去上课，所以她也要去。母亲砰的一声放下玻璃杯，杯里的水洒出了一些。

他说的又没错，这算什么？她连十三岁都不到，又能去上几次课。哥哥补充道，这次他罕见地与父亲站到了同一边。

这下他们记起了我是个女人，而他们则同为男人，于是出乎意料地结成了新的同盟。

我刚才大概没有说清楚,我没有在征求谁的同意,而是在通知你们,我要节省出一部分的钱来买球拍,我们每个人都要为此做出一些牺牲。母亲用尖锐的眼神盯着马里亚诺。

你会为了我们每个人都这么做吗?我们都能有自己的球拍吗?那我也要。马里亚诺嘴里嚼着一块面包,神气十足。

少来勒索我,我什么都不会给你。你妹妹这段日子可不好过,作为母亲我是知道的,你作为哥哥也应该理解。可你只顾着自己到处闲逛,去你那些集会、游行。你以为我们没发现,也不知道吗?

怎么不好过?因为长了痘还是屁股不翘?在你看来这是问题吗?你一直都不过是个伪君子。

是我供你们吃穿,离了我,你们什么都不是。母亲猛地把盘子摔在桌上,站了起来。盘子摔碎了,胡萝卜在桌子上跳动,弄脏了格子桌布。双胞胎也跟着号啕大哭起来。

我如同烛台上熄灭的蜡烛,神色惨然,不知所措。

然而不到一周,我还是拥有了自己的球拍。而安东尼娅也同往常一样,不再和父亲与哥哥说话,不再搭理他们。

网球课开始了,我下定决心认真上课。我把网球拍仔仔细细地放进拍套。属于我的新物件不多,它便是其中一个。我有责任将它保管好。

每次上完课回家,我都会告诉安东尼娅我在课上学到的东西:发球,还有屈腿练习。我告诉她我接到了多少球,告诉她我在那片红土场上跑了多少圈。

我并不喜欢网球课,但我很珍视我的球拍。看向它时,我的眼神里满是柔情,我不知为它听过多少次马里亚诺的抱怨,以及母亲因此对马里亚诺的责骂,我必须保护好它。

在室外打网球比游泳更好,毕竟我的运动服虽然称不上漂亮,但至少中规中矩,没有图案也没有补丁,不会引人注意。我的球拍是最便宜的那种,但是外表发亮,也很干净。我每次都会自豪地把拍套背在肩上,在车站一遍遍向我的朋友们炫耀:看,这可是支新球拍。

虽然她们拿着手机,戴着小小的珍珠耳饰,但我不在乎,我有属于自己的球拍。

直到它被人弄坏的那天。

亚历山德罗越是懦弱,我就越不愿意搭理他。每次我无视他时,他都会气得满脸通红,不知道该做些什么,只会一个劲地擦着自己那再干净不过的脸。

后来他变聪明了,就像蚊子知道哪里有裸露的皮肤可以叮咬。那天,他从家里带来一把剪刀,藏在书包里,趁着我去洗脸的空当,一把剪断了我的球拍线。

一个洞赫然出现在球拍的正中间,这下球拍算是彻底用不了了。他把剪刀藏起来,又把球拍按照原来的样子放回凳子上。心不在焉的老师们根本没有注意到这一幕,那些和他一伙的同学更是不会多说什么,于是他回到场地中间,继续打起球来。

我在放换洗衣裤的书包旁边再次看见那支球拍的时候，它就是这副样子：破碎的球拍线让它失去了原先的活力，现在它只不过是一个带把手的椭圆形物件，一无是处。

我看见亚历山德罗冲我露出一个卑鄙而狡黠的微笑，就知道这事准是他干的。

我再也没法参加接下来的比赛和训练了。我坐在场边的凳子上，手足无措，满脑袋想的都是该花多少钱才能修好它，该怎样向母亲说明这件事，所有人都会觉得我很傻，因为我没有保护好自己的球拍。

两个小时的网球课结束后，我站了起来，走到亚历山德罗身边。

我们可以谈谈吗？我问道。

谈什么，大耳朵？

谈谈我的球拍。

没什么好谈的。

是你干的吧？我把破了洞的球拍举到他的面前。他耸了耸肩。

大家陆陆续续离开球场，老师见我们落在了后面，便让我们把场地里的锥筒和网球收拾起来。

是你干的吧？我没有理会老师，再一次问道。

球场里只剩我们两个人了。

有可能，他笑着说道。

亚历山德罗觉得这只不过是一个恶作剧，一个微不足道的玩笑，像捏了一下肚子、推了一下秋千、揪了一下头发一样，无关痛痒。

我想到他的生活，想到他手表的价格是我球拍的三倍，他的鬈发上涂满了发胶，他的家人答应在他十四岁的时候送他一辆摩托车；想到他穿名牌衣服，戴签名款的眼镜，他母亲做的点心可口无比，粉色的糖果看上去也很精美。然后我又想起自己家格子花纹的桌布、边缘破碎的盘子、水煮的胡萝卜和打折时买的洗涤剂。我想到马里亚诺已经开始讨厌我，他现在只会躲在帘子后面看我；想到那个德国女人不让我靠近那些鱼；想到被法西斯分子偷走的铁门、在手臂上比画出注射器手势的安东尼娅、只能睡在纸盒子里的双胞胎、躺在重症监护室里断了双腿的父亲。想到这些，我忍不住开始打他。

我高高举起球拍，双手握住拍柄，朝着他的膝盖打了下去。一下，两下，三下，五下。打到第七下的时候，他哀号着倒在了地上。

鲜血从他的伤口流出，淌在砖红色的地面上。他想站起来，但没成功。我把染了血的球拍丢在地上，心里明白，如果我把这件事告诉老师，她一定会让亚历山德罗给我修好球拍，还会把他的父母叫来谈话，让他们向我道歉，但这些并不是我现下在意的事。

我丢下被我打破了膝盖的亚历山德罗，走到他的书包旁，打开包，取出他的球拍放进我的拍套。我没有对他说这不过是一次公平的交换，也不期待他的道歉或是补偿。

在亚历山德罗的咒骂、嘶吼和喘息声中，我走出球场，快步走上通往体育馆外的台阶。我背着球拍，走过街道、加油站和车站前的广场，然后坐在长椅上，等待下午一点二十三分开往维泰博－罗马门方向的火车。我碰见了卡洛塔，她向我问好。

我回答说：火车要晚点五分钟。

在公共花园摘玫瑰，没有按时把书还给图书馆，张着嘴巴等饭吃，在应急车道超车，为了几颗水果糖和孩子们吵架，说谎，使坏。也许这些都不算什么，但实际上，我们就是这样慢慢变坏了。

4
世界是一个冰冷刺骨的泳池

小时候，母亲为我和马里亚诺清理出的那片水泥地是我们唯一可以玩耍的地方。我们的小学没有花园也没有足球场，课间只能在走廊里休息，因为有一棵倒下的松树正好横在院子里。大人们用红白相间的警示带围着树圈出一块地方，告诉孩子们禁止靠近，之后却一直没有人来把这棵树移走，只是在带子断掉的时候再打个结。五年的时间里，从教室的窗户向外看，我一直能看见那棵松树，枝干长满了松针和松果，根部却因为混凝土变得腐朽。它静静地躺在那里，仿佛在告诉我们，它的沉睡都是我们的过失。

我们先前住的那间房子附近有几个小花园，里面遍地都是注射器，就算是白天也能看见坐在长椅上的男男女女，伸着胳膊，针头还插在血管里。他们忘记拔出针头，也没有人愿意自找麻烦，替他们这么做。

要是安东尼娅看见这样的人，就会走上前喊道：有人吗？有人帮他把针头拔出来吗？这时我会生气地大哭。那些人可能会攻击她，抢她的包，殴打她。我对他们没有任何同情，只有害怕。

母亲规定只能在家里玩，只有我和马里亚诺要遵守这个规定，再没有其他人。所以，我们没有秋千，没有滑梯，也没有骑自行车时可能会撞到别人的空地。

安东尼娅担心如果我们去外面玩，可能会遇到她童年时见识过的那种游戏，在那些颓废的、并不属于孩子们的地方。

有一次，母亲和我讲童年的故事，关于她出生的那片社区，关于某天人们张贴布告，说公共泳池已经开始施工，建成后将会为社区居民提供游泳课程，老人和孩子可享受优惠价。同时，市政府承诺将会建造新的设施，开设新的公交线路，清空公共垃圾桶，对夜间那些交易进行管制。

泳池开始挖掘建设，挖土机和水泥先后抵达，然后是工程师和设计图纸，还有市长和参事，所有人都来参观这个永远都不可能完工的项目。

泳池建好了，却没有举行落成典礼。工人们用混凝土浇筑了泳池，用树脂在池内做了防水，安装了跳板，却迟迟没有灌水。

数年过去，那个公共泳池早已变成一抹幽灵、一场闹剧、一个笑话。它本应象征这片地区的新生，却最终沦为失败品。人们开始用垃圾和废弃家具将它填满：床垫、破损的扶手沙发、碎裂的卫生间瓷砖、坏掉的水管。喷洒在泳池里的不是泳池消毒剂，而是杀虫剂；没有救生设备，只有老鼠和蟑螂。

尽管那里无人问津，漫天的臭气被忽视与遗忘，孩子们却还是会去那里玩耍。因为他们没有别的地方可去：附近既没有公园也没有广场，教堂显然也不合适。母亲和她的朋友们会约在那里见面，她们会说：我们泳池见。

那些未曾实现的诺言在泳池中聚成一片泥淖，孩子们坐在跳板上，悬空的脚下是无数翻涌的疾病。

他们在本应是更衣室的钢筋之间捉迷藏，躲在一片巨大的条幅后抽烟。条幅上仍然可见几个大字：**市政泳池开业大吉。**

上面还写着时间、地点，所有的一切，但人们从未迎来它开张的那一天。泳池墙面上的油漆早已被雨水冲尽，地面的瓷砖也翘了起来。承包泳池工程的公司已经宣布破产，相关部门对他们的一些违法行为进行了调查，然后就没了后续。相关诉讼文件和其他案子的诉讼文件堆放在一起，再也无人触碰。

母亲向我坦陈，从那时起她便不再相信。当政府的人承诺清理街区，帮助那些流落在街角的人，给失业的家庭提供住房，修建新的公园、新的电车线路、新的社会卫生中心时，她不仅不会相信，甚至还要嘲笑一番。

安东尼娅不再期待事情能有什么结果，她会自己去做。

泳池已经成了一个被遗忘的幻想,她的孩子不该在污水潭中玩耍。所以如果有什么要清理的,她会去清理;如果有什么要禁止的,她会去禁止;如果有什么要规定的,她会去规定。

看到广场上正在搭建游乐场,就在我们位于安圭拉腊的房子前面时,母亲认为这证明了搬家是正确的选择。不过她也许忘记了孩子的游戏可以变得多么可怕。也许她忘记了想要在游乐场里赢得红色小鱼、毛绒大象,赢得最令人垂涎的奖品,你就必须仔细瞄准,然后开枪。

* * *

这样的临时游乐场每年搭建一次,在复活节假期期间,大概持续两个星期。广场一边会搭起几个奇形怪状的银色飞船,上上下下,前端涂成红色,像是火箭一般。这种游戏很受孩子的欢迎,他们拖着父母来到跟前,伸手指着高处的小飞船,把这种机械、重复的运动当作对飞行和未知的体验。

还有一种常见的游乐设施,就是所谓的旋转飞椅,几把椅子由链条绑在圆环上,圆环动起来的时候,椅子也跟着飞速旋转起来,随着加速越飞越高。游戏的奖品通常被绑在一根杆子上,想要获胜,就要使劲推前面的椅子,让它飞得更高,高到足以让坐在里面的人能伸手够到奖品。

如果慢慢旋转，那它不过是一个简单的儿童游乐项目；但如果参加的人是一群青少年，它就会变成一场邪恶的比拼。我们就是这群青少年，确切地说，我们希望能被看作青少年。可我们只有十二岁，什么也算不上，我们讨厌那些无聊幼稚的玩具火箭，又没钱买烟，也没有属于自己的摩托车。

我们对三个游乐项目尤为关注。

第一个是拳击机。机器的下面挂着一个椭圆形的沙袋，击打的力量越大，得分就越高。男孩们能花上好几个小时，甚至是一整天的时间来一较高下。为了获胜，有人助跑，也有人面目狰狞地高高举起拳头。谁若是无法让沙袋挪动分毫，便会被视作失败者，遭到其他人的嘲笑。我们这些女孩会在机器旁围成一圈，旁观他们的输赢，我们欢呼或大笑，嘲弄他们明明没有胡子或其他男性特征，还要装出一副男子汉的样子；我们还会怂恿他们表现得更男人一些。得到最高分的人会收获所有人充满敬意的目光，这时那人就仿佛身着华服，走路时连胸膛都挺了起来。女孩们是不能尝试这个游戏的，当然我们也不想尝试，毕竟一个女人若是出拳伤人，便是不雅，会失去人们对她的渴求。就算我们当中真的有人站到了拳击机旁，也只是开个玩笑，温柔地挥上一拳，连半分都拿不到，那力气就和婴儿差不多。

其次是卡洛塔十分喜爱的项目——碰碰车。广场中央铺设了黑色的车道和顶棚，位置恰好在我家阳台下面。每辆碰碰车上可以坐两个人，车把手上包裹着破旧的皮革，侧面标注着车辆编号。这项游戏唯一的乐趣在于玩家之间相互碰撞，所以每辆车都有厚厚的橡胶保险杠，来减缓撞车的冲击力。然而碰撞带来的欢笑并不能让我们满足。每个人都会选择一个特定的目标，男孩们在远处开车兜着大圈，找到自己看不顺眼的人后再狠狠撞过去，带来一声巨响和相互间的谩骂。而卡洛塔偏爱碰碰车的原因并不在此。它本不过是一个幼稚的游戏，我们却霸占了整个场地，不让年纪比我们小的孩子玩，因为游乐场的管理员发明了一个新的玩法：亲吻游戏。

管理员会在游戏期间的某个时刻鸣笛，所有车听见笛声都要停下来。这时，管理员说出一个号码，坐在对应号码碰碰车上的人就可以站起来，给自己喜欢的人一个吻。得到亲吻的人会收到一枚游戏币，可以免费再玩一次。能够赢得亲吻这件事让卡洛塔很兴奋。她总是让阿加塔和自己坐同一辆车，因为与我相比，阿加塔能收到更多亲吻，而我只能当一个幽灵。我坐的车也许会被抽中，想到这个可能，我就激动不已，手指出汗，不知道该走向谁，该做什么。那些男孩之中当然有我喜欢的面孔，我也希望自己能在别的女孩面前被选中，尤其是一个男孩。他叫安德烈，身材修长，额上的头发修剪得十分齐整。与别的男孩相比，他说话没有口音，总是穿色彩鲜艳的短袖衫，眼睛很圆。我们很多人都喜欢安德烈，因为他懂得随机应变；如果有人辱骂，他会还击；如果被点名，他不会退缩；不过他并不好斗，从不挑起争端。

当安德烈的号码被叫到时，他会从车里站起来，然后向我走来。光是想象这样的场景，就足以让我颤抖，但他不会这样做。如果他的号码被叫到，安德烈总是让自己同车的朋友站起来，而他坐着一动不动。我不知道他会看向哪里，有没有看向我，是否在想别的事情，想别的什么人，当他低声和朋友说一些讽刺的话时，又为什么发笑。

卡洛塔热衷于站起来，选择亲吻的对象。她这么做时神态自若，而这正是我所厌恶的。她身上从未显现预想中的焦虑与烦恼，卡洛塔似乎早就准备好应对每一次阻碍、每一次成长，尽管周围的男生发现她将目光投向自己时，并没有表现得特别开心。她身上有些东西并不是那么招男生喜欢，可能是脸，可能是没怎么修整过的眉毛，可能是越来越宽的臀部。

没有人喜欢卡洛塔的吻，但她仍乐此不疲，这让我感到尴尬。每次她站起来的时候，我都会扭过脸去。为了抵御那些不曾给出也不曾得到的亲吻，我唯一能做的便是开着碰碰车挑选撒气的对象，然后加速撞上去，一次比一次更凶狠，我们的身体、脖子和腰也在撞击中向前倾倒、弯曲。当男孩们发现撞向自己的是个女孩时，目光中露出一丝茫然，这比有人站起来亲吻他们时，他们眼神里的虚荣和得意更让我感到愉悦。我穿着早就变形的运动衫，拉起兜帽，遮住自己的头发、耳朵和半个额头，和男孩们一样坐在车里。

你怎么生气了？一轮游戏结束，下车时，阿加塔问我。她赚到了四枚游戏币，足够让她玩上一整夜。而我已经花光了早上马里亚诺给我的钱，只能和别的倒霉蛋一起坐在场地边旁观。

我没生气，这个游戏不就该这样，它叫"碰碰车"，又不是什么"亲亲车"。我答道。

我的语气尖锐、刻薄，声音也似乎并不属于我，但自从在和亚历山德罗的球拍大战中获胜后，我感到这种声音正顺着脖颈向下流去。

从那天起，我的这个同班同学就再也没和我说过话，也不敢告诉任何人打他的是个女孩。事后老师们进行了调查，亚历山德罗的父母也闹到学校来。他们要求赔偿，还说要起诉学校。他们的儿子进了急救室，以后再也无法踢五人足球了。

你想射击吗？安德烈突然说道。我没有回答，四下张望，看他到底在和谁说话。

你想射击吗？安德烈从牛仔裤兜里掏出一些钱，又问了一遍。他在和我说话。

第三个让我们着迷的项目就是射击：靠墙的架子上放着可口可乐、雪碧和芬达的空易拉罐，每个都已经变了形。你可以选择用玩具手枪还是玩具步枪，打落的易拉罐越多，得到的奖品就越多。打落三个，什么也没有；打落十个，一个木偶或一只玩具青蛙、一只玩具老鼠或是一只玩具长颈鹿；打落三十个，一个装满了巧克力的假起泡酒瓶。如果你全部打落，他们就会奖励你巨大的毛绒玩具——一只两米高的粉色玩具熊，脖子上有一个红色蝴蝶结，眼睛又黑又小。

我从来没有玩过，我觉得这个游戏很没意思，就是一个抢钱的把戏。大部分易拉罐肯定是粘在木头架子上的，所以最多只能打落三十个。我看别人玩过，最好的奖品也不过是一把巧克力。后来他们坐在矮墙上，把奖品吃了，回家的时候牛仔裤上沾满了巧克力和烟灰。

我紧紧盯着安德烈，回答说，好，我们试试吧。

他先付了一轮的钱，随后就开始射击。他拿枪的姿势不对，瞄准时也过于匆忙。很显然，他根本不知道武器是什么，相关经验最多不过是邀请朋友一起坐在客厅的地板上，在电子游戏里历经生死。我认为举着枪一定不能像拿着胡萝卜、西兰花或是茄子之类的无用之物，而是要在拿枪时想清楚，到底要向什么开枪。

我看着安德烈打落了几个易拉罐，其余有的只是晃了晃，有的甚至纹丝不动。几乎所有易拉罐都还立在架子上。他的朋友们聚过来，卡洛塔和阿加塔也凑上前鼓励他，尽管之前我们没有相互介绍，但这样一来，现在也算是相识了。在小镇里，只要说过话，只要走得近一些，就算是混进了同一个圈子。

安德烈又掏出一些钱放在桌子上，说现在轮到我了。我在他的眼睛里看到了一丝挑衅。我原以为的善意似乎变成一种嘲弄。不过毕竟之前玩碰碰车的时候，我曾好几次往他的车上撞，像极了一个人对另一个人的单相思，充满了被理解、被接纳的渴望。那么现在，我就该承受这一切。

我拿起枪。摊位管理员告诉我可以打几发子弹，如果打完之后还想玩的话，就必须另外付钱，而击落的易拉罐数量也要重新计算。一轮游戏只有一个奖品。

我点点头。人群四下散去。没有人想看一个小女孩射击时的丑态，而且她的头发还被母亲剪得乱七八糟，身上穿的衣服也都属于那个信奉无政府主义的哥哥。是的，也许我能逗得他们哄堂大笑，但我送给他们的这些笑料一文不值。

看见亚历山德罗拄着拐杖走进班级时，意大利语老师眼里蓄满了泪水。她一只手捂着嘴，喃喃说道：不该发生这样的事情。

我握住玩具手枪，慢慢举了起来。在闭上一只眼睛瞄准的那个瞬间，我没有一丝颤抖，也没有心跳加速。这一刻，我只想大喊：你们看啊，现在我也可以玩这个游戏了。

射击开始，罐子一个接一个倒了下去。耳边是易拉罐叮当作响和子弹射出的声音。我接连射落了五个，之后便停下来让手放松一会儿。我根本不清楚究竟发生了什么，只感觉自己正伸直胳膊、盯紧目标、扣动扳机，就像第一次唱歌，却发现自己的歌声如夜莺一般美妙。

安德烈在一旁认真看着，试图把这个结果归结为运气，还说多亏有风助力，然后笑了起来。

我举起枪，瞄准第六个易拉罐，扣动了扳机。再次连续击落五个罐子后，我停下来给手枪填弹。管理员顶着一头油乎乎的头发，穿着有粉色栀子花纹样的低胸连衣裙，勉强挤出一脸笑容，用一口外地方言评论着，而我不想明白她到底说了些什么。

有的人平衡感很好，可以像火烈鸟那样单腿站立；有的人跳舞有节奏感，可以感知鼓点的节拍；有的人不需要草稿纸或计算器就能做加减法；还有我，会射击，腿上皮肤粗糙，穿肥大的运动衫，对自己的未来一无所知。

光是能够获得奖品这件事就让我十分在意。也许别人无所谓，但我希望拥有许多东西：成堆的鞋子、成堆的口红、成堆的发绳。那个巨大的，有着圆耳朵、圆鼻子的粉色动物玩偶散发着名与利的味道。

我又一次举起枪，易拉罐在我眼中清晰无比，一个、两个、三个，我继续射击。我从小就没有坐过旋转木马；我从小一直想把自己打扮成公主，戴着王冠、握着权杖。可是旋转木马要花钱，王冠和水晶鞋也要花钱。

还差最后一发子弹。我想，现在我身后应该已经聚集了很多人，他们对我的关注充满了不公和恶意。他们在说：她只是一个小女孩，胳膊上没有肌肉，甚至连给自己换条新内裤的钱都没有。

我会像那些临近终点却跌倒的人，成为照片上的失败者；我会变成在最后一个弯道摔瘸了的赛马、摔下马的骑师、搞砸了点球的球员、拿到木头奖牌的选手。输在一步之遥，输在情感，输在分神，输在人性。

我打出最后一枪，可口可乐的易拉罐应声而落。我发现，原来并没有什么诡计：所有罐子都倒下了。我把手枪放在台上。

我的朋友们大声欢呼，心想自己终于成为英雄的同伴，而不是那个在玩碰碰车时落单、在学校被叫作"大耳朵"、穿着二手市场淘来的荧光色短袖衫的丑家伙的朋友。

可是我并没有感到兴奋，还有一个我，停留、冻结在射击的那个时刻。

我抬起头，管理射击游戏的那个女人也正在看着我。

我对她说，我要我的奖品，然后张开双臂，准备好接纳整个世界，整个宇宙。

女人转过身，费劲地把两米高的玩具熊从棚里拽了出来。她几乎完全消失在熊的身后，不知该怎么把这个大家伙递给我。我也不知道该怎么把它接过来。它几乎比我高出一倍，就像一个真正的人，一个巨人。管理员把玩具熊放在我面前，说：恭喜。

她的语气里并没有喜悦，只有对刚才所见的疑惑，大概是想知道我到底有没有作弊，如何作弊的，是不是有人替我射击。我自己也疑惑，不知道是否应该转身确认。

但最终我只是抬头看着眼前这个高大的、毛茸茸的家伙，或许我该抱抱它，给它起个名字。又或许我该把它留在这里，说我并不在意奖品。

谢谢你帮我付钱，我转头对安德烈说道。对于这个结果，他不知该惊讶还是沮丧。

这就叫新手的运气，安德烈试图回答道，眼睛却一直盯着玩具熊，害怕它会倒在他身上。他很想笑，因为我得到的奖品实在太夸张，他根本不想要，但出于某些原因，我们都没有笑。

我不知道还能说些什么，又正好看见马里亚诺到广场来找我。已经是晚上九点，到孩子睡觉的时间了。

这是什么？哥哥问。

一只熊，我答道，然后补充道，帮我把它弄回家。

马里亚诺看了一眼围在一旁的孩子，仿佛在看草和石头，便不再多问，抓起熊的脑袋。我也抓住它的双脚，就这样和他一起抬上楼，塞进家门，拖进我们的房间。房间里根本没有地方能藏下它。

* * *

母亲正开着收音机，跟着音乐给父亲唱派蒂·帕佛[①]的

[①] Patty Bravo（1948— ），意大利著名女歌手，原名尼科莱塔·斯特兰贝利（Nicoletta Strambelli）。

歌,而父亲在阳台边抽烟。他们根本不知道,隔壁的房间里多了一只粉色的玩具熊。

但第二天,母亲发现了它,就在把我和马里亚诺隔开的帘子边。母亲看着它,问它是怎么来的。

赢来的。我解释道。

怎么赢来的?

在游乐场,它是一个游戏的奖品。

哪个游戏会用这个东西做奖品?

射击的那个。

母亲沉默了一会儿,随后发起火来。她咬牙切齿,眉毛都皱到了一起。

马上把它还回去。

不,它是我赢来的。

我不信,你也不需要这个东西。

每个人都需要。

不,没人会需要这么一只粉色的玩具熊。这扭曲的世道,浑蛋的世道,居然让孩子们为了几个毛绒玩具开枪。

我冲母亲大喊大叫,告诉她我不会把东西送走,然后当着她的面摔上门,想让整个房子都随之颤抖。母亲还在房间外叫嚷,说我们不该把射击当作游戏和玩笑,甚至压根儿就不该碰那个东西。但我没听她说话,只是看着眼前的奖品。它体形硕大,面无表情,像一尊斯芬克斯像。

***

二〇〇一年夏天，我完成了初中学业，喜欢给我们起诡异外号的数学老师成了过去时。我忘记了那片网球场和那件臀部紧绷的泳衣，我把网球拍藏在柜子里，我不曾弥补自己犯下的错误，我还是不会画直线或是用圆规画圆，我对世事变迁一无所知，我活在地狱边缘，不停跌倒，报复难以预料。

我的童年已经成了回忆：动画片、穿短裙的女主角、跳舞的木偶、零食广告，还有音乐电视频道里的画面。这些音乐短片只有别人家的电视能看到，我无意中瞥过几眼。当母亲终于同意我去朋友家度过几个下午的时候，我就看上好几个小时。我着迷于那些禁忌的画面，而朋友们对此毫不在意。她们自顾自聊天，早就习惯了那些露脐上衣和摇曳的麦克风。

我已经十三岁了，却还保留着初吻。七月已将近末尾，我们家里又迎来一场战争：母亲举起盾牌，马里亚诺拔出利剑，他们站在客厅中间，准备决斗。

我的同班同学会坐火车去，哥哥解释说。

哪儿也别想去，你才十七岁，母亲答道。双胞胎坐在地上，正比赛谁能收集更多灰尘。

不，我要去。这是一次世界级的示威游行[①]，清早有一辆火车从特米尼站出发……

什么火车也不许坐，我说最后一遍。

难道你一点都不在乎他们正在对我们做什么吗？他们资助非正义战争，只考虑钱，还有投资。你不在乎那些银行，不在乎那些我们欠的钱吗？而你连一间属于自己的房子都没有……

你说的那些话怕是连你自己都不明白。你对战争了解多少，对跨国公司或房产又了解多少。你该做的是学习、工作，别让自己被逮捕。

你什么都不懂。

不，不懂的是你。你才十七岁，你不能去热那亚。待在这儿，待在我能看见你、听见你声音的地方，待在我让你待着的地方。

你不是想拯救所有人吗？你不是也会参加罢工，不愿意屈服吗？

我年纪比你大，见识比你多。我知道我在做什么，而你不知道。你只是个孩子。

我要去，你不能把我关在这儿。

父亲试着发表看法：我们曾经也是这样，安东尼娅。

[①] 2001年7月，八国集团峰会在热那亚召开前，约20万人聚集在街头，抗议资本主义的全球化运作。这场示威游行最终演变成暴力冲突，造成多起伤亡事件。

我们也参加过示威游行，走上过街道。孩子们需要参加这些斗争，需要冲到第一线。

是吗，需要？看看我们自己，你没有腿，而我给别人打扫房子，给他们擦屁股。孩子们只需要学习，别的什么都不需要。参与什么政治，都结束了。

只是对你们而言结束了。马里亚诺紧接着说。

这些争执像货运卡车一样从我身边掠过，而我面不改色。我不知道他们在吵些什么，但我有一种冲动，想堵住耳朵，大声尖叫。我讨厌这个家，讨厌它的贫乏和它带来的折磨。

马里亚诺冲着母亲说她是一个失败者。哥哥一字一顿，**失——败——者**，好让母亲明白他在说什么。

几天之后，马里亚诺起床后假装出门去朋友家，转头便坐上了城际火车，随后是地铁。最后他抵达了特米尼站，登上了开往热那亚的火车。

我们没有手机，没有电视，没有电脑，我们没有任何工具，没有任何与外界联络的可能。世界正从我们身边奔驰而过，我们被踩在它坚硬的蹄掌之下，封印在它的过去之中。

母亲用家里的电话给她的朋友打电话询问，给马里亚诺同学的父母打电话，给正在度假的老师们打电话。她询问每一个人：谁给了哥哥买火车票的钱，谁告诉他该坐哪辆火车，谁和他一起去，他会在什么地方过夜。

安东尼娅把收音机调到新闻频道，坐在厨房的桌子旁，把收音机抵在脸颊上，仿佛永远不想与它分开。她的背影就像一个孩子孤独而绝望地坐在被炸毁的建筑物的地窖中。

放心,安东尼娅,他明天就会回来的。平日里暴躁、冷漠而空洞的父亲说道。

闭嘴。母亲愤怒地喊,尖锐的声音穿过层层墙壁,传到我的耳中。是你起头聊什么广场、斗争,是你让他去的,都是你的错。

父母的叫喊声交错在一起,收音机里传出叽里呱啦的声音,说局势发生变化,游行队伍有了变故,现在整体混乱,到处充满恐惧的氛围,警察已经开始介入。那个声音说有人跌倒了,有人正在逃跑。那个声音提到了一些词:黑色方阵①、家庭、社会机构。那个声音细致地描述着现场的混乱,然后它宣称有一个男孩死了,之后又数次提到黑色方阵,再之后是灭火器。父母的吼叫声盖过了收音机,说这场婚姻到这里就结束了,他们要分开,永远划清界限,你在这边,我去那边,你最好去看看你的毛病,你现在就该去吃抗抑郁药,你就是个可悲的瘸子,你一天到晚只知道发脾气。

只有在这个家,在这个让我变得神经质的地方,焦虑才能压倒我。我们没有任何马里亚诺的消息,他仿佛已经消失,被茫茫宇宙吞噬。

母亲往背包里塞东西,叫嚷着不管儿子在哪儿都要找

---

① 又被称作"黑群",指一种抗议游行中的战术,其中每个参与者都身着黑色服饰,并用各种物品遮挡面部,以达到隐藏身份、保护自己的作用。

回来。无论警察、政党还是武装，没有什么能阻止她把儿子带回家。

我们糟透了。母亲叫喊着，把装了一半葡萄酒的杯子向父亲砸去。

父亲用胳膊护住脸，杯子正好砸中抬起的胳膊肘。当下母亲冲动、暴力，丝毫没有停下来的意思。她不理会睁大双眼的双胞胎，也不在乎站在冰冷的暖气边看着这一幕的我。透过眼前一个清澈的水泡，我看到母亲变得如此扭曲，如此不同。

安东尼娅真的去了热那亚，安东尼娅真的找到了她的儿子，安东尼娅真的把他带回了家。她花费了许多时间，耗费了许多精力，走过了许多我不知道的地方，和许多我不认识的人交谈。她没有说她是怎么做到的，也没有讲起她度过的那些日子。

现在，等待她归来的这个家就像是一道岩层裂隙、一个随着脉搏跳动的伤口、一块破裂的脓肿、一把划开皮肤表面的手术刀。

父亲一直沉默地盯着水池后的瓷砖，而我要照顾他受伤的胳膊，做肉丸，拌沙拉，哄双胞胎睡觉，整晚坐在马桶上，等着黎明到来——因为紧张的时候，我总想上厕所，所以每天晚上，我只能抱着盥洗池睡上一会儿。之后便是循环往复的一天又一天。我擅长射击游戏，也能用球拍打碎别人的膝盖，但是家人就像一针麻醉剂，让我根本不知如何反抗。

马里亚诺到家时满脸惊恐,母亲让他赶紧收拾自己的东西。

安东尼娅说:我不想再这样担惊受怕了,你不配做我的儿子,你什么都不配。

我和父亲不确定眼前的一切是否如想象的那般,我们以为这次事件带来的旋涡已经停歇,现在该修补关系了。

带上你的东西,去奥斯提亚找外婆,我和你再也没有任何关系了。母亲的声音追着马里亚诺。她从抽屉里翻出哥哥的短袖衫、袜子、毛线帽和香烟滤嘴。那只粉色的玩具熊就在一旁,死气沉沉地盯着眼前的一切。

它应该很喜欢这种挫败的场景。我觉得它似乎在微笑,似乎已经知道了我们的结局。

如果你觉得自己很成熟,觉得自己很厉害,那看来你是真的长大了。

我知道马里亚诺想冲到她的身边请求原谅,哭喊着向她道歉,因为我能看见他的眼皮在颤抖,眼神里充满懊恼和苦闷。没有她,我们什么都不是,没有她,我们根本不知道该何去何从。但是马里亚诺终究没有这么做。他没有道歉,没有告诉母亲她是对的,她说的一点没错:热那亚之行不是他能够承受的。

父亲推着轮椅来来回回,他的手肘缠着绷带,脸上挂满汗水。七月末炙热的天气正将他一点一点融化,他嘴里一直念叨着：安东尼娅，别说傻话。

但安东尼娅并没有听他的，她的态度显而易见：这个家不是两院分立的议会，也不是各执一边的天平。这个家她说了算。

马西莫看着马里亚诺拿起母亲给他收拾好的包裹，看着他把未来夹在胳膊下。数年来的极尽丑态、怒目相对、恶语相向，让这个小伙子、这个讨厌的孩子、这个小麻烦精像极了自己。父亲似乎有些于心不忍。

马里亚诺，你不必离开。马西莫说，语气里带着雾蒙蒙的清晨中那种迷茫的气息。

安东尼娅没有理会，带着哥哥走到门口。

哥哥只是短暂地扫了我们一眼：我、我的父亲，还有双胞胎。

受挫的父亲紧紧抓住轮椅两旁的轮子，清楚自己无法站起来，干预眼下的一切：他只能无能为力地看着母亲做决定。

随着大门砰的一声，哥哥走了，仇恨与疏远的帷幕落在我们身上。

接下来的几天，我问两个朋友有没有在电视上看见有关热那亚的报道，她们说没有，电视上正在播《恋爱时代》[1]，她们觉得乔伊显然更加喜欢帕斯。

---

[1] *Dawson's Creek*，1998年开播的美国系列剧，被誉为"美国青少年成长教科书"。

我笑着说：当然。我觉得自己就像湖里的一条鳟鱼或白鱼，蠢得无可救药。

* * *

七月即将结束，我坐在自行车的座位上，飞驰着迎向八月，然而骑车的不是我。

只有少数家境优越的孩子才有摩托车，我们只能骑着生日时收到的自行车到处闲逛。我不会骑，我连自行车都没有，所以我找了一个叫费德里克的男朋友，他个头没有我高，脸长得很对称。他每天下午都会殷勤地骑车来我家楼下，然后载我去假期里和其他人碰头的地方。那些人不是游客，而是和我一样乘火车往返罗马的学生。

我们把碰面的地方叫作小广场，但那不过是克劳迪亚住宅区里几条街道的交会处。这个住宅区是安圭拉腊别墅区的一部分，从火车站一直延伸到通往马尔蒂尼亚诺湖的马路。

小广场没有什么吸引人的地方，没有酒吧、报刊亭或台球室，只有一盏路灯和几条马路，可以在路灯周围坐着，可以去马路上飙车。这里是小镇新开发的地段，离湖边不近。

附近能玩的地方不多：一个付钱才能进、冬季会开设游泳和水球课的酒店游泳池，堆满了干草的私家农田，还有一栋未曾出租、荒废多年的小别墅。

阿加塔和卡洛塔说费德里克肯定爱我，正是因为这种爱，他才会每天费力骑车上坡，带我往返小广场，还为了我牺牲友谊和自我。但我对费德里克只有感激之情，刻意保持我们之间的距离。我只把手搭在他的腰间，从不抱紧，到了小广场之后，我也只冷淡地与他说几句话。

费德里克是安德烈的朋友。安德烈和其他几人一起把小广场作为据点，经常带着烟，花上大把大把的时间谈论足球赛的结果。如果有人带了球，他们也会踢上几脚，但对于他们来说，最有意思的还是去那栋荒废的小别墅。

那时我对性没有任何概念，有时我在枕头上蹭来蹭去，却不知道为了什么；还有在马里亚诺的杂志上看到的图片，在路上听到的对话，看到的广告宣传画。我的想象力十分匮乏，经历也仅限于毫无波澜地看见那两个没穿衣服的双胞胎弟弟。父母已经很久没有性生活了，没有人想知道为什么。如今，他们的关系前所未有地疏远，两人执着地沉浸在相同却也不同的痛苦中无法自拔。

唯一在这方面有明确想法的是卡洛塔，她把身边那些男孩对她的请求和爱意都毫无保留地告诉我和阿加塔。她瞪大眼睛，眼神里充满胜利的喜悦，让我觉得反感、恶心。

我和阿加塔为自己在这方面的无知感到羞耻，我们总是在所有事情上都落后一步：不知道大家在说什么，不明白怎么做，没有傲人的身材，没有胸，没有屁股。我们就像两个木头人，迷茫地漂浮在童年的尾巴上。

卡洛塔谈起弗朗西斯科、维琴佐、洛伦佐的时候，阿加塔似乎比我更感兴趣。每一天，在卡洛塔收藏的故事和经历中，总会多出一个新名字。

在这种情况下，我唯一可以肯定的便是自己对安德烈的兴趣，只有他才能让我感到激动、雀跃。距离游乐场那件事已经过去了好几个月，我还未曾向安德烈或是我的朋友们提起马里亚诺和他被赶出家门的事，也不愿让任何人察觉家中持续的冷战。安德烈看似尊重我，但这种尊重到最后就成了疏远。他不会向我借烟或借钱，不会让我坐在他的自行车后座上，也不会和我一起在田野中漫步，像碾死小虫那样用石头砸开松子。

关于卡洛塔的传闻、指责、谣言和猜疑很快就流传开来。名单越来越长，和她亲热过的，抚摸过她的，把手放在她大腿间的，拉开牛仔裤拉链的，跪倒在她面前的。从两个到二十个，再到三十个，似乎整个小镇的男人都见过卡洛塔赤裸的身体，满足于她给他们带来的欢愉。

我和阿加塔有时会在卡洛塔家过夜。一天，我们三人像往常一样挤在那张一米二宽的单人床上，听卡洛塔细数那些让我和阿加塔觉得陌生的亲密时刻。

当我们问她是如何做到的，卡洛塔回答：很简单，你坐到他身后，伸出手摸他就行。

我睁眼看向天花板，看到墙上的海报：流行歌手、演员、沉没的泰坦尼克号和没能获救的杰克。我想，我们大概和他一样，永远也无法得救。

卡洛塔坚持认为我应该向安德烈表白，她说这些男孩面对女孩亲热的请求时从来不会说"不"，我回答做不到。其实我只是不想，又不知该如何解释。

如果你只是坐在他们的身后，他们又看不见你的脸。我注意到了这一点，把想要说的话又憋了回去。

之后的某个下午，我和阿加塔坐在小广场的路灯下，等了卡洛塔好几个小时。她本应四点到，但现在已经六点了，还没有看见她的影子。费德里克告诉我们，她和五个男孩去了那栋荒废的房子，没人知道她什么时候才会回来。

阿加塔告诉他：闭嘴。

而我只是坐在一旁，觉得自己不该继续揣测，继续为卡洛塔的迟到焦虑。我们应该起身走进那栋房子，加入她，抚摸，舔舐，也放纵一回。但我们都没有行动，我感觉自己像块石头，需要的只是孤独和克制。

卡洛塔回来的时候，那五个男孩也在她身后慢慢出现，我们认识几个，剩下的从没见过。卡洛塔脸上挂着满足而扭曲的微笑，就像谢幕时的喜剧演员，因为观众的掌声不够热烈，准备躲到后台大哭一场。

最初那种成功的欢喜，那种被赞美和追求的雀跃开始褪去，染上新的颜色。

我站起来，向那栋废弃的房子走去，我从未踏足那里，但现在我想看看里面到底有什么，有哪些对于我们成长的启示，哪些神秘的仪式，哪些关于未来的神谕。

那是一栋简简单单的两层小别墅，盥洗设备已经全部破损，屋子里弥漫着一股下水道的臭味。地上随处可见使用过的避孕套，空了的啤酒瓶，抽过的香烟，还有烟蒂和油漆。有人在墙上画画，还写上了自己的名字，我在其中找到了卡洛塔的名字，边上还有一个小小的心形图案，是红色的。

屋墙之内，那些误解、那些蜷曲的身体、那些渴望和失败回荡着，以及没有发育的胸部和大腿根部的橘皮组织；还有那因为小肚子而穿起来难看至极的低腰短裤：你已经十三岁了，赶紧节食，别吃冰激凌和糖果，吃得越少越好，直到死去的那一天。

下个星期八月就要结束了，我们都在担忧夏天一去不复返。

高中、班级、同学，许多选择正等候着我们。

我们决定去酒店游泳池，庆祝最后彼此相伴的日子，花上一整天的时间从跳板上一跃而下，烦死那些带着小孩的大人，还要盘腿在太阳下吃梦龙冰激凌。费德里克看我摆弄着空空如也的钱包，便体贴地帮我付了入场费。我小声地说了谢谢，心里却想：要是有人能在他之前站出来就好了，比如说我的某个朋友。

我穿着阿加塔借给我的两件式泳衣，在众人的议论前手足无措。走动时我把毛巾紧紧捂在胸前，而且只待在阴凉处，但几分钟后，我还是变得像西瓜一样浑身通红。我看见安德烈示意我跟着他，想把我扔进泳池里，我摇了摇头。

这阵子我睡得很不好，总是歪着身子，蜷曲着膝盖，缩起脖子和下巴。那块帘子仍然挂在中间，但帘子那边的哥哥已经不在了。我在公共电话亭和马里亚诺通话的时候，他对我说：奥斯提亚可真热。

家里却寒冷无比，我们像雪人一般僵硬地从一个房间挪到另一个房间。我并不想让别人知道这种萎靡的气氛，所以我把它层层锁在逼仄的四墙之内，这就是独属于我的家庭记忆。

我迷失在思绪之中，回过神时，发现自己早已暴露在阳光下，那片阴影已经离我而去。我看见其他人激起水花，沿着池边奔跑，跃入池中。于是我也将自己沉入池水，因为皮肤上的灼热感。可我很快又爬了上来，游泳池里消毒水的味道让我回忆起初中，还有那些我不愿回想起的事情。我匆忙抓起毛巾。

环顾四周，卡洛塔已经不见了踪影。我向阿加塔问起卡洛塔的行踪，她说卡洛塔去洗澡了，因为她准备回家。于是我问费德里克是否也打算回去，炎热和无力感让我身心俱疲。费德里克回答说好，他会在外面等我。

我收好自己的东西，左手拿着从父亲那儿偷拿走的桉树洗发水，右手拿着浴刷，走进了更衣室。水从身上滴落，留下一道道痕迹。我问：卡洛塔？

某个淋浴间传来水流声。

我给你带了洗发水。我接着说。

周围突然安静下来。水流声止住,有两个人在窃窃私语。我站在过道里手足无措。我不知道如何付出自己,不知道如何抚摸,也不知道如何享受。

淋浴间的门打开,安德烈率先走了出来。他没有看我一眼,就从我身边走过,理了理泳衣,拿过毛巾系在腰间。这是女更衣室,我依旧拿着浴刷,手里传来桉树的香气。

卡洛塔也从那个淋浴间走出来,手里拿着泳衣上装,说:我在这儿呢。

我站在原地,一动未动,安德烈也停下脚步,三人形成一个不稳定的等腰三角形。我多希望自己不曾听从直觉,来这里寻找卡洛塔,就像我总能知道桌子是否卡住了父亲轮椅的轮子,双胞胎兄弟是否尿裤子了。对于这些糟糕的事情,我总有第六感。

卡洛塔说"我在这儿呢"之后,我再也没有说话。我就这么顶着一头湿答答的红头发,穿着那双蓝色的系带拖鞋,拖着瘦骨嶙峋的双脚,转过身走出更衣室,离开了游泳池。我一手拿着洗发水,一手拿着浴刷,走向回家的大路。费德里克看见我,问我出了什么事,他已经准备好回家了,可我并没有搭理他。

我感觉自己受到了羞辱,思索该如何做出正确的反应,就像举枪射向目标时那样。卡洛塔知道我爱他,也知道我的无能、沉默和无知。她曾看着我的眼睛，听我吐露真心。如果我没有起身，没有去淋浴间，她大概永远不会向我坦白，永远不会告诉我她背着我犯下的罪孽。

第一次背叛让我深受打击，我将它挂在眉头，而没有让它化作泪水流下。我想象自己拥有一台工业压机，一把钳子，狠狠挤压，让我的怒火把这背叛挤成碎片。我快步走向家，进家门时浑身湿漉漉的，手里还拿着洗发水和浴刷，脚下的拖鞋吱吱作响。

父母正坐在桌子两旁，盯着对方，仿佛在用意念向彼此施展巫术与诅咒。我的身体黏糊糊的，还有些站不稳。一路走来，炙热的阳光直射我的头顶，周围的一切仿佛都在旋转。走了几步，我脚底一滑，重重倒在了地上。

几天之后，纽约的双子塔也轰然倒塌。

5

旋律剧[①]

夏天终于结束，母亲发现了我从图书馆借来的四本书，其中两本放在了卫生间，另外两本则摆在我房间的床头柜上。

我看见她站着靠在洗衣机旁，来回翻看其中一本，神情反感。那本书的封面是鲜红色的，压印出绿色的文字："这个家真是一团糟"。

这个琳达·洛姆塞是谁？母亲说这句话时弄错了发音，一连三次都没有说对。我穿着睡衣，赤脚站在浴室门外时，她仍背对着我。

不知道，就是写这本书的人。我回答道，感觉胃里正在翻腾。

她有名吗？她写了什么？母亲一边说，一边拎着书脊

[①] 一种在独白时通过配乐来强调情感的戏剧体裁，起源于十八世纪。

晃了晃，仿佛想让书里藏着的什么东西掉出来，那个秘密也许关于我是个什么样的人，我为什么会存在于这个世界。

我的朋友们都在读这本书……

这些书对你有什么用？母亲突然提高语调，转过身来。

整个夏天都在浪费时间，这就是你做的事情。你不是想去文科高中吗？你知道去文科高中对我来说意味着什么吗？我做梦都不敢想。我就读到初中三年级，之后什么都是靠自己学。看着别的女孩背书包去学校，我却已经在一个老太太家擦楼梯了。几年之后我怀孕了，做了流产手术，后来我又怀孕了，然后就有了马里亚诺。"这个家真是一团糟"？我给你办图书馆的借书证，是让你读该读的书。你去了文科高中以后，难道就和别人聊这个叫琳达还是什么的人，这个谁也不认识的家伙，聊那些花里胡哨的书吗？你这八年都学了些什么？你按我说的，询问图书管理员的建议了吗？

问了，但是她提到的书都太难懂了……

你就是这样，碰到一点困难就放弃，要么就跟大家做一样的事，要么就做些毫无意义的事。

妈妈，这就是一本打发时间的书。我指了指还被她捏在手中的那本书。

书不应该放在卫生间里，它们和理发店里的杂志可不一样。时间流逝，一晃就过去了，亲爱的，你一点有用的书都没读。你还想学拉丁语，想学希腊语？这个家一团糟？

母亲重重地把书摔在洗衣机上。幸亏这是从图书馆借的，而不是我们自己的，否则我敢肯定她会把它撕成碎片，吞掉其中几页，然后用剩下的部分清理洒在地上的酱汁。母亲转过身看着我，眼神严肃。

从现在开始，你从图书馆借的书都要先拿给我看。你想和你的朋友们一起去文科高中？那就赶紧好好学习。读书是一种特权。你没有躺平的权利，要么好好学习，要么你什么也不是。明白吗？你想一辈子做无名小卒吗？

我没有说话，脑海里却浮现出图书管理员那张圆圆的脸；刘海凌乱油亮，显然不是经常清洗；被啃咬过的手指上戴着五颜六色的戒指，大拇指上的那个是蓝色的。我想到那些她从地下室搬上来的书，那张当我向她寻求建议时递过来的书单——妈妈希望我能读一些严肃而真实的书，那些能让人战栗、流泪的书。

前阵子我在家里看到了几本……一个英国作家写的书。她叫什么名字来着？母亲面无表情地继续说。

简·奥斯汀。我回答道，感觉自己的脚变得滚烫，深陷在一个炽热的泥坑里，浸泡在由我们的对话构成的热汤中。

她的书难读吗？可他们都已经把那些书拍成电影了。在母亲高声的叫喊中，洗衣机上的那本书就像一具尸体，一个死去了的可怕怪物。母亲的手指死死压在封面上，像是在寻找它的错误。

你又没有读过，我辩解说。

我不算数，我一直在工作，你知道工作是什么意思吗？你要抱怨是你的事，和我没有关系。你可真是烦人。

我垂头丧气、一言不发地回了房间，周围十分安静，只有那些也许我一辈子都不会读的书叫嚣着。我想知道母亲为什么生气，她到底想要我怎么做，她在计划什么，又在期待什么。我还想知道，这是否与哥哥的离开有关，现在她是否发现我是个没用的人，是否打算不惜一切代价地把我塞满，就像塞满一个胸罩、一只鹌鹑或一件大衣。

你在听我说话吗？

我在听。

你就像条死鱼。母亲的目光在我的小腹上停留了片刻。

如果你在你自己选择的那所学校拿不到八分的平均分，那以后你就别想出门了，我会把你关在家里。我和你父亲要花很多钱给你买课本，你必须回报我们。

好。

如果你读不懂我们就一起读，我会和你一起学习。我们必须这么做，而且一定要成功。母亲声音颤抖，她打开洗衣机门，从里面拿出湿漉漉的衣服。这台洗衣机是我们分期购买的，到现在还没有付清。母亲讨厌把深色和浅色的衣服放在一起洗，却也不愿浪费水。她会在我刷牙的时候关上水龙头，还会因为我洗澡超过十分钟而恼火。

"我们"，这个词如同一个禁锢我的监狱，没人问过我是否愿意住在里面。

我选择的是一所富人高中，这是一种惩罚，令我深感痛苦，难以呼吸。在这所学校学习并不容易，因为我们还要学习那些不再使用的语言。我告诉自己，这一切都是为了我的朋友，她们要去，那么我也会去。然而事实是，在我的内心深处有一丝小小的躁动，像一颗橡子、一只昆虫——那是我母亲的声音，我一定要向她证明，我并不是一个没用的人。

那个看不见的"我们"控制着我，给我带来的却只是空中城堡和一片片泥潭。

* * *

高中第一天我就发现，原来富人们学习的地方也有破败不堪的墙壁、地面被树根拱起的庭院，还有弥漫陈年汗水的酸臭味的体育馆。

三层高的教学楼由红砖砌成。这是一座紧凑的长方体建筑，周围环绕着几棵松树，树干笔直，枝叶稀疏，还有停车位和一个小小的足球场。教学楼的地下室里则是一片排球场，几排可以攀爬的架子，一个破破烂烂的小鞍马，还有像香肠和火腿一样从天花板上垂落下来的吊环。幸运的班级被安排在顶楼上课，他们能从窗户看见踢足球的男生；而倒霉的班级则被扔到地下室礼堂的旁边，那里更冷，墙壁是石膏板做的，一拳就能打碎。偶尔有几缕阳光不小心斜射进来，一切都散发着霉菌和苔藓的味道。

我就是在这里开始了高中的第一年：像地下室里的一只老鼠，一只蟑螂。

就算到了新学校，我也很快发现了自己一些显而易见的缺点。比如呼吸短促，足球课上不想运球，排球课上不爱扣球；再比如，我穿的毛线袜总是松松垮垮，运动裤膝盖的位置也破旧得不成样子。我总是又冷又困，渴望得到赞赏，希望每一个人都不忽略我的存在。我想在人们面前高声地告诉他们：看，是我，我在这儿。

学校的围墙和教室里到处都是字迹：对那些最令人害怕的老师的咒骂、被抹去的爱的宣言、被偷走的手机的电话号码，还有去年年底丢在学校外墙上的鸡蛋留下的蛋壳和蛋液的痕迹。

这所学校也在卡西亚大道上，但距离我家更远一些，下火车后，我还需要乘坐211路公交车，它的终点站位于一片住宅区的南入口。奥尔吉亚塔，那里有网球场、高尔夫俱乐部，像帝国议事广场[①]一样奢华的府邸安装了门禁，用人和园丁穿行其间：总之，它是罗马远郊一处极其富有的地方。

我每天早上六点就要起床，为的是八点二十分能准时出现在教室。我几乎不吃早餐，只能匆忙吞下几口牛奶、几块饼干，因此时常饿得前胸贴后背。火车越来越糟糕，

---

① 古罗马时期建立的公共建筑群，现位于罗马市中心。

简直就像拉牲畜的车厢,乘客紧贴在自动车门上呼吸,连打喷嚏都不知该往哪儿扭头,车厢每次摇晃都会引来一片咒骂。通常一下火车,我就要开始奔跑,书包也在我的背上跳动,因为我看见211路公交车已经出现在停车场的另一头。

公交车上并没有多少座位。它会经过我之前就读的初中,那里如今在我的眼中就像一株冬末的植物,瘦小、干瘪、绵软。公交车驶过学校,慢慢悠悠地向前挪动。有的路段受到红绿灯的影响,时速绝不可能超过三十公里;有的路段又突然清净了许多,车流就像血液流动在最健康的动脉中,一路畅通无阻。

不过有时事情就没有那么顺利。要是赶上好几次延误,我们就不得不在通往罗马环城高速的岔路口下车,然后步行前往学校。汽车排起长龙,我在它们排出的尾气间穿行。阿加塔指给我看时,我才注意到那个小小的祭坛,它的周围环绕着一圈栅栏,中间有一束假花,两张相片的金属相框早已锈迹斑驳。有人告诉我们,几年前,两个女孩骑摩托车撞上了路灯,在这里结束了她们年轻的生命。我想,这大概是一个悲伤的先兆,预示在五年的高中生涯中,我每天都会与她们相遇,而我并不知道她们是谁;我还会想象自己也像她们一样,变成路边的一张照片,旁观冷漠的人们匆匆赶往各自的目的地。

我和阿加塔分到了同一个班,而卡洛塔最后改变了主意。比起罗马的高中,她偏爱地方的中学,于是去了一所位于布拉恰诺的文科高中,就在马里亚诺的学校附近。

游泳池那件事之后,我再也没有和卡洛塔说过话。我们之间仿佛酝酿着一场无声的风暴,每当有人提起她,我都会表现出对她的怨恨和唾弃,仿佛她的名字是一只蜘蛛或蚂蚁,将要淹死在我的口水中。我知道自己说的每一个贬低她的字眼都会传到她的耳朵里,所以我毫不避讳对她的羞辱和诋毁,将所有的恶言恶语像扔石子和尖刀一样抛向她。

如果她和我打招呼,我会扭过脸去;如果她走过我身边,我会像拳击手那样猛地跳起,仿佛要准备出手那般。卡洛塔一次又一次地接近我,钻入我竖起的高墙缝隙,却又总是像即将脱落的墙皮一般,被我刮下、剥去、扔掉、甩在地上。

我不想知道她正在和谁交往,和谁约会,也不想知道她在新学校过得如何。我不理会卡洛塔的话,在她抱怨时发怒,在她倒霉时大笑。我觉得她说的每一个音节都是谎言,不过是为了重回我的身边,而我只想让她再次落入羞愧的深渊。我一遍又一遍地回想她拿着毛巾、从浴室里走出来的那一幕,闻到桉树的味道,浴刷的刷毛似乎仍紧紧压在掌心。

和阿加塔同班让我可以理所当然地排挤卡洛塔。她不能加入我们的聊天,因为那个世界只属于我和阿加塔,而她只能存在于我们的闲谈和讲述之内。就算她难得与我们凑到一起，我也会假装她只是一个幽灵。我会说起和卡洛塔无关的事，那些独家的校园逸事，以及其中大量的细节。我装作只和阿加塔说话，但是语气高昂活泼，声音像是完全变了一个人。我会编造一些传奇故事，夸耀同学的财富，来强调卡洛塔与我们之间的距离。我们属于那个世界，而卡洛塔不是，因为离金钱愈近，愈能嗅见它们的味道，而财富是会传染的。说这些话时，我根本没看卡洛塔。

在公交车上我就意识到了这一点。一上车，我就感受到一种侵略性的氛围：女孩们的香水味很重，那是办公室白领身上的味道；男孩们会在冬天穿鹅绒羽绒服，羊毛帽子上带着显眼的商标。他们看上去如此相似，你压根儿分不出谁是谁。我们这些学生有的来自奥尔吉亚塔，有的来自勒鲁格。这两个居民区位于罗马北部，里面只有三层小别墅，前后有花园，还有带跳板的游泳池、波斯地毯和单独的衣帽间。来自这两个区域的孩子一眼就能认出彼此。他们不怎么和我们一起乘坐公交车，因为他们很快就到了骑轻便摩托车的年纪，然后是微型车。后者的尺寸虽然比普通汽车小，但是发动机和拖拉机一样聒噪，而且十八岁以下的人也可以驾驶。我还没有自行车，他们却已经握住了方向盘。我们早早就站在两个平行宇宙的边缘相望，中间横亘着整条银河。

阿加塔从来不缺什么，在我看来，她的一些习惯如此遥不可及。可即便是她，现在也很难比得上那些衣服穿完就丢的孩子。

我们从不敢奢望买一双耐克或是阿迪达斯的新鞋,而他们在生日第二天就穿着从康多提大道①买的普拉达的鞋、背着古驰的背包来学校。他们把笔记本和笔塞进名牌包里,而我们仍背着初中时用的书包。

有一次橡皮用完了,我和母亲一同去文具店。我央求母亲给我买一本黑色的"备忘日记"②,她看了一眼价格,就告诉我这种本子我们自己就能做。只需要和往年一样,把两本小尺寸笔记本的所有内页分成两半,标上数字和日期,再把用来写待完成事项的位置空出来就行。

我盯着货架上贴满水钻、印着湿漉漉脸蛋的小狗图案的贺卡,近乎大喊着告诉母亲,我想要一本真正的日记本,而不是手写的日期、自己画的日程表,还有年复一年的欺骗。作为回应,母亲用膝盖狠狠撞了一下我的膝窝,然后无视我的要求,买了她认为我需要的本子,她认为我需要的笔,她认为我需要的铅笔盒。可是那个铅笔盒太长了,还是淡粉色的。

我就像一瓶过期的酱料、一袋融化的速冻食品,立即被这所新学校抛在一边。正因如此,我决定留下来,带着我破烂的书包和充作日记本的笔记本,扎根在这里。我竖起街垒,展开斗争,看见战场便一头扎进去。

我的红头发又长了回来,但对称的长发让我的脸显得愈

---

① 又被称作"罗马名牌街",集合了许多世界一流的奢侈品名牌店。
② 意大利文具品牌,其代表性产品是一款包含日程表的年度日记本。

发瘦削。我把耳朵严严实实地藏起来,从来不扎马尾,也不盘发。我没有胸,也没有屁股,但身形苗条,于是我开始穿上为数不多的几件修身的衣服,向所有人展示我纤细的腰肢和手腕。我会在火车上偷偷涂睫毛膏,看着镜子里的自己,宛若新生。我要忘记别人对我的蔑视,时刻展现出自己最好的一面。

如果你不富有,便只剩一样东西能拯救你,那就是美貌。我一边如此反复告诫自己,一边开始更频繁地化妆,用食指把脸颊往下按,用眼线笔加深下眼睑的轮廓,让自己的眼睛成为所有人关注的对象。我拥有的东西不多,但我会利用它们,让自己免于沦为像母亲那样的人:被社会冷落,做过工人,也洗过碗碟,穿着从露天市场淘来的亚麻外套,只为装成与自己全然不同的身份。我不想再做之前那个满是缺点的小女孩,我想成为被人爱慕的女人。这种转变让我心痒难耐,于是我一头扎进了这场关于身体与凝视的病态竞争中。

开学一个星期后,我告诉费德里克我们应该接吻。这件事对我来说如同一场洗礼,没有重播也没有掌声,我们不会去那栋废弃的小别墅,也不会再一起骑自行车出去玩。对我来说,费德里克如同一条鳕鱼,你把它放在冰箱里,知道万一晚餐没有食材,你总可以用它来凑合一顿。

这个吻不伦不类,像是反复的啃咬,而不是内心情感的表达。口水顺着嘴角流下。费德里克比我还要矮,头发散发出浓重发胶味,他的礼貌在这个时候成了一种累赘。

一切发生在小广场的一堵矮墙后,几棵松树下,许多毛毛虫不断掉落下来,既不隐蔽也不显眼。费德里克询问我们是否还会见面,我用手背擦了擦嘴,不希望这个含蓄的求助留下任何痕迹。

我答道:不,我还有别的事要做。说话时,我早已转身离去。

* * *

位于地下的教室让我们这些学生仿佛昼伏夜出的动物,我们像飞蛾扇动翅膀般使劲眨眼睛,只为了保持清醒。

我和阿加塔坐在中间的位置,前面的学生痴迷于学习,后面的学生压根儿不想知道课本上说了些什么。我相信,他们当中没有任何人有着和我一样紧迫的需求:不要让成绩低于平均分,不要让母亲心中那条长着三条尾巴的恶龙苏醒。

我们班男生不多,几乎每一个都很丑。我不止一次和阿加塔说起,别的班至少还有一两个看得过去的男生,而我们班一个也没有。一个男生一说话就脸红,头发细软、稀疏;一个男生脸盘硕大,身材矮胖;一个男生头发油腻,皮肤上长满了痣;还有一个男生门牙歪斜,鼻子也有些扭曲。对他们,我只感到厌恶,想把他们埋进土里,扬到风中。只有一人除外,但原因和相貌无关。他叫萨穆埃莱,已经留级了两次,是班上唯一的留级生。他还没到毕业的年纪,所以只能蹲在同一个年级,不过他对此不太在意。他有一张稚气未脱的脸,嘴唇饱满,甜美的眼神中混杂着凶狠,经常穿着一身运动服和一双破旧的球鞋,可各种细节表明,他是富人家的孩子,比如手表、手镯,还有项链。球鞋的确穿旧了,但是每星期一换——下午他会去踢五人足球,这让他的球鞋坏得很快。萨穆埃莱从不背书包来学校,而且总是迟到。到了学校之后,他往前排一坐,不是睡觉,就是拿一份报纸或是一本不属于教学内容的书静静翻阅。他让我们这些笨拙可笑的新生感到害怕与敬畏。他经常在教室里给自己卷几根烟,或熔一些哈希什①,这样就能在课间来上一根。剩下的时间里他忽略我们的存在,仿佛我们都是青蛙,而他是那位王子。一下课,他就会跑去找他以前的同学或是高年级的学生,他们都是学校代表,很快就要进入大学。

这也太可怕了。一天早上,阿加塔对我说。

那天,萨穆埃莱一大早就喝了几瓶啤酒,第二节课才满身酒气地出现在教室。他穿着黄色的运动衫,双眼浮肿,英语老师问他作业的情况,他却含糊不清地回答:月亮今晚就要落下,世界就要完蛋了。

---

① 一种大麻提取物。

我们在一片神圣而颤动着的寂静中保持沉默。

拉丁语和希腊语课令人备感煎熬。老师顽固死板,强势掌控着我们。甚至不需要提高嗓音,她每一个否定的眼神都像黑夜一样将我们裹挟其中;只要说出一个名字,就是判了我们的死刑。连萨穆埃莱都对她十分尊重,在她的课上,他从不捣乱,只是打瞌睡。老师也没把他看在眼里,在她看来,萨穆埃莱和墙根的苔藓并没有什么区别。

头几个月,我们被这两门所有人都不明白,也不想明白的语言折腾得焦头烂额。每个人都像机器人或是木偶那样,在火车上、在厨房里、在课间一遍遍背诵动词和变格。我们夹着字典进进出出,每一本都有几公斤重,像是一袋面粉,或是装满的油瓶。

我的希腊语和拉丁语字典又旧又脏,这还是多亏我母亲的一位朋友帮忙才买到的二手货。字典的纸张已经泛黄,空白处还有其他学生抄写的笔记,字迹晦涩难辨。因此我在做可怕的希腊语随堂测验时,根本没有空间用铅笔记下需要用到的动词变位。

我一遍又一遍地翻阅字典,不禁疑惑:我为什么要学这些东西。我告诉自己,就算在希腊,大概也没有人会这种古老的语言了。

头几次我只得到了可怜的及格分,还有满篇红色的修改痕迹,我压根儿不敢让母亲看。我把它们藏起来,偷偷在笔记本上伪造母亲的签名。对于别的学生来说,能拿到六分就值得庆贺,对我来说却是一场灾难。

自从马里亚诺去了奥斯提亚,安东尼娅就把所有心思放到了我身上。之前我与哥哥共同承担的批评和家务也都落到我一个人头上:从洗碗到做饭,从熨烫衣物到给双胞胎铺床,我需要一直帮母亲忙东忙西。

把你的活儿干完,然后赶紧去学习。每天她都得唠叨上这么一句。

我不再出门,也很少能与朋友们待在一起。我早已忘记了费德里克的味道,而安德烈的事成了禁忌,已经落幕。

母亲对我展开追捕——我是狐狸,她就是猎枪。一天,我放学回家,她指着厨房桌上的一本新字典对我微笑。

她说在菲斯塔女士家打扫卫生时,问应该给喜欢阅读的女孩送什么礼物,而菲斯塔女士简洁、坚定地回答:字典。

这样你就可以对照它学习拉丁语和希腊语了,要是我也能有这样的学习机会该多好。看见这本字典有多棒了吗?所有的单词,所有的都有……

安东尼娅随意翻开意大利语字典,给我看其中的几页,把眼镜架在鼻尖上:melologo[1],来源于 *melos*[2] 和 *logos*[3] 的组合,你明白吗?这些就是你应该学习的东西。"在音乐伴奏下朗诵的文本。"读一下这里。

---

[1] 意大利语,意为"旋律剧",即本章的标题。
[2] 古希腊语,意为"旋律、曲调"。
[3] 古希腊语,意为"话语、文字"。

母亲把字典放进我的怀里,脸上仍带着微笑,眼里闪烁着梦想的光芒。于是我看着她之前指的地方,大声重复道:melologo。然后我读完了整个词条。

之后的几个月,我一直阴沉着脸,也不怎么说话,但母亲那一刻的喜悦让我难以忘怀。我觉得我不能让她伤心,于是我翻了翻字典,选了一个新词。时间又回到我们第一次一起学习单词的时候。我高声读出的每一个词都会让她激动。她重复这些词,希望能拥有它们,带着永远无法摆脱的方言腔调。有一股强大的力量推动我满足母亲的愿望,却让我与自己的快乐渐行渐远。

自从收到母亲的礼物,我的时间愈发紧张,学习成了不得不做的、令人备受打击的事。我一刻不停,从不觉得自己比别人聪明,而是只靠用功。我执着地追求分数,从六分到六点五分,从六点五分到七分,从七点五分到八分。当希腊语老师返还给我的随堂测试上写着九分时,我猛地站了起来。

所有人都呆呆地看着我,随后窃笑起来,但我不在乎。我看见他们在课上或是随堂测试时在课桌下面偷偷玩手机、传纸条、偷看别人的答案,而我的脑海里则回响着安东尼娅的那句话:你就是这样,碰到一点困难就放弃。

尽管拿到了九分,我也没有把这件事告诉我的母亲,因为这个分数的重要性相当于我第一枪打中的那个易拉罐。我要继续射击,直到架子上一个罐子都不剩。然后我会找到母亲，告诉她，我得到的不只是没用的奖品。不只是巨大的粉色玩具熊、橡皮糖、巧克力。我为荣誉而战，我不会放弃。

我连续三次在几个科目，甚至包括数学在内的随堂测试上取得了好成绩，同学们也注意到我的能力，一时间不知该做出怎样的反应。同学们不讨厌我，不会把我当书呆子而排挤我；但我也没那么富裕，不像那些不爱学习的有钱孩子一样会被人挑衅或是讨好。

于是他们开始在考试前寻求我的帮助，想让我提供复习笔记或是建议；随堂测试时，他们伸手过来，想看我的试卷。我会尽力帮助阿加塔，因为她很刻苦，成绩却跟不上；还有那些在我看来并非不愿努力，而是真的遇到困难的同学。然而有一次，意大利语老师刚走出教室，萨穆埃莱就走到我的课桌旁，粗暴地从我手中抢过试卷，想要看看开放题的答案。我无法继续坐着忍受这一切，于是猛地站起来，夺回了试卷。回到你的座位上去，我告诉他。我的眼神坚定，语气严厉。

萨穆埃莱俯视着我。他身形黑瘦，眼睛也眯成了一条缝。对于别人的拒绝，他表现得很没教养。

你不过就是个可怜虫，屁股上打着补丁的书呆子。他用方言辱骂我，强调我惨淡的身世，告诉所有人我是班上唯一的穷孩子，一个异类、一个外来者、一个走了狗屎运的家伙。

我没有回答,因为老师回来了。阿加塔碰了碰我的胳膊以示安慰,她以为我除了哭泣,不会再做什么。而我移开她的手,一边抚平那张被弄得皱巴巴的试卷,一边盯着萨穆埃莱的背影。

母亲有一个塞满了碎布头的篓子,她会把这些布缝在衣服上,用来加固裤子,修补漏了的口袋和磨破了的关节部位,或是遮掩短袖衫上烫出的破洞和洗不掉的污渍。

课间休息的时候,萨穆埃莱第一个走出教室,我跟了上去。看见他走上楼梯,我也紧随其后,爬了几层楼。然后,我来到楼顶,看着他消失在禁止学生入内的天台。

我也上了天台。阳光洒在冰冷而宁静的罗马上空,狠狠照进我的眼睛。除了萨穆埃莱,天台上还有其他男生,都比我大。

这时,萨穆埃莱才注意到我,还有我的一头红发。

你想干什么?他转过身,嘴里叼着没有点燃的烟,眼神充满了焦躁和嘲讽。

一幕幕画面又一次在我脑海中闪过:那些辛劳和争吵,我的绝望和野心,还有那些不被尊重、不被理解的地方;图书馆和母亲的威胁,一页一页又一页的书,母亲微笑着重复:melologo,由 *melos* 和 *logos* 组成,意思是音乐和话语;图书管理员蒂齐亚娜的刘海;那份不读完就只能做无名小卒的书单,那些我不应该用来打发时间、休闲娱乐、逗人开心的书;学习时父母厮打的叫嚷声;坐火车或是在卫生间时放在膝头的书；夕阳西下，我却被困在家中无法出门，我的分数起起落落，评判着我。斗争与复仇的愿望随着思绪滋生，现在我不再手无寸铁，我已经明白了几件事：我会射击，会打架，会骂人，也会接吻。

我握紧拳头，脆弱的、瘦骨嶙峋的身体里生出一股疯狂的力量和随时准备抗争的勇气。我冲萨穆埃莱的脸狠狠挥了一拳，击中了他的右眼。萨穆埃莱向后退了几步，捂着挨打的眼睛，用另一只眼茫然地看着我。尽管看不清楚，他仍想弄清我身后是不是还站着别人；然而没有，一个人也没有。

可怜虫，说的是你，知道吗？你才是可怜虫，连意大利语都不会写，谁会怕你？你不过是有个有钱的爸爸。我大声叫喊，冲他啐了一口，口水直接落在了他的鞋上。

我不知道自己的猛烈攻势是否能打伤萨穆埃莱。我的指关节现在疼得火烧火燎，浑身都在颤抖，睫毛也被心中积聚的愤怒打湿。我要发泄出来，现在，它再一次降临这个世界。

我的怒火在天台上蔓延，在阳光下做鬼脸，在阴影中穿行，从当场每一个人的身后探出头来。我的怒火是原始而有生命的。它长着脸，还有头发和手；它穿着膝盖处已经磨损的牛仔裤，肩上背着一边已经开线的皮包；它糊涂鲁莽，总穿颜色不搭的衣服。我的怒火不成比例，腿太长，耳朵又小又塌，脚短而多毛。

怒火降临时，我通常会回家去。不是那栋镇上的房子，而是我真正的家，我和马里亚诺儿时画在水泥地上的那些图案。C-A-S-A，家。我坐在其中，坐在我们俩一同勾勒的线条之间。

* * *

我坐在足球场四周用凝灰岩和水泥砌成的矮墙边。体育老师说我身体不协调，耐力和平衡也很差，所以他让我围着学校跑三圈。我觉得每个老师让我们做的事都是如此：和跑圈一样，似乎永远无法抵达终点，永远不能靠岸。

另一个班的男生正在踢球，有的人从家里带了球鞋，有的穿着牛仔裤和毛衣上场。他们忘我地嬉闹，在场地中间把球踢飞，抬头望去，足球被阳光镀上一层耀眼的光环，像一块从天而降的巨石，令人无处躲藏。

你是疯了还是什么？萨穆埃莱双手插兜，坐到我身边。我没有搭理他。

不是所有人都和我一样，你迟早会倒霉的，他又说道。他的那只眼睛微微发红，看来我的那一拳并没有给他造成多大的影响：早知道就把它抓烂了。

你根本不知道什么叫倒霉。思索几分钟之后，我回答。

萨穆埃莱看着我。他的脸上既没有愤怒，也没有指责，而是一副自知谎言被识破的表情。从家里带书到课堂上读的人不是傻子，也不会对什么都漠不关心。他根本就不想看我的意大利语测试，那只是他吸引别人关注的一种方式。

那个人叫什么名字？见他不再说话，我便指着一个头发稍长、发尾微微上翘的男孩问道。

不知道。萨穆埃莱一边回答，一边掏出一根烟，紧紧捏在食指和拇指间，仿佛想把它捏断。

不，你知道。我看见过你们说话。

你干什么，偷窥我？

不，我在偷窥他。

萨穆埃莱从矮墙上站起身，把烟攥在拳头里：那你自己去问他叫什么名字。

当他离开的时候，我并没有跟上去，也没有向他道歉。我不想为自己的行为投降。

那个男生叫卢恰诺，我早就从别人那儿打听到了他的名字。我知道他住在哪儿，知道他摩托车的车牌号。我知道他家有一栋大房子，三层楼，两个花园，母亲穿路易威登的衣服，父亲开高档的梅赛德斯奔驰。我知道他将来会和他父亲一样成为房地产商，知道他生日时会收到珠宝首饰。我还知道他在学校非常受欢迎，连那些比他大的女生也会写小纸条，塞进他的书包里；她们会用课间休息的时间，在黑板上画出心形和箭头，然后写上他的名字；她们会一遍遍告诉他自己的电话号码，乞求他的关注，以此纠缠他。我起身走到足球场的围栏边，观察卢恰诺的笑容和步伐。我想：有钱人走路的样子就像吟游诗人、骑士或是士兵。

几天后的一个课间，我对阿加塔说：你去咖啡机那边等我，我有事要做，然后便消失在挤满了学生的中庭里。走进花园，我看到了坐在矮墙上的卢恰诺，他没在抽烟，而是大口喝着手中的杏子汁。我走到他的面前，在他朋友们的注视之下和他打招呼，做自我介绍。这样的场景应该出现在某次会议或某场假面舞会上。我努力保持镇定，避免露出讥笑或暗讽的神情。

卢恰诺一手举着果汁。包装盒是绿色的，印着两颗交叠的杏子，还标注了果汁里没有额外添加糖分。他眼神狡黠，仿佛狩猎者嗅到了猎物的味道。他握了握我的手指，大方却不热情。

我们交谈了几句。那天我正好穿着母亲的一条黑色裙子，因为裙子太宽松，我用隐藏的松紧带把它紧紧勒在身上。深色的长筒袜卷在腰上，运动鞋是上个星期一从镇上的集市买来的，宽松的灰毛衣显得我的脸更加尖瘦。我脸上的雀斑如污渍一般，一头红发也是那么的不自然。

那我们一起去看电影吧。这并不是提问，更像在确认一件肯定会发生的事。他说好，然后问我的手机号码是多少。我告诉他不行，我没有手机，只有家里的座机号码。一股羞耻感油然而生，一团烈火在我肚子周围熊熊燃起，爬上了我的喉咙。我屏住呼吸，像吞咽石棉的粉尘一样，把这股羞耻咽进肚里。

卢恰诺憋着笑,还是把我家的座机号码输进了手机。他又问了一遍我的名字,显然他已经忘了。我想,从今以后,我和母亲就成了竞争对手,我一定要抢在她之前接起每一个电话,免得她不停追问他是谁、住在哪儿、是做什么的、家里怎么样,好像我们家才是衡量高质量家庭的标准。

我没再多说,和卢恰诺道了别,不知道该找什么借口去电影院,怎么去,怎么弄到买电影票的钱。我不知道该告诉谁,除了在广场上看过一次免费的露天电影外,我根本没去过电影院。那是一个夏天,放映的是安东尼娅最喜欢的《罗马妈妈》[1],但那部电影只让我感到不安,所以放映到一半的时候,我就困倦地睡了过去。我不知道该告诉谁,我们家连电视都没有,只有广播剧、杂志上的连载小说和书籍——这些衰老的、即将消逝的事物。

往回走的时候,我听见有人从高处喊我的名字。我抬起头,看见萨穆埃莱从露台探出身子,仿佛要跳下来一样。我问他有什么事,他没有回答,只是缩回栏杆后面,消失了,他的影子也不再投在我身上。

那天下午,我向阿加塔坦白,我恋爱了。这只是一个谎言,但在爱情这件事上说谎的感觉真好,让我觉得自己是有用的,是这个有序世界的一部分。我还坚决地要求阿

---

[1] *Mamma Roma*,由意大利作家、导演皮埃尔·保罗·帕索里尼(Pier Paolo Pasolini,1922—1975)执导的剧情片,于1962年上映。

加塔不要把这件事告诉卡洛塔,又补充说:她根本不知道什么是爱情。

我和阿加塔与班里别的女生并没有什么往来,除了两个住在切萨诺的女孩。我们坐同一班火车去学校,于是在时间和空间上就有了交集。慢慢地,我们开始试着把她们当作知己。她们当中一个叫玛尔塔,似乎不必多努力就能取得很高的分数,这让我感到不快和嫉妒,仿佛她根本不需要像我这样用功,就能够得到掌声。另一个女孩叫拉莫娜,她的父亲是个军人,来自那不勒斯。在学校里,她经常因为说字母"e"时口型过大而被大家嘲笑,但她有一项我不具备的能力:笑着应对任何事情,除了血。有一次上课的时候,她被笔记本里的一页纸划破了手指。她看着自己的手指,晕了过去。

我也会和她们说起这件事,说起我的第一段感情。这段我草率决定,却会仔细研究的感情,如此虚假,就如同被炸弹炸伤后装上的义肢。

从那天起,我常常和她们说起卢恰诺,不过在她们看来,卢恰诺基本不可能主动联系我。但我一直等待着,没有再向卢恰诺提出什么新的要求。一天下午,我正在学习地理,家里的电话突然响了起来。我冲过去接起电话,是卢恰诺的声音。他说这个星期六会放映一部警匪电影,他想去看看,至于我的意愿,他似乎并不在意。

我表示自己对这部电影也很感兴趣,尽管这是我第一次听到这个名字。我们约在卡西亚大道上的恰克电影院，我必须坐两趟公交和一趟火车才能到达那里，但卢恰诺不需要知道这些，我认为相互了解并不是约会的一部分。我只需要一直跟在他身边，微笑，天真地表示赞同，告诉他我喜欢你的房子，喜欢你的母亲，喜欢你的车，喜欢你的吻，喜欢你不穿衣服的样子，喜欢这部电影——我正好想看这部电影，你是怎么猜到的？

在玛尔塔的掩护下，我告诉母亲我要去她在切萨诺的家里学习，吃完午饭便坐火车出发了。我向父亲透露了看电影的事，从他那儿要了些钱。我喜欢和父亲打信任牌，让他觉得自己能够参与到我的生活里，知道我身边都发生了什么事。但是我没有告诉他和我一起去看电影的是男生。没有了哥哥对我的严密监视，现在父亲一听见我提到男性，就会变得痛苦、扭曲，摆出一副殉道者的样子。他和母亲之间依旧是不断的争吵、猜忌、厮打，然后是无尽的沉默。

在秘密的帮助下，我奔向自己的第一次约会，镇定自若地看完了那部电影。到最后，连主角都没能活下来，从头到尾都是残缺的尸体、被砍下的头颅、四溅的鲜血、被虐待的动物和陷入大火的房子。我不知道这是不是卢恰诺对我的某种考验，也猜不透他是希望我穿上城市中感性女孩的外衣，还是披上无产者和平民之女的盔甲。在怀疑中，电影来到了尾声，我笑着对卢恰诺说：我们接吻吧。

我们确实那么做了。灯光亮起，此前我们之间的交流还仅限于"你好""你怎么样"。当卢恰诺从座位上把手伸过来,滑到我的大腿间时,我缓缓站起身,告诉他我们会再见面的,也许。

转眼间,我已经走出电影院,沿着马路走向公交站。公交站就在尼禄之墓的前面,古墓上满是涂鸦,周围堆满了啤酒罐。我盯着它,心中升起敬仰与亲切之情。那个传说中一把火烧了整个罗马城的男人就长眠于此。

* * *

那年圣诞节,哥哥决定不回来和我们一起吃午餐,于是外祖母转了两趟火车,捧着两盆蘑菇火腿千层面,独自从奥斯提亚来安圭拉腊。她走进屋里,评论家里的一切都需要重新修整:厨房油烟罩附近发霉了,瓷砖缝不是白色的,孩子们太吵闹,也太瘦了,就像面包棍或灯柱。

我们边听收音机边吃午饭。人们手里举着蜡烛,在世界贸易中心倒塌后留下的深坑前祈祷——收音机中传出这句话。所有人都沉默不语,只能听见双胞胎的嬉笑声。他们嘴里发出打响指般的声音,但很快就被母亲的一个眼神压了下去。这时,父亲也如霜打一般沮丧起来。自从和马里亚诺分开后,他们便常常以"我的儿子""我的父亲"来称呼对方,这让安东尼娅十分困惑,我也感觉像一本书读到结尾却没看懂结局。

我们的失落填满了马里亚诺离去后留下的空白。阳台上悬挂的小灯是家里唯一的节日装饰。安东尼娅认为我们已经在书本、字典、衣物和卫生纸上花了太多的钱，所以圣诞节就不会有礼物了。照她的话说，反正我们也不缺什么。

没有人给双胞胎讲过圣诞老人的故事，我和马里亚诺也没有听过。没有人会把礼物藏在柜子或是床底，也没有人会在半夜起床，偷偷溜进客厅，把用蝴蝶结和彩纸包装好的礼物堆到一起。

圣诞老人就是胡说八道，和耶稣根本没有什么关系，全是人们编出来的。这就是从我五岁起，安东尼娅灌输给我的理论。

然而从小学起，我就在学校里假装自己相信圣诞老人的存在，从其他孩子的描述中汲取对他的想象。当他们开始惊讶地发现圣诞老人的魔法不过是家人善意的谎言时，我还沉浸在自己建立起的幻想中，用心虚构这种虚构。

吃过午饭后，我穿过马路，走到对面的电话亭，塞进几枚硬币。听筒里传来电话接通的声音，我希望马里亚诺能赶紧拿起话筒。我想象着他一个人待在家里，手上拿着一包工业化生产的薯片，坐在外祖母家酒红色的沙发里，静静地望着窗台或是公共花园里的夹竹桃。

喂？马里亚诺，是我。啊，圣诞快乐。圣诞快乐，你在做什么？没什么，睡觉。你怎么不来？安东尼娅会发疯的，我可受够她了。你也受够我了吗？没有，爸爸怎么样了？只能坐着。你怎么变得跟石头一样冷酷，跟冥王星一样遥远。你打电话来做什么？我得问你一件事。问吧。男孩被人抚摸的时候，会希望女孩站在他们身后吗？这算什么问题。就是这个问题，快回答我。在他们身后做什么？摸他们，在他们身后摸他们，是不是该这么做？不，不是，有人逼你这么做吗？没有，我只是好奇。

硬币用完了，我们之间的节日对话也结束了。我还没有足够的时间和办法告诉马里亚诺我想他；告诉他在他走后，再也没有人能理解我，没有人能和我一起抱着两米高的粉色玩具熊爬楼梯回家，为我做一些毫无意义，但正因如此才十分珍贵的事。

父亲拿出一折买来的潘多洛蛋糕[①]，撕开包装，撒进一些糖粉，然后像摇沙锤一样晃动整个袋子，声音像马路上被丢弃的垃圾袋一样低沉。思绪如此遥远，我不可自拔地沉浸其中。

电影院约会之后，我和卢恰诺继续眉来眼去，举止亲密。他每晚打来的电话成了我们的约会，只是我经常得让他给我回电话，因为每次不到五分钟，母亲就会做出钱的手势，示意我赶紧挂断。钱，马上就要花完的钱，钱，钱，糟蹋了的钱。

---

① 意大利圣诞节和新年期间常见的节庆蛋糕。

我们在电话里聊的话题非常肤浅，翻来覆去总是一样的内容：他上的英语家教课，他踢球赢了还是输了，他有没有和父亲一起去体育场，我有没有想他。当然，我回答说，我非常想你。卢恰诺每次追问我有多想他的时候，我都回答"非常想"，因为超过"非常"之后，我就不知道该怎么说了。"非常"之后是什么，非常非常想？永远地想？有整个宇宙那么想？我有整个宇宙那么想你，我一边回答，一边扯下指甲边缘的死皮。

我从不会向卢恰诺提及自己家中的不堪，也不会提出实质性的问题或是令人不快的请求。我快速罗列他有而我没有的东西，最后竟产生了和他共同拥有这些物品的感觉，因为我们之间那个细微、草率、谈不上正式的关系，或许就是我参与到他生活里的标志。根据连通器原理[1]，也许在某一刻，他的一些财富会变更所有者，而我就会从中受益——我就是那个低处的小型容器，正张大嘴，望着身在高处的他。

萨穆埃莱明确告诉我们，他和卢恰诺不是朋友，而卢恰诺也不值得托付。拉丁语课刚刚结束，我连问都没问，他就低声说起自己的想法。我只是耸了耸肩。

谁会在乎这个？我一边说，一边把铅笔收进那个长长的粉色铅笔盒。

---

[1] 在变量一致的情况下，向连通器内注入同种密度均匀的液体，并使液体相对连通器静止时，连通器各个部分内的液面相平。

出了学校，我几乎见不到卢恰诺。有几次我们去了学校门口他常常光顾的餐吧，他大口大口地嚼着甘草，评论那些已经结束或者即将开始的足球赛，我则在一旁心不在焉地应和着。不过，幸亏能用去玛尔塔家学习做借口，我拥有了几个属于自己的下午，第一个下午，我就去了卢恰诺家。

我们一起坐公交车时，我能感觉到别的女孩明亮、闪烁的目光粘在我的衣服和书包上。她们应该看出我和卢恰诺不一般的关系，却怎么也弄不明白是什么让卢恰诺那样的人选择和我这样的人交往：瘦小、可爱，但算不上漂亮，可能还穿着破袜子，身上长了虱子。

卢恰诺家的别墅有一道月桂树篱。这是我人生中见到的第一道树篱。从时间上来看它算不上第一个，但象征性意义上确是如此。在此之前，我从未想过拥有一道篱笆，可现在，那却是我渴望的一切。它能竖起高高的边界，把那些目光隔绝在外。

卢恰诺的卧室是一间半地下室，但房间的一面位于花园低处，因此这里没有阴暗的角落，没有陈腐的空气，和我见过的老旧建筑里的半地下室没有半分相像。那个他们称之为小酒窖的房间是卢恰诺的卫生间和客厅，正当中有一张台球桌。他的房间是我房间的三倍大，我还发现他会收集拉夫劳伦的蓝色毛衣，拿给我看的时候，他一脸兴奋。

我们很快就开始接吻。卢恰诺的父母不在家，就算他们回来，也不会干涉或打探他的事，仿佛他独自生活在这里，仿佛他已经成年，可以成为律师，或是随时出发，横渡大西洋，探访北极。

我从没有问过他是否还在和别人交往，没有要求过他说明我们之间的关系，理清界限。我从未研究过他听的音乐、他喜欢的口香糖——是薄荷味还是水果味；我只知道他有许多一模一样的毛衣，喜欢好人和坏人一起被杀死的电影，知道他能自己把头发打理得很好，会去做造型，让发尾有一个漂亮的弧度。

我感觉到他生涩而笨拙地尝试抚摸、触碰我，我却以后退回应，告诉他应该由我来抚摸他，我对他的手并不感兴趣。他没有说好，也没有说不好。

你要转过去，我又说道，我不想看着你。

什么意思？卢恰诺问。我想起了母亲说过的话：当心那些男孩，就算他们嘴上说相信你，看上去理解你，但实际上他们什么都不明白。

意思就是，你看着窗外，你家的花园可比我好看。

于是事情就是这样，我的注意力集中在卢恰诺的后脖颈，而他看着窗外的那丛黄玫瑰。

* * *

如何在家中掀起一场滔天洪水？别人不知道，但我知道。

一月的时候，我发现安东尼娅正弯腰趴在厨房的桌子上。她甚至都没想着要坐下，而是用手肘撑在桌面上，翻看我的日记本，就是安东尼娅用橡皮筋绑起来，又在上面标了数字和日期的那几册笔记本。她的目光停留在其中的一页上，眼睛又大又黑，像极了童话里吃人的妖怪。

这些是什么？母亲指着那一页，手指用力地按着那张方格纸，一下又一下，仿佛想把它戳出一个洞来。

不知道，我凑上前看了看，发现她看见了卢恰诺在我日记本上画的图案。我在他家的时候，他抢走了我的本子，还笑着说要把它装饰一下。

我听见雨点落在阳台上滴滴答答的响声，大水即将涌进来，淹没厨房和卫生间，床和柜子。

谁干的？安东尼娅的背弯得更厉害了，就像一条鲸鱼，准备像吞食浮游生物和小鱼那样，一口把我吞进肚里。

一个朋友……

这是凯尔特十字架①，你的日记本里居然有凯尔特十字架。她的声音高了十度，尖锐刺耳。她拿着日记本，一遍遍砸向桌面，仿佛想把它砸成碎屑，而我已经在窒息的边缘。我感觉到羊毛袜里冷冰冰的脚，暖气好像也离我越来越远，气温仿佛降到了零度以下。

明天我和你一起去学校。我觉得阳台甚至整栋楼都会

---

① 由圆环和十字架构成，象征前凯尔特文化和基督教的结合。因曾被纳粹政党利用，带上了纳粹主义和白人至上主义的含意，在多个国家被禁止公开展示。

在母亲高亢的叫喊声中坍塌。然后，我听见身后的房间门传来咔嗒一声：父亲把自己锁在了房间里。

别找借口，别笑，也别想跑，你给我过来。母亲拽着我的胳膊肘，再一次打开日记本，把我的脸压在卢恰诺画的图案上，仿佛我是一条狗，在不该撒尿的地方撒了尿的狗。

第二天早上，母亲说她不去工作了。她戴上绿色毛线帽、蓝色手套和一些花花绿绿的配饰。小时候，我还会和母亲一起用这些小饰品，可现在我避之不及。母亲和我一起登上火车，来到学校，她的脸上带着浓浓的厌恶，我的脸上则是无法阻止事件发生的沮丧。

刚穿过学校的中庭，母亲就抓住我的胳膊肘，拽着我向前走去。我低头盯着柏油路面上的缝隙、洞坑和松针，希望世界末日能够快些来临，在母亲毁掉一切之前把我们都扫除干净。

安东尼娅拉着我气势汹汹地来到校长室所在的楼层，然后杵在门前，等人来接待我们。还是和以前一样没有预约，还是和以前一样门不开就绝不离开。

我们坐在校长面前。那是一位留着黑色短发的矮个子女士，她的眼镜镜片是圆形的，防止眼镜脱落的挂绳上缀满了珍珠；她的香水隐隐带着花香和小豆蔻的香气。浑身散发着汗味、爬满生长纹的母亲与她在一起对比，简直就是两个世界的人。

安东尼娅打开日记本，放到校长面前。

有个学生在我女儿的本子里画了这些东西。

校长看在眼里，尴尬地笑了笑。她活动了一下手指，打算大事化小。孩子们可能会在墙上或是公交车上的涂鸦里看见一些他们无法理解的东西，也有可能在体育场里听见什么。这只是一种无知，一种随着他们慢慢长大就会消除的疑惑。

亲爱的女士，我没有读过书，也不是来告诉你们该怎么教育我的女儿，更不会告诉你们什么该做，什么不该做。但我认为，我的女儿应该受到保护。必须把那个男孩叫来，还有他的家人。这些并不是简单的图画。

当然……我会告诉老师，让他们和他谈谈，帮助他理解这件事，但是我也希望您能够明白，这样做很可能会给您的女儿带来麻烦……我了解这些学生，他们相互责怪起对方来，可绝对没什么好事。

该指责他的人是我，现在遇到麻烦的人是我，您明白吗？我要那个男孩道歉，还有他的家人，还有你们，都要道歉。

母亲站起身，椅子嘎吱作响。我仍旧坐着没动，深陷这场噩梦之中。我感觉到手心里都是汗水，而我一直努力隔绝开的两个世界开始交融。

我想告诉母亲，它们不过是一些图画，一些线和圆圈，像是那些方格纸一样可以随手撕掉。可我的嘴里吐不出一个音节，只能在这种挫败感带来的、毫无杂质的洪水中浮沉。

6
夏天，我死去了一点

父亲从脚手架上掉下来摔断腿是在五月，当时他两只手各提着一桶石灰，一个工人被滑轮绊倒，撞在父亲身上。父亲失去平衡，本该保护他的铁栏杆也掉了下去。他松开手中的桶，却没能及时抓住什么。掉下去的时候，父亲知道自己打的是黑工，没有意外伤害保险，也没有月底奖金。这个月发了工资，下个月他就要低声下气地去讨要。他必须坚持下去，记住自己需要生存，需要和别的工人一样早上五点起床前往工地。他知道自己没有工会可以依靠，得不到保护，也没法申诉。

那个五月，父亲像蟑螂般躺在地上。他的腿在一阵抽搐中最后一次动了动，表示它们已然投降。

父亲的一个朋友一遍一遍地砸我们家半地下室的门，因为他一时找不到电话联系我们，因为话费账单上不是我们的名字，那时我们家也没有电话，而收音机里不会有任何关于父亲的报道，说他不能走路了，快要死了。那个朋友不停地砸着，直到母亲打开门，然后他说：安东①，马西莫摔下来了。

但是那个朋友还得回去工作，于是母亲穿着黄色人字拖和父亲的居家罩衫出了门。她想找人来照看我们，但没找到。她便又回到家，穿上裤子，拿平时的发卡束紧头发，然后把双胞胎一人一个，塞进我和哥哥的怀里，大声说道：抱紧他们，明白吗？抱紧他们。

我和马里亚诺跟在安东尼娅身后，身形矮小，被不安和沮丧笼罩。公交车迟迟不来，我们在车站等啊等，安东尼娅则在一旁走来走去，仿佛根本看不见我们。她的思绪盘旋、翻飞，像悬挂在风中的床单。车终于来了，我们五个人挤在两个座位上，双胞胎在我们怀中号啕大哭。过了一阵，他们又安静下来，看着我们，然后又齐声哭起来。我和马里亚诺不敢问发生了什么，为什么会这样；我们紧紧地抱着双胞胎，几乎让他们喘不上气来。

我们换乘的第三辆公交车的车窗坏了，车里无比闷热。这时距离我们出门已经过了一个多小时，母亲高声告诉公交车司机我们快喘不上气了：我们快憋死了！可是司机没有停车，也没有查看我们这边的状况，其余穿着薄夏装的乘客则没好气地对我们指指点点。

---

① 安东尼娅的昵称。

我再也不想去那家医院，哪怕只是听见"综合医院"这四个字，我都会别过头去，仿佛那里是一个火山口，一场灾变留下的痕迹。他们让我们待在急诊中心的等候大厅里，我的皮肤贴着怀中的马伊科尔，有些出汗。他的长相与我和母亲都不同，我很嫉妒他，因为假如父亲不幸离开我们，他还有机会拥有和父亲相像的面孔。马里亚诺也明白过来马西莫出了事，他用脚踢着墙，怀里的弟弟在他看来就是负担和麻烦。

管住你的脚。母亲喝住马里亚诺，转头和护士与医生说了几句话，问了几个问题，然后消失在一扇门后面，就这样把我们四个孩子留在原地，留在悬崖边，我们随时可能坠落。

人们穿着拖鞋和病号服走来走去，躺在担架床上被推出电梯。有人说，急救室送来一个人，不知道从哪儿掉下来的，可能是个做泥瓦匠的可怜虫。我捕捉到这个词，可怜虫。它从一个神经突触传到另一个，就像舌头上的胆汁。可怜虫。

安东尼娅回到我们身边时，我注意到她腋下的汗渍和眉间深深的皱纹。在我的印象中，这道皱纹从未像现在这样，如沟渠、如峡谷般深刻。

母亲把我们聚到一起，用她那双从不曾颤抖的大手摸了摸我们的胳膊，没有哭，没有抱怨，没有嘶喊，也没有咒骂上天。安东尼娅还不到三十岁，她的丈夫也未满四十。

她只是说：爸爸不能走路了，现在我需要你们认真起来，好吗？你们能做到吗？

我和马里亚诺点了点头。我们一无所有，我们只是孩子，我们没有玩具，没有自己的家，但是我们可以认真起来。

我们必须非常、非常坚强。安东尼娅说着，把双胞胎抱回自己的怀里，然后坐在一把绿色塑料椅上，周围坐着其他病人的家属，他们或是搭车，或是自己步行前来。母亲依次露出两个乳房，喂起双胞胎。两个小家伙吸吮着母乳和消毒剂的味道，吸吮着母乳和疾病的气息。

你们的父亲不在工地工作，认真听清楚了吗？他没有工作，如果有人问起，你们就说他没有工作，待在家里，他从楼梯上摔下来了。重复一遍。

我们看着安东尼娅的乳房、罩衫、汗水和红头发，一言未发。

重复一遍。母亲压低嗓音嘶吼道，盯着我们的眼睛，先是我，然后是马里亚诺。

爸爸没有工作，他从楼梯上摔下来了。

爸爸没有工作，他从楼梯上摔下来了。

母亲对我们的复述和语调十分满意，她点了点头，让我们回去乖乖坐好。

他又不是我爸爸。马里亚诺在我耳边悄声说道，仿佛是为了远离这种苦恼。

*　*　*

大熊说，第一个从码头上跳下去的人就算赢。但他没说能赢得什么。

码头台阶前的广场上停着摩托车，我就是在这里第一次看见那片湖。它仍在那里，仍是深色的湖水，仍有被打湿的羽毛的味道。

"大熊"并不是他的真名，是他自己起的。他比我大两岁，是我认识的人里唯一胸口正中央有文身的人。那是一个张着嘴的熊头。大熊说自己小时候梦见过它，当时这头野兽正把他吞下肚：从脚尖开始，一直啃咬到拇指。

玛尔塔把胳膊肘支在车把上，摇了摇头，不想跳到湖里去。她的头发很直，左边鼻翼上长了一颗大痣。这个学期即将结束，她的品行分数应该能拿到十分，把这个分数打给木乃伊或壁画里的人物大概更合适。

我走上码头，黑色的人字拖发出吧嗒吧嗒的声音。天气炎热，我浑身是汗，行走时还会发出咕哧声。可夏天才刚刚开始，湖水还是春天时的样子。

希腊仔脱去上衣，只剩一条百慕大短裤。他把鞋和头盔留在摩托车上，走上台阶，说：这事我干了不下十次。

但这只是一个谎言，我早就知道希腊仔说的每一件事都是谎言，包括他的绰号、口中的出生地、他父亲的职业。

希腊仔从我身边越过。他皮肤黝黑，几乎像黑白混血。

他一边走,一边抱怨码头太热,脚底直发烫。

我转头看向摩托车,认出车周围的每一个女孩:玛尔塔、达芙妮、拉莫娜和伊利斯。她们根本不想和我一起赢得这份谁也不知道是什么的奖品。

大熊已经走到护栏旁,大喊道:嘿,你在害怕什么?语气仿佛我是他的哥们儿。

我不怕,你呢?

我脱下上衣和牛仔短裤,只穿着一件黑色的连体泳衣。我打算整个夏天都穿这件泳衣,不会厌倦,因为每次游完泳,我都能感受到莱卡面料①在腹部传来的清凉。

大熊的眼睛明亮却有些发红,和我哥哥的一模一样。他个子不算太高,几个月前剃了光头。玛尔塔告诉我,他做了一个头部手术。他之前总是头疼,也许某一天,他脑袋里的什么东西就会炸开,像爆米花,像电影里演的那样。

他笑了笑,没有回答,而是坐到护栏上,准备先跳上缆桩,然后再跳进湖里。希腊仔一直紧随其后,不断地尝试赢过他。可希腊仔翻越护栏时犹豫的样子让我开始怀疑这到底是不是他第十一次干这种事。

你小心一点。伊利斯一边喊,一边向我们走了几步。我们就这样对视着,我不知道该受宠若惊还是困惑不解,突如其来的关心让我觉得茫然。她又说:别滑倒了。

---

① 一种由氨纶纤维制成的面料,具有较好的弹力和延伸性,常用来制作运动服饰。

我们俩才相识不久。这个月之前,我们还都互不相识,直到五月一日,玛尔塔邀请我来湖边,和她的表兄弟大熊还有其他几个朋友一起消磨时光。其他几个朋友就是现在这几个:希腊仔、达芙妮、拉莫娜和伊利斯。而在得知我读过《傲慢与偏见》之后,伊利斯回答说:我也是。

这个回答让我很不快。很长一段时间我都认为她在撒谎,只是为了嘲弄我。当时,那些书对我来说是惩罚,是用来报复我的把戏,让我无法融入同龄人的话题和闲聊,因为我不看她们看的电视节目,不玩她们津津乐道的电子游戏,也不读她们会读的书。

在男孩们完成大胆的举动之前,我已经站在了护栏上。我探出身体,伸出一只脚,然后是另一只脚,站到了用来停泊环湖游船的缆桩上。红发迎风舞动,拍打我的脸。

我感觉一股力量从脚底升起。水藻漂浮在湖面,勾勒出起伏的形状,很可能被误认成陆地。我向前跃起,看见男孩们正吃力地翻越护栏,拉莫娜说:小心别摔坏了。① 然后我扎进水里,冰冷的湖水刺痛我瘦弱的大腿和下巴,我的脚跟碰到了码头下方的湖底,感觉到滑溜溜的石头和不再锋利的玻璃。四周一片黑暗,什么也没有。我睁开眼睛,看见周围的水草投下细长的影子。而当我努力浮出水面后,另一次入水声打破了弥漫在我和湖水之间的宁静:是大熊。

---

① 原文为罗马方言。

他紧随在我之后，浮上水面换气。

希腊仔还坐在那儿。他埋着头，藏起了自己的骄傲，脸上露出挫败的表情，就像输掉了一场跑步比赛。几个月来，他一直想方设法吸引伊利斯的注意，对她极尽温柔，但目前为止，回报他的不过是几次牵手，还有她热情的友谊宣言。

你赢了，大熊笑着，仰面漂浮在湖面上，打碎了湖水原本的形状，他光秃秃的脑袋和上面的疤痕闪闪发光。

我赢了什么？

什么也没有。

我扑腾双腿，如同落水狗一般向岸边游去。

上岸时，我浑身发冷。我走在石头和垃圾中间，小心翼翼地迈出每一步，因为我害怕——这种恐惧是从小安东尼娅灌输给我的——被某个针管扎到。

你在那里做什么？大熊也从水里出来，擦干身体，又递给我一条毛巾，然后看向留在原地的希腊仔。

我这就下去。希腊仔嘴上说着，却一动没动。

于是大熊再次爬上码头，走到希腊仔的身边，平静地让他跨过护栏，带他回到码头上。他拍了拍希腊仔的肩膀，鼓励道：下次你一定能做到，这有什么大不了的？

希腊仔低垂着目光，点了点头。我觉得大熊是那么温柔，那么有人情味。我不禁想：如果让好人和坏人同时跳进湖里，会有什么东西被污染、被冲刷，或是被混合，然后被吸收吗？

我站在漆黑的沥青路面上。过了一会儿，我决定去拿回拖鞋和衣服，它们还在我跳湖的地方。

你想都没想就跳下去了。我听见伊利斯在我身后说，她层次分明的黑发在空中飞扬，肩带上缀着蝴蝶结的黄色格子短裙也随风舞动。

总得有人做这件事。

什么事？

跳下去。

我看见她满脸微笑，在码头中央等我。

你想去看看我的侏儒兔吗？它叫劳里，你知道它多么……

你应该叫它达西①，那只兔子。劳里是乔死也不会嫁的人。②我借机炫耀知识，现在它们似乎终于有了用武之地。

摩托车发动了，我绾好头发，戴上大熊递给我的头盔。头盔是碗形的，在我脑袋上摇摇晃晃，上面贴满了五颜六色的贴纸。

伊利斯也戴好头盔，坐到了希腊仔的身后。

我做卡仕达酱可厉害了，伊利斯冲着我喊道。尽管我刚才的回答不怎么友善，她仍对我露出笑容。与此同时，摩托车起步了，发出消音器改装后会有的嗡嗡声。

我觉得这两者之间没有关系，没有任何关系，卡仕达

---

① 《傲慢与偏见》中的男主角。
② 劳里和乔都是《小妇人》中的角色。小说中，二人年少时相识，互生好感，但最终乔出于对家庭的责任感和对自由的追求，拒绝了劳里的求婚。

酱和兔子。

*　*　*

卢恰诺成了我的男朋友,我的珠宝、金块,我珍贵的仿金饰品,我别在外套左侧翻领上的晶石胸针。

母亲不想听见他的名字,她斜着嘴,像是被鞭子抽了一样。

为了解决那几个凯尔特十字架引起的麻烦,我必须告诉卢恰诺这其中的问题,而这个问题就是我的母亲。

是这样的,卢恰[①],我母亲的脑子里都是各种稀奇古怪的想法,她的成长经历十分扭曲,有很严重的迫害狂倾向。她分不清哪些事情是有意义的,哪些又是无关紧要的。她穿得像男人,家里的各种账单也都是她来支付。你得可怜她,理解她。只要你向她道个歉,事情就过去了。

那一次,我确定问题的关键不是卢恰诺画的图案,而是安东尼娅,之后我穿上红色衬衣,还戴上闪亮的发箍——那是阿加塔圣诞节时送给我的礼物。现在我坐在矮墙上,抱着胳膊,神情严肃,仿佛正在面对一场武装冲突中燃起的火光。我看着卢恰诺的眼睛,用手指着自己的太阳穴,一圈又一圈地转动食指,就像在给时钟上发条。这个动作

---

① 卢恰诺的昵称。

是为了告诉卢恰诺,我母亲的恐惧完全来自她的幻想。

在卢恰诺道歉之后,母亲禁止我和他说话,但我想办法打破了禁令:在学校时借用朋友们的手机给他打电话,溜进礼堂后面的走廊和他聊天,把写在方格纸上的手写信交给他,纸的背面是令人讨厌的数学练习。我为卢恰诺画出一颗颗爱心,一个个长着不对称小翅膀的天使,一句句微不足道的廉价情话。"我爱你",重复的次数越多,它的意义就变得越少,就像熔化、滴落的蜡珠,弄脏了地面。

学期结束了,我拿到了八点五的平均分。母亲看了看成绩单,说其实老师们完全可以放点水,给我九分。我指了指意大利语的分数,整整九分。母亲捂着脸,颤抖中难掩内心的满意。

发放成绩单前最后一次家长谈话,意大利语老师原本想让我的父母一同出席,但最后到场的只有安东尼娅。老师拿出一张纸,上面是我的作文。她说虽然我得了十分,但她有些担忧,因为我在作文里写到一处喷泉,里面有几条鱼。喷泉位于一栋大楼的天井里,我的手搅啊搅,嘴里却一言不发。人们从大楼的窗户里探出头来,对我大声喊:不要脸的东西。而我用稚嫩的手指挨个捏起水中的鱼,从它们光滑的身体里挤出眼睛,拽掉尾巴,刮去鳞片。老师对母亲说,我的作文写得很认真,我会运用别的学生都不知道的词语,但是我的作文里有一些东西,一些正困扰我的东西。

回到家后,母亲立刻问我:你有什么困扰吗?有的话一定要告诉我。

不，没有。

我拿起作文，辩解道。在那篇文章里，我狠狠嘲讽着幼年的自己、毫不设防的童年，还有那些所谓有益的游戏。那时我不知如何反击，只能等安东尼娅来保护我；那时我会跑向她或是马里亚诺，倾诉我这个只能靠干面包填饱肚子的孩子所遭受的恶意。

也许我该大声喊——是你，让我感到困扰的当然是你，接着是整个世界，然后是那些我不曾拥有的一切：首先是电视，然后是意大利第一频道里的电影，挑染金色的头发，印着足球运动员的小卡片，Game Boy 掌上游戏机、Play Station 游戏机和《古墓丽影》；是所有你禁止我阅读的书和亮晶晶的乐丽凯莉鞋；是每个下午可以吃上珍宝珠棒棒糖，不必听你念叨我的牙会坏掉；是可以吸上几口烟，不用担心会倒在公园的长椅上。是游泳课、排球课、戏剧课，是一直响个不停的手机，是庆祝生日时会去的麦当劳，是与鞋子配套的盖尔斯的包，是多得数不清的耐克和阿迪达斯运动鞋，是 Sundek 泳衣和印着小熊维尼的短袖衫，是酒吧音乐节[1]选辑，是布兰妮·斯皮尔斯[2]的专辑，是下午的未成年舞厅，是微型车，是脚踏板下闪着灯光的轻便摩托车，是课堂上嚼的比巴卜泡泡糖，是在掌中消散的烟雾和哥哥

---

[1] 意大利最重要的流行音乐节之一，在 1964 年至 2008 年间于夏天举行。
[2] Britney Spears（1981— ），美国歌手、演员。

炯炯有神的眼睛。一切的一切都困扰着我,就像那些鱼儿一样,尽管人们都在指责我,它们却依然保持沉默。

于是意大利语课的九分便成了我们心中的一道伤痕:我女儿写得不错,但是描述的内容有些邪恶,把美好的词句浪费在不值一提的事情上。

学校放假了,卢恰诺和家人去了撒丁岛,他们家在那儿有一栋临海的房子,还有一艘船。他没考虑过邀请我一同前往——自从我们交往以来,我从未收到他的礼物,大概他不打算与我分享自己奢华的生活。他把我们的关系很好地限制在学校的围墙之内,约会也只是在学校周围。我可以赤裸地出现在他的房间,却走不进他的社交圈。

学年结束后,班里组织了一次告别晚餐,我只点了一张玛格丽特比萨,因为它是菜单上最便宜的东西。我喝着气泡水,头上的发箍让我看起来像传教者,身上宽大的卫衣像篮球运动员的。这时,萨穆埃莱和那两个总是与他一起的朋友走了进来。他喝了酒,跟跟跄跄地来到餐桌边,在老师们的面前鼓起掌,还站在房间中央转着圈挨个向老师们鞠躬,感谢她们在期末又给他打了不及格。

所有人一动不动,仿佛描绘告别宴的绘画作品中的人物,手搭在一次性桌布上,双腿在桌下交叉;而我们那些只有微薄工资和傲慢同事的老师,成了一座座石膏像。

我见状起身绕过桌子,走到萨穆埃莱身边,抓住他的一只胳膊,把他拖到门口。萨穆埃莱任凭我牵着他,嘴里嘟囔个不停。

赶紧回家去。到了餐厅外，我松开手，看了一眼他的朋友们，之前在天台上见过。

你这一年什么都没学，别在这儿胡说八道。我对萨穆埃莱说，而他脸色苍白，额头冒汗，嘴里还嘀咕着什么。

你的心是什么做的，石头吗？萨穆埃莱刚问了半句，便弯下腰，站在下水道边，当着我的面呕吐起来。我看见他的呕吐物流过沥青路面，晚饭吃的快餐还未完全消化。

我轻快地转过身，走回餐厅。这个夜晚不应该被毁掉，我得到了应有的成绩：一个有钱的男朋友，暑假就在前面等着我。对于我这么大的年轻人，夏天就像一场弥撒、一座教堂，是游完泳后登上的堤岸，是在窗户紧闭的旅途后那口新鲜的空气，是披上节日盛装的小镇。

我坐回阿加塔身边。

发生什么了？她惊恐地问道。

他吐了。我一边回答，一边切下一片变干的比萨。

他让我害怕，但也有点可怜……阿加塔小声对我说。

比萨已经凉了。我嚼了嚼已经发硬的马苏里拉奶酪，当啷一声，把餐具扔在盘子上。

* * *

它叫"蝙蝠侠"。

谁？

那只兔子。

你之前说它叫劳里。

伊利斯给兔子改了名字，反正它也不会在意。

伊利斯家楼下有一个小菜园，用铬绿色的网围了起来，里面种着生菜、番茄、卷心菜、西蓝花，还住着那只叫"蝙蝠侠"的兔子。因为它是黑色的，热衷于打击罪恶，用肚子压死试图谋害卷心菜的蜗牛。

伊利斯家的房子和我家的差不多，她是我在安圭拉腊认识的第一个这样的人。我们的家相距不过两公里，她住的不是保障性住房大楼，而是一套和我们家很相似的公寓：厨房、卫生间、两间卧室和一间小客厅。

我们的人字拖上沾满泥土。伊利斯在竹竿之间寻找蝙蝠侠。竹竿是她祖父弄的，以便让圣马尔扎诺番茄①攀着向上生长。

那里原先有一只鹦鹉，叫克雷斯塔。伊利斯指着一个长长的空笼子对我说。

我没问那个会飞的小家伙如今去了哪里，只是偷偷摘了一颗还没熟的草莓，酸涩的味道钻进胃里。

为了去湖边，每天我都得想一个不同的方法。

母亲在一户人家工作，最近，那家人的儿子决定丢掉

---

① 一种原产于意大利坎帕尼亚大区的番茄品种，果肉饱满、紧实，水分与种子较少，被认为是最适合用于调味的番茄品种之一。

自行车，于是我就成了它的继承人，在家门口学起骑车。我已经摔了好几次，膝盖像刚开始走路的孩子那样磕破了皮。现在，我还是无法把它当作交通工具，只能依靠往返于小镇和湖边的公交车。有时我也会步行几公里前往伊利斯家，这样父母就看不到大熊和希腊仔骑摩托车接我们去湖边，尽管交通规则并不允许骑摩托载人。还有玛尔塔的奶奶，她偶尔开着她那辆亮黄色的菲亚特朋多小轿车接走我们所有人。

伊利斯和她的姐姐睡在一个房间。房间的墙上挂着她们少女时期的照片，还有全家人最喜欢的拉齐奥球队的队旗。伊利斯小心翼翼地向我展示了她的书架，因为她并没有多少书，她读的书大都是从图书馆借的。不过她很想给我列一个书单，里面是所有她读过、整理过的书。她有一个笔记本，上面记录了读到的书，以及她是否喜欢。虽然她还没有把书单交给我，但我已经产生了一种想要回报她的强烈愿望，因为我并没有属于自己的书单，也从未想过。我早已忘记了许多读过的小说，而没有读过的小说还有千千万万。

我把它们想象成行刑队，早晚有一天，那些我没有读过的书会向我开枪。

因为期末考试时英语没有及格，阿加塔去了英国，她要去学习几个月的英语。从那以后，可以说伊利斯就成了我每天都会见面的好朋友。至于卡洛塔，我依旧固执地对她不闻不问。如果有人问起我关于她的事，我就会用夸张的语气和手势回答：卡洛塔是谁？

到了六月，我和伊利斯的日程安排变得一模一样：早上十点见面，去湖边待到五点，然后回家吃饭，因为不论是在我家还是在她家，都不能整天不回家。星期五到星期日，我们最晚能在外面玩到十点，一旦超时，安东尼娅就会报警。不是开玩笑，是真的报警。她的警察朋友就会来找我，带我回家，他会先四处询问：红发安东尼娅的女儿在哪儿？

伊利斯把蝙蝠侠塞进我的怀里。它的耳朵肉乎乎的，嘴上有一块白色的斑点，毛皮黑得发亮，牙齿尖利，好像随时准备大餐一顿。

她不咬人。伊利斯从我的脸上看出了我的幻想。

于是我的手指穿过它如守夜人般的光滑毛皮，它黄色的眼睛像是两颗扔在盆里的柠檬。

十五分钟后，耳边传来摩托车的喇叭声。我和伊利斯拿起背包，里面塞着毛巾、防晒霜和我们各自要读的书：几个星期以来，我一直装作对陀思妥耶夫斯基的《白痴》很有兴趣，她则津津有味地翻阅杰克·伦敦的《马丁·伊登》，时不时地发出一阵叹息，有时也会问我几个很复杂的单词。我还没有跟她说起那本字典——我还在读，并开始在上面做标记，因为它是唯一一本属于我的、不用归还的纸质图书。我用红笔圈出一些单词：胆怯的、没有月亮的、拟人论。她应该已经发现了，我对词语及其意义十分了解。

六月里，我们会在又硬又黑的沙滩上铺开沙滩巾，爬上对方的肩膀，头朝下扎进水里；我们坐在夏日的酒吧里舔和路雪冰激凌，周围是深色的塑料椅，印着可口可乐标志的遮阳伞投下一片片阴凉。我的肤色被晒得斑驳，看起来像一头小牛。太阳镜是从父亲那儿拿来的，架在鼻梁上大了许多，一打喷嚏就会掉下来。就算脖子上出汗了，我也不会把红头发扎起来，因为不想让别人看见我大象或猴子般的耳朵。我身上的雀斑已经晒得发红，布满胳膊和腿。大熊有时会去酒吧的柜台借来一支笔，把这些雀斑连在一起，寻找隐藏在我皮肤上的图案：蝙蝠、海星，还有雀斑和痣组成的风车依次出现。

但我最喜欢的还是打水仗。如果我们不用足球玩"数七"游戏①，也不倒立或翻跟头，我就会让伊利斯爬到我的肩上。两个女人叠在一起，力量和动作成倍增长，展现我们对战斗和胜利的渴望。

如果要比赛在水下憋气，我总会参加。我盘起双腿，闭上眼睛，用力吐出肺中的空气，直到一股推力让我坐在水底。从这时我开始数数，一次又一次地锻炼自己不放弃。我挥动双手，让自己留在水里，不要浮出水面，直到因为

---

① 一种室外集体游戏，参与者需要在球不落地的情况下传球，并同时默数传球次数。数到七时，持球者应把球用力打向其他参与者，被打中的人即被淘汰。

缺氧而开始头晕。

伊利斯不喜欢看见我沉入水底的样子，她通常会待在附近，仔细观察我头顶上方的水面。如果没有气泡，她就会用手指在水里搅出小小的旋涡，告诉我她要插手了，然后像母猫对刚出生的小猫那样，一把抓住我的头发，把我带回这个世界。

午餐我们吃热狗配融化的奶酪片，或是金枪鱼番茄三明治，有时伊利斯也会吃白面包抹蛋黄酱。饭后，我们会找一个阴凉的角落看书，交流一些对小说中是与非的理解。和伊利斯谈话，阅读加深我们之间的了解，这让我在书本前度过的那些时光——那些一去不复返的时光——也变得有意义起来。有些书我能够忍受，有些书让我痛苦，而有些书我只想把它们撕成碎片，扔进炉子里。

我向伊利斯多次表明无法忍受梅诗金公爵①，他的坦诚与迟钝让我很恼火。要是他站到我面前，我肯定会给他一个耳光。

我讨厌天真的人，我高声说道。伊利斯大笑起来。

达芙妮向我们坦白，她的母亲不让她读这些书，因为它们并没有什么教育意义，而我们又太没有主见，太鲁莽，读不懂这样的书。她母亲更愿意让女儿学习《圣经》里的经文，或是花上一整天和童子军一起清理沙滩和树林。这

---

① 陀思妥耶夫斯基作品《白痴》中的角色。

时我终于明白，世界上的确存在比安东尼娅还糟糕的母亲。

一个无聊且疲惫的星期六晚上，我们同往常一样去码头前的广场。大熊骑上摩托车，载着希腊仔消失在我们眼前；女孩们则坐在矮墙上，看着眼前来来往往的人群，决定和谁打招呼或不和谁打招呼，谈论我们同镇的居民的过往和未知的将来。伊利斯十分擅长模仿和起外号，于是我们用只有自己知道的手势和暗号，交流丑闻和秘密。

快十点了，大熊和希腊仔还没有出现。宵禁时间就要到了，我抱着胳膊走来走去，神情就像严厉的军团指挥官。

然后我们就看见他们俩开着一辆臭烘烘的汽车驶进广场，前照灯只亮一盏。这是他们从希腊仔的邻居那儿偷来的，这两个胡子都没长出来的家伙没有驾照，也没系安全带。一个急转弯，轮胎发出一阵吱吱声后，汽车停在了我们面前。这时大熊打开车门，调高了老式音响的音量，车里正在播放梵蒂冈广播电台。甚至在星期六晚上，它也会播出祷告和宣扬克己的节目。

就这样，上帝的话语盖过了广场上的喧嚣与嬉闹。

大熊爬上引擎盖，张开双臂，祝福广场上的人群。他面带仁慈与睿智，对寥寥无几的围观者高喊：你们永远都无法摆脱我。

梵蒂冈广播电台确实忠实地陪伴着小镇居民，不是因为人们尤其坚定或虔诚，而是广播电台的中继器就在距离小镇几公里的地方。受无线电波的影响，我们在拿起对讲机、固定电话，甚至打开冰箱的刹那，就能感知它的存在。冰箱里，人造光照亮食物，我们被神的意志淹没，在香肠和莴苣中默观天国。

我和伊利斯放声大笑，尽管平时我们并不爱笑。我甚至因为这滑稽的一幕笑出了眼泪，肚子也跟着不停抽搐：丑陋的铁皮车，从消音器里传出的腐臭味，大熊主保圣人[①]般的模样，还有被玫瑰经诵读声吞噬的浩室音乐[②]。

希腊仔提出带我们一起去兜风，我们同意了。放下车窗，伸出胳膊，梵蒂冈电台正在和它的信徒说晚安，而我们高唱着《至少这世上还有你》[③]，说着脏话和亵渎神明之语。达芙妮满脸通红，有些头疼。汽车一直熄火，在路上颠簸，因为希腊仔压根就不会开车。

我们笑着，嘲笑着自己的无能为力。

*　*　*

小镇外的街道漆黑一片。经过一家比萨店时，我让大熊开慢一点。他猛地拐了个弯，湖水倒映着月光，如刀锋一般，将岸边的房子一分为二。

[①] 宗教用语，指被天主教会立定为圣人或圣女的形象，其作用即庇佑个人、教区、国家或某个特定职业的天主教徒。
[②] 一种电子音乐流派，二十世纪八十年代中期由迪斯科音乐演变而来。
[③] Almeno tu nell'universo，意大利著名歌手米娅·马蒂尼（Mia Martini, 1947—1995）在1989年演唱的一首情歌。

贴满贴纸的头盔在我的头上跳动，脚上的黑色塑料鞋闪闪发光，有些硌脚。这是我第一双带鞋跟的鞋子，脚踝处用一根细带固定，鞋扣磨破了我的皮肤。

这是属于我的盛大晚会，是我在社会舞台的第一次亮相。我打扮得漂漂亮亮，前往小镇的舞厅。我告诉母亲要去参加在玛尔塔家举办的一场无伤大雅的睡衣派对，母亲过了很久才让步，她对我这几段新的友谊了解不多，所以很是担忧。而父亲只会说些给我们徒增烦恼的话：要是马里亚诺在这儿就好了……

我们经过一家帆船俱乐部，然后开上了直道。发动机经过改装，时速已超过了它原本的上限。前一天，因为逆行，我们被一辆巡逻车拦了下来。当时我没有戴头盔，大熊在一旁嬉皮笑脸。我母亲的警察朋友认出了我，说：我是看在你母亲的面子上才不带你们去警局。我真想咬他一口。

大熊骑着摩托车在住宅间穿梭，没有开转向灯。漆黑的湖岬、水草黏腻的气味、细密的沙滩，在道路尽头，我终于看见了它：那片湖。

热浪迎面扑来，我们张开双腿，沿湖继续往前驶去。度假村已经关门，报刊亭外还挂着两个充气玩偶，一个是黄色的恐龙，另一个是长着斑点的乌龟。我叫它们"吊死鬼"。

大熊骑着摩托车在缓慢的车流间左右穿行。这是一条单行道，湖边的酒吧已经人满为患，停车位也少得可怜。我们被卡在一辆红色汽车和一个花箱中间，大熊只能停车，运动鞋踩着地面,叹了口气。我已经看见舞厅的灯光在夜空中摇曳,从我们身边走过的人在驶离主路的分岔口前就已停好了车。

我们跟其他人走散了。我拧了一下大熊露在头盔外的皮肤,他大叫起来。

从马路对面的马场里飘来马的味道,沙滩依旧湿润,沥青路散发温热的气息。我们要去的舞厅两年前还只是一个卖刨冰的小店;而如今,它的中心有一座日式高塔,上了漆的表面闪闪发光。我只在白天见过,想象它迷人的样子,感受它的诱惑力。我想,那里面一定住着魔法师和仙子。

我们终于驶过拥堵的路段,把车停在马路边的石子路面上。人们正排队准备进入舞厅。

每个人都穿着衬衣,我对大熊说。

他扯了扯身上的白色短袖衫,排到队伍里。我们看见了玛尔塔和拉莫娜,而达芙妮不得不待在家里,因为她的母亲没有上钩,不让她来参加这场"女孩们的假日聚会"。

没必要穿衬衣,大熊回答说。他在熟人当中穿梭,打招呼、握手。他的热情与礼貌让人们甘于对他的着装保持沉默,也让他看起来像穿着条纹西装的三十来岁的大人。

我们紧紧跟在大熊身边。女孩们可以免费入场,每个人都装作年满十七岁。在这里,我们是年轻的猎物,紧张得心都仿佛跳到了嗓子眼。将我们与舞厅内部隔开的那块帘子就像一道门槛,只有跨过它,那些不可思议的转变才会真正降临,我们才能成为勇者、战士或是公主。

走进舞厅,我们几乎一眼就看到了伊利斯。她手里举着贵宾区才有的长塑料杯,身上穿着白色衬衣,脖根系着带子,凉鞋的脚踝处镶嵌着假宝石,头发是由她母亲的理发师刚染的。

我走到伊利斯跟前,发现她衣服上的一个蝴蝶结散开了,露出了胸罩。我走上前,利索地帮她把蝴蝶结重新系好。在酒精的作用下,她露出一个若有若无的微笑,说:谢谢。

手,蝴蝶结,微笑。谢谢。

舞厅里人头攒动,我们好不容易挤到吧台边,红黑相间的吧台上装饰着几条金色的龙。我感到一阵强烈的反胃,点汽水又觉得难堪,于是要了一杯从未喝过的莫吉托。我用吸管喝掉了杯底所有的糖,青柠的气味十分酸涩。伊利斯说了什么,可我没有听见,我们面前仿佛是一座人工池塘,里面养着几条红鲤鱼。

我不想和其他人走散,于是用目光追随他们的身影。我看见大熊正在和希腊仔还有几个朋友打招呼,看见玛尔塔和拉莫娜就像乡间小路边的路灯柱,孤独又危险,迷失在并不属于我们的喧嚣中。

然后,有人碰了碰我的背,我转头看到安德烈站在我身后,像一只乌鸦,又像一只猫头鹰。我感觉脑袋剧烈地跳动,就像发烧或是晒多了太阳。他的脸还是那么干净,那么惹人喜欢。他的眼神很灵动，酒红色衬衣上的扣子扣得一丝不苟。他打听了一下我为什么会来这里，和谁一起来的，然后问：有人用石头砸了我父亲的车前挡风玻璃，你知道是谁干的吗？

他身上的气味十分好闻，是木头和杏仁的味道。他落在我身上的眼神飘忽不定，仿佛正透过我看向另一个人，无法集中精神。伊利斯疑惑地看着安德烈，尖刻地说：这关我们什么事，我们忙着呢。然后她拉着我的手腕，准备离开。

安德烈忽略了伊利斯，仿佛她只是个影子。有些事就在那一瞬间发生了。我跟着伊利斯向前走去，而他抬起眼，扯了扯嘴角，像是看见一只老鼠逃窜而过。这时有人说：你在看谁？

于是我转过身，看见了那个男孩。他耳朵很大，剃了平头，脸颊处的胡子刮得十分干净，眼睛很小，眼距也有些近。浅蓝色的衬衣领口挺括，没有扎进牛仔裤里。他的手腕上有个文身，走路时两腿分开，好像骑着马或坐在拖拉机上。

你在看谁？他又问了一遍。安德烈回答时没有用方言：我谁也没看。

我盯着那个男孩的脸，发现自己记不起他的名字。男孩毫无预兆地推了安德烈一下。他闪亮的眼神仿佛光线穿过透亮的水晶，让我和伊利斯突然明白了接下来会发生什么。

安德烈说,是你用石头砸的前挡风玻璃吗?

男孩说不是,接着笑了起来。

那你笑什么?安德烈走到男孩跟前,却被他推了一把。

伊利斯咕哝了一句"快住手",可惜没人听她的。人们的目光集中在我们身上,期待一场好戏上演,如同期待鱼节的烟花秀。于是我走到男孩身边,碰了碰他的胳膊肘,说:别闹了。

他仔细地看了看我,回答道:我知道你是谁。

我们很快就来到舞厅外。伊利斯留在里面,说她要叫大熊和希腊仔过来。安德烈和男孩都表示要打一架。既然要动手,就得找个别的什么地方,约一个拔剑的时间。要是戴着手套,他们肯定早就狡猾而傲慢地把手套扔出去了①。

我不得不跟在他们身后,因为我嗅到了麻烦、好奇和冲突的味道。我初次踏上社会舞台的第一个夜晚即将结束,剧本不够好,谢幕的灯光已经亮起,那杯莫吉托勾起了我的愤怒,甚至让我恶心。

他们俩相互放着狠话。男孩说的方言越来越让人无法理解,我完全听不懂他的辱骂。他们相互推搡,没推几下,安德烈就几乎被逼退到沙滩上。男孩正把他带到水边。

我大喊:够了。

安德烈疑惑地看向我。湖水拍打湖岸,微风轻扬,水

---

① 即意大利俗语"扔出战斗的手套"(lanciare il guanto di sfida),意为"大打出手"。

面泛起涟漪，白天溶化在水中的防晒霜泛起油光，让鱼儿根本不敢靠近湖岸。

克里斯蒂亚[①]，就是你干的。安德烈还在骂他。

那个叫克里斯蒂亚诺的男孩两颊通红，衬衣扣子散开，露出一半胸口，看上去喝醉了，觉得整个世界像雷鸣般钻进他的脑袋、让他心烦意乱。你一边待着去。他对正向他猛扑过来的安德烈说。于是我站到他们中间。

没人在乎你的挡风玻璃，白痴。我冲着安德烈大喊，一脚把他踢开。

克里斯蒂亚诺笑了，仿佛这只是个开始，面向一片胜景的窗才刚刚打开。

* * *

卡洛塔看着自己的床，床单是小时候用过的。然后她拿起一个用来装面包的透明袋子，里面装得下一个一公斤重的圆面包。

她的房间采用组合式设计，一张大号单人床，衣柜横跨床头两侧，还有一张配套的浅粉色书桌，上面放着学校的课本、一卷胶带和一把剪刀——万一她改变主意，剪刀就能派上用场。

---

① 克里斯蒂亚诺的昵称。

卡洛塔打开衣柜,看着自己的衣服。衣服很多,但她只能选一件。她的手指划过绿色的天鹅绒裙子,它不适合这个季节;然后是印着鲜艳花朵图案的,对于这个场合来说太过张扬了;她又用指腹摸了摸衣柜深处参加圣餐仪式时穿的白裙子,上面镶着花边,算了,又不是要嫁人。

最后她决定就穿身上的这套衣服:黑色的紧身裤勾勒出她的曲线,宽松的短袖上印着超人标志性的"S"图案。她脱下袜子,涂上红色的指甲油,她觉得这和她的打扮、和即将发生的一切很配。

卡洛塔坐在床上,看着被扔到墙角的袜子,拿起手机,又读了一遍最新收到的消息。这些消息仿佛来自同一个发件人,说的都是同样的话,重复了一遍又一遍,发件人却随着时间不断变换。她没有把号码保存在通讯录里,因为她不知道发消息的人是谁。

卡洛塔眼神涣散,眼皮浮肿,仿佛看到的一切都重影:两张桌子,两排架子,两卷胶带,两个卡洛塔。一个卡洛塔坐在床上,另一个则站在窗边,审视着坐在床上的自己,对她评头论足,说自己讨厌她的头发、她的乳房、她的性别、她的皮肤。

现在她的脑子里满是跳跃、撕扯、打结、错乱的想法。从母亲那儿偷来的药片开始起效,她感觉自己轻飘飘的,渺小又微茫,周围的一切变得模糊不清,她探出身体,张开手抓住胶带。时光回溯,关于一切如何开始、关于自己何时来到这个世界的模糊记忆,也跟着一同回流。

她怀疑袋子破了,于是仔细检查起来,拿着袋子在手里翻来覆去,像吹气球一样往里面吹了几口气,又晃了晃,像着了魔一般,用指甲勾画袋子的轮廓。

找不到漏洞,也找不到气体逃逸的通路,于是她继续自己下一步的计划。

时值七月,收音机里说,共和国参议院通过了博西菲尼法案①,萨沃伊家族重新回到了意大利②。未满十五岁的卡洛塔·斯佩拉蒂坐在自己的房间里,把袋子套在头上。她用胶带在脖子上紧紧缠了一圈又一圈,直到封住每一条缝隙。袋子随着呼吸鼓起又泄气,剪刀从始至终留在书桌上。卡洛塔睁着眼睛,却只看到白色的天花板和旋转的扇叶。她觉得过去的一切都是错的,需要用刀叉把它切碎,就像对待星期日餐桌上的鸡肉那般。

至少我会这样写下她的故事,在一篇题为"夏天,我死去了一点"的文章里。

---

① 2002年7月意大利参议院议会通过的一项旨在规范非法移民的法案。
② 1861年,萨沃伊家族统一了意大利,建立了意大利王国。第二次世界大战结束后,意大利通过全民公投,废除君主政体,并于1946年成立了共和国。由于大战期间,萨沃伊家族曾与法西斯政权相勾结,共和国宪法规定,将萨沃伊家族驱逐出境,并禁止其男性后代回到意大利。2002年7月,意大利议会通过了宪法修正案,允许萨沃伊家族成员入境。

7
这个家真是一团糟

卡洛塔的眼睛映出屏幕的颜色，幽幽的蓝光让它们蒙上一层迷幻的色彩。她手握鼠标，把箭头移到一个名为"爱"的文件夹图标上，双击打开给我们看。

我坐在一旁，天气很热，窗户半掩。我们听见卡洛塔家的狗在院子里拖拽什么东西，也许是一个铁块，每次碰撞在地面上都会发出叮叮当当的声响。

对我来说，电脑就像科幻电影里的东西。我还处在技术的旧石器时代，而烤面包机、洗衣机、"射频技术"，这些对于别人来说再正常不过的东西，在我的生活里却属于未来。

我好奇地看着电脑桌面，仿佛那是一张藏宝图。打开文件夹，一些数码照片出现在我们眼前。都是男人，赤身裸体，每张照片下面都注明了他们的名字和所在城市：来自巴里的阿尔贝托、来自比萨的弗朗西斯科、来自蒙特菲亚斯科内的朱塞佩。人很多,我没有数,但我觉得有五十几个。

我们家不怎么拍照,只有我和马里亚诺还小的时候父亲用佳能相机拍的一些,大多模糊不清。有的照片里出现了父亲的大拇指,有的照片里安东尼娅正闭着眼睛、大张着嘴。还有一些在日头正足的时候开了闪光灯,人眼睛里都冒着红色或惨白的光,就像外星人或蝙蝠。照片全被塞进几本黑色封面的相册里,那是素未谋面的祖母留给我们的。在父亲出事之后,再也没有新照片,我们也没有什么值得留念的东西。也许父亲已经把佳能相机送给了另一家人,他们仍需要打造属于自己的记忆,而不是将它埋葬。

阿加塔说:那你会怎么做?你也会把自己的照片发给他们吗?

卡洛塔点了点头,回答说:当然。

她又打开MSN[①],向我们展示她的联系人,大多是男性。卡洛塔会和他们一直聊到深夜,他们互发裸照,互述爱意,表达对对方身体的喜爱和对自己身材的骄傲。

就在卡洛塔向我们逐一描述这些男性的特点时,我突然一阵眩晕,厌恶感在太阳穴处不停抽动,不知道是因为恐慌、不安,还是一些乱七八糟的、不自在的想法。我站起身俯视这些身体,发现它们赤裸得仿佛带有某种侵略性,

---

① 全称为MSN Messenger,1997年微软公司推出的一款即时通信软件。

紧紧地粘在我的手臂上。

在卡洛塔的房间里,在她的电脑旁,在那个仍然整齐摆放着小熊、小兔子之类的毛绒玩具的书架边,我再一次注意到我和她之间的差距:卡洛塔在前面奔跑、跳跃,而我在后面步履蹒跚,每一步都跌跌跄跄。

可能有人存有我的裸照,这个想法让我心烦意乱。仅仅是一个想法、一点怀疑、一点无端的揣测,就能攫住我的脖子,让我从头到脚不寒而栗。除了当着几个朋友和家人,我从没有在别人面前脱掉衣服、展示自己。我觉得这样的事断然不会发生——某天我认识了来自卡尔塔尼塞塔的塞尔吉奥,我主动献上裸照,告诉他:这是我的照片,你喜欢吗?我的胸很小,但我瘦得恰到好处,既看不到骨头,也看不见肥肉,简直就是一块优质鸡胸肉。

就在我想这些的时候,两三个头像闪动起来,于是卡洛塔带领我们钻进她深夜聊天的小小世界。她发送亲吻、微笑、爱心,无数的爱心,抛出带着些许挑逗的话语,问他们在哪儿、正在做什么,然后大笑起来。

我嫉妒她,嫉妒她知道如何与人相处,嫉妒那当时在我看来具有感染力、绝对自由的意味。我有一种感觉:她映在浴室镜子里或是坐在床上的身姿,就是美好与力量的象征。

阿加塔也露出惊讶的神情,指着一个又一个男孩,询问卡洛塔更详细的信息。然后她也加入了聊天,想要亲自回复这些消息。阿加塔用梦游般的节奏打字,在夜晚循着某个声音从床上起身,来到街上,缓缓向前走去。

我不知道该如何加入,不知道自己有哪些值得分享的经历。我感觉很受伤,这种伤害来自我的无力,来自我不曾言明却清晰又无尽的羞耻感。

我无法描述这种羞耻感,说不清自己这种保守的观念。我不想知道它来自哪里,是否源于父母多年来身体的莫名疏离,也不想知道自己只是暂时这样,还是未来也将如此。我不想知道将来的自己能否解放自我,能否接受那些盘旋不去的评判、眼光和意见。我只知道,我不属于眼下这个场景,不属于那台电脑,不属于那些敷衍的表白,不属于那个炎热的、难以忍受的夜晚。

发给我几张你的照片,其中一个夜猫子发来消息。卡洛塔没有答应,说改天再发。这个男人有四十岁,没几根头发,手也很难看,卡洛塔并不怎么喜欢他。

我仍然站在一旁,而我的朋友们眼睛一刻也没从电脑上移开。没有人发现我的疲惫,我孤单一人,却也为没人察觉我的脆弱感到释然。

我躺在卧室中间的床上。不一会儿,卡洛塔和阿加塔也跟过来,躺在我的身边。我们什么也没盖,电脑依旧开着,朝我们脸上投来一束亮光,我感觉自己正穿着睡衣短裤,顶着一头剪得乱糟糟的头发,被看得一清二楚。我看着我的耳朵在光下的阴影,想象它飞上太空,飞到世界的每一个角落。

我们每人说一个自己的秘密吧,卡洛塔说。她躺在中间,而我和阿加塔就像忠实的侍女,躺在她的两侧,装饰着她的床。

我先来吧,阿加塔回应道。我讨厌我的父亲,讨厌猪和牛,讨厌我们家的农场。我受不了姓氏被写在招牌上,下面还写着"出售多汁番茄",太可怕了。

卡洛塔对阿加塔的秘密做出评价。她们交换意见,而我在想,在我少有的几次去商店买衣服的时候,有没有人偷偷在试衣间拍下我只穿着内裤的样子。如果有,这些照片会被他们保存在哪里?我会被分类放在他们昂贵电脑的哪个文件夹中?我会被标上一个名字,或者是一个数字吗?我会在某一个时刻被他们打开,放在桌面上,然后仔细观察吗?

你呢,你有什么秘密?卡洛塔问我。她刚说完自己的秘密,可我没有听到。

我依然保持沉默。我基本不会加入她们的闲聊,通常来说,我是她们最好的听众,或是她们咒骂时身边一个不起眼的陪衬。可现在,我有很多东西可以告诉她们,让她们饱餐一顿:从父亲的事故到我搬来之前住的街区,从哥哥过早建立的政治信仰到安东尼娅大开着门、坐在坐浴盆上剃腿毛的样子。但她们并不想听这些。她们期待的并不是这些让我受尽折磨的家务事,而是那些真正与我有关的事，我心中某个肮脏的角落，我痛声的忏悔。

从卡洛塔的眼神里，我看出她在期待我孤注一掷，期待我向她们妥协，期待我对这段友谊表示肯定。而我十分清楚，我的秘密是：如果她们消失不见，如果现在我数到三，看到她们消散在我眼前，我很有可能不会对她们有任何想念。

也许我会感到绝望，因为童年时如影随形的孤独将再一次笼罩我；也许我会觉得失去了某个身份，因为我再也不能在众人面前做出好朋友的样子。谁知道我下午做些什么，谁知道我会去哪里，又有谁知道我在别人眼里会是一个什么样的人。

我害怕吊桥，就连小时候在公园玩，我也没有走过吊桥。我回答道。

阿加塔和卡洛塔似乎得到了些许满足，其中一人露出微笑，仿佛在安慰我，告诉我这不是多么了不得的事，我一定能克服。说到底，小镇上只有一座栈桥，而且没人会让我从那上面跳下去。

谢谢你们分享自己的秘密。卡洛塔说着，闭上了眼睛。我仍盯着电脑屏幕，注意到它上方安装着一个圆圆的小东西，像是一只深色的眼睛，一个巨大的瞳孔，一个像枪口一样对准前方的镜头。

那是什么？我没有理会卡洛塔的话。

网络摄像头，阿加塔笑着回答道。她在嘲笑我愚蠢的问题。用来远程视频通话，这样你不用出家门就能和别人见面。

我点了点头，拽过毯子的一角，盖在身上。

那条狗还没有放过嘴里的东西，叮叮当当的声响固执地回荡在院子里，回荡在乡间的路上。

* * *

邀请别人来我家就意味着他必然会认识那些与我有血缘关系的人。不必期待家里空无一人，就算在黎明时分，就算到了所有人都要去上学、上班的时候，父亲也一定会留在家里。

安东尼娅说，父亲就像是我们家没了腿的守卫。当然，他不可能对小偷发起反击，但当偷窃发生时，他可以待在一旁作证，就像大理石雕塑一般。

然而事实上，我们家没什么可偷的。我不知道抽屉里或是床底下有没有钱，但我确定母亲一定把它们藏得很好，可能在内裤或者胸罩里。我觉得，母亲宁愿把它们吞掉，也不会让小偷把它们带走。

谁知道小偷看见家里的这些东西会有什么样的想法：母亲放在抽屉里，用来分隔袜子和短袖的鞋盒；她房间里的一个搁板上被涂成蓝色、银色、紫色的鸡蛋盒，里面装满了小饰品、廉价的戒指，还有奥斯提亚海边捡来的贝壳和打包盒绳子做成的项链；用红酒和起泡酒的软木塞做成的锅垫，它是父亲的心头之爱，却让我觉得头疼。

也许这位不速之客会觉得我们这一家人的日常生活充满了创造性。我们会全家围坐在厨房的餐桌旁，用画笔和马克笔制造那些充满奇思妙想的手工活和剪纸——剪纸是安东尼娅最喜欢的一项周末活动。她会剪下印在餐巾纸上的小花，然后用胶水把它们粘到任何木质表面（床头柜上、抽屉上、扫帚柄上）。然而事实并不是完全如此。这个家和家里的装饰、它的条理和秩序，都得益于安东尼娅一个人的贡献，得益于她的忙里偷闲。

我们迫于生活遵循着再利用和不浪费的铁律，而多亏母亲的坚持，生活也一天天过了下去。她会加工不再新鲜的面包，用前一天晚上剩下的豌豆做丸子；她会用剩饭煎蛋饼——把所有剩饭装到一个碗里，用叉子捣碎，然后打上一个鸡蛋，再把它们一起扔进烤箱，不管其中的调料或口味是否相配。我们的厨房并不是为了满足挑剔的口味而存在，仅仅是为了生存需要。安东尼娅从她的母亲和外祖母那儿学会了如何不浪费一滴咖啡，学会了煎土豆、苹果和梨的外皮，用各种各样的食材做汤，从蔬菜到水煮肉，从残留在包装盒底的面条到被她扎成一束束、倒挂在阳台上晒干的野菜。

如果邀请这个小偷和我们一起用餐，我真不知道他会对我们每个星期那一成不变的菜单做何感想：星期一吃肉，每人一个汉堡；星期二吃我和安东尼娅做的土豆面疙瘩，不过我们总是把面团做得太大，看上去就像一个个完整的土豆；星期五吃鱼，通常是某个低端品牌的鳕鱼条，裹上面包屑，放在锅里煎熟——这是家庭团聚的象征。

父亲这类人尽管多年来总是吃着同一个人用同一方法烹饪的同样食物，却还能找到一些让他指摘的东西，一些让他不满的细节，比如盐和洋葱，比如帕尔玛奶酪和薄得像纸一样的肉片。仿佛这么做，就能挣脱我们日复一日的餐食、一成不变的日子。

去朋友家吃饭时，我总能看见她们在盘子里剩下一些食物，抱怨面条煮得不好、鸡肉做得太硬，对端上桌的菜挑挑拣拣。我却没有这样的权利，我甚至总是需要夸赞菜肴，制止双胞胎在吃饭的时候站起来；我还要保护食物免受马西莫的指摘，最管用的方法就是咳嗽：马西莫一说话我就咳嗽。

在马里亚诺离开我们之前，不论是早餐、午餐还是晚餐，都是一场场混战。我们为烤蔬菜而争执，为了酒的颜色、凉拌菜里醋放多了僵持不下。而现在，一句"早点睡吧"就能让马西莫最收敛的抱怨偃旗息鼓。

此外，这位不速之客也一定会注意到这种区别对待：我的卧室很宽敞，里面还有一只巨大的粉色玩偶熊；双胞胎的房间略显狭小，他们已经八岁了。至今为止，没有人提议我和他们换房间，或是让他们住进我的卧室，但我觉得那个时刻正一年年逼近。到那时，他们已经长大，足以越过我，发表自己的主张，夺取现下属于我的宠爱。

除了一些生活习惯，我和马伊科尔与罗贝托之间没有任何关联。年龄的差距无法逾越。他们属于另一个地质年代，说着另一种语言，我听不懂发音。他们开始变得不那么相像，口味也完全不同。他们一个头发更鬈，另一个头发更浓密；一个叫"妈妈"，另一个叫"老妈"。他们都知道该如何乖乖听话。但我对这一切都不感兴趣。

与我和马里亚诺不同，双胞胎完全顺从于母亲，没有过任何冲突。他们大部分时间围绕在母亲身边，乐此不疲，似乎仍想剥下她的衣服，从她身上汲取乳汁和思想。

母亲脱下马西莫工作服的裤子，坐在床上用自制的药膏给他按摩双腿。她把他的大腿举起又放下，活动他的膝关节，揉搓他的臀部和似乎日渐变短的骨头。双胞胎坐在床上观察这个仪式，学习其中的每个步骤。他们意识到，这烦琐的使命终将落到我们头上：爸爸马西莫不可能再站起来了，将来若是安东尼娅做不了这些，就轮到我们配制药膏，防止他的身体溃烂。

在这些私密而超现实的时刻，我都站在一边远远地看着，就像刚刚说起的那个小偷，躲在自己的帽檐下，不被了解，也无人接纳。

马里亚诺离家已经一年多了，没有人与我分享这种黏腻、厚重、令人疲惫不堪的复杂情绪。离开马里亚诺之后，我倍感孤独，觉得自己是家里唯一不讨喜的孩子。

有一天，伊利斯问能不能来参观我的房间。我回答不行，因为我的房间又小又乱，根本没什么好看的，就连书也都是借来又还回去的。可她坚持说自己并不在意我的房间里有什么，她只想看看我睡觉的地方。再说，我已经看过她的卧室了。

我们之间这种有来有往的关系让我感到恐惧。她盯上了对我来说难以启齿的东西，我心烦又不安。

最终伊利斯还是来到我家楼下，爬上一级级台阶，跨过家门，看见了我那坐在轮椅上的父亲。他旁边的收音机没开，伊利斯对他说：你好。他也回应道：你好。语气生硬，干巴巴的。伊利斯似乎没有注意那些不堪的细节或是古怪之处，她没有提问，也没有盯着看。她跟着我走进房间，坐在地板上，靠着那只巨大的熊。她说我家很漂亮，这绝不是恭维，她很喜欢，因为这里色彩丰富、生机勃勃。她的母亲对镶木地板和一尘不染的客厅有一种诡异的执着，让她受不了。我们的房子虽然差不多大，但我的家里充满活力。

这是哪儿来的？伊利斯指着熊的脑袋问道。

是我赢来的，射击游戏。我坐在床上，一边说，一边用目光四下搜寻，看看哪些东西需要收起来，哪些东西放错了地方，或是看上去略显碍眼。

还真是你的风格。

什么？

玩射击游戏，然后赢得奖品。

为什么这么说？

因为你生来就是这样，什么都敢做。

我不知该如何回应。我从不认为自己有能力、有意志力；我总是，也只是在出于激动、发泄、报复或羞耻时，才会有所动作。

我突然想到一件小事。我在字典上读到一个词条：**coràggio**，勇气，阳性名词〔普罗旺斯语：*coratge*；古法语：*corage*；拉丁语：*coratĭcum*，源自 *cor*，意为"心"〕。

勇气与心有关，与投入的心力和决心有关，与心脏泵出的血液，与动脉、静脉、心跳、血流、精神的变化、压力和意志的波动有关。我并不怎么喜欢心形，不会把它画下来，用手比出它的形状，或是给它涂满颜色；我不会在二月情人节去文具店寻找它的踪迹，也不会穿印着心形的衣服或是拖鞋。心，粉色，红色，我只有在不得不装模作样时才会用上它们。

不是这样的，伊利斯。我看着她，说道。

我们停顿了一会儿，停在我们刚才的定义中，停在中括号和缩写中，停在那些已经死去的词源——*coratĭcum* 和 *cor*——中。

我们给这只熊取个名字吧，我不喜欢东西没有名字。最后，伊利斯说道。

※ ※ ※

米雷拉女士没有住在我们的房子里,她把它租出去了。自从给的里雅斯特大道那所公寓的门房打过电话后,母亲就一直这么想。

那是交由我们打理的房子,从法律上来说,我们应该住在那里。母亲总是害怕房子被收回,她为此忧虑,也可能为此情绪崩溃。回收,变动,有人会发现我们的所作所为,然后派社工来核实相关情况;然而,相关负责人似乎再一次将我们遗忘,以为多年来我们已经得到了妥善安置,就像破布娃娃装进了礼品包装盒。

安东尼娅想向我解释这一切,她写写画画,勾勒出图形和线条,双手并在一起,用大拇指拼出屋顶的形状。为什么我们要费这么多工夫来弄明白自己的归属地是哪里?证件上应该填写什么地址,我们的住址又是哪里?如果我们的住址不是这里,我们又为什么在这里?

安东尼娅坐在炉灶前,煮着胡萝卜和豌豆。她的手在空中和桌上来回挥动,像是在夯实砖块,又像是为揉和面粉、鸡蛋做准备——她伸出手,想象中的家就像鸡蛋薄饼一样摊开。

安东尼娅比比画画,开始向我讲述我们如何一步一步来到这里。她的朋友维琴佐,就是之前帮我们搬家的那个家伙,他朋友的朋友告诉母亲,我们有个搬家的机会,离开的里雅斯特大道。联络几个熟人，签几份文件，订下几份若干年有效期的协议，维琴佐一手规划了那次搬家。

安东尼娅并不喜欢的里雅斯特大道，我们过得不幸福。每一天我们都要投入一场新的战斗，去抵抗那些比我们富足的人，抵抗来自他们的审判和要求。年复一年，安东尼娅为了公租房分配的事而斗争。她累了，精疲力竭，心力交瘁。她想在宁静的地方有一个宁静的家。

维琴佐听说，他朋友的朋友认识一个叫米雷拉·博雷迪的人，她是曼奇尼家的寡妇，分到了一处公租房，产权归属于罗马市政府，但位置在城外的安圭拉腊萨巴齐亚。市政府在城市周边地区拥有一些住房，用以安置一部分公租房的申请者。

不过米雷拉女士不喜欢这片湖，不喜欢住在岸边。离开城市给她和她的女儿们带来了沉重的负担，她想找一个愿意与她在一定时间内交换住处的人，不更换承租人或居住权，只是简单地签一个协议，做一个私人约定。她会支付罗马市区那所房子产生的各项费用，而我们负责支付安圭拉腊这所房子的费用；她会住在的里雅斯特大道，而我们则住在镇上。她们俩——米雷拉和我的母亲——会保持联络，各自盯紧一边，以便处理后期可能出现的问题。在米雷拉女士看来，应该不会有人前来查看具体的居住情况，给我们带来困扰。

我的母亲一直恪守义务，她在法律边缘犹疑，却从未迈出错误的、决定性的一步。然而这次,她却在这张纸上签下自己的姓名,把位于的里雅斯特大道上的住所交给了曼奇尼家的寡妇米雷拉·博雷迪。

那家伙把我们的房子租出去了。在竭尽所能地讲述完搬家的大致过程后,母亲说道。她把它租出去,赚了钱,因为那所房子真的很值钱。

安东尼娅绞着手指,把指尖掐得发白,又突然一巴掌拍在桌上。她知道自己做错了事,她知道很多的错误都可以被宽恕,但我们的不行,底层生活会让代价翻倍。没有保护网,没有熟人,也没有钱可以让自己得到赦免。

一连好几个星期,米雷拉女士要么不接母亲的电话,要么假装成另一个人。她自称米雷拉的姐姐或女儿,等到安东尼娅终于和她说上话时,她又支支吾吾地说自己就住在的里雅斯特大道的房子里,她甚至让女儿们住在那里。她没有把房子租出去,没有戏弄我们。可如果她的女儿们住在那间房子里,那她就住在别处,到底是哪里?米雷拉女士解释说,这是个误会,她和女儿们都住在那里,她们住在一起,当然,住在一起。

过了不到一个月,米雷拉女士又出现在的里雅斯特大道公寓的院子里。门房安慰母亲,说之前只是毫无根据的猜测,也许是米雷拉女士外出工作,或者去了她那个总是生病的姐姐家里。她姐妹众多,都住得挺远。门房说,很抱歉让我们担心。

母亲被说服了。没过多久,的里雅斯特大道的事又成了嘈杂背景里的一声嗡鸣,成了逐渐远去的忧虑留下的微弱余音,我也把这件事抛到了脑后。

* * *

从十二月的第一天起,我就开始装饰屋子。我展开一场侧翼战,希望能迷惑、说服母亲,让她妥协:今年我们要认真地庆祝圣诞节,要有甜点,要玩七点半[①],要吃烤肉,最重要的是,要准备礼物。马里亚诺和外祖母会是最受欢迎的客人,我们会坐在一起,就像圣人和密谋者。

公园里的树早就掉光了叶子,在大熊的帮助下,我弄下一根足够大的枯枝,用来做家里的圣诞装饰。大熊从家里带来一把手锯,我则从旁把风,确保没人发现我们的偷窃行为。

我回想起儿时曾想摘下那些别人家探出围栏的玫瑰。这个幼稚的想法如同一记耳光,而我却接着探出另一侧脸颊,迎向那记名为满足感的耳光,因为我做了一件母亲眼里不体面的事。

大熊想帮我把树枝扛回家,我说不用,我可以自己来。

我把树枝放在大门附近,翻出家里所有红色的东西来

---

① 一种意大利圣诞节期间的传统纸牌游戏,玩法类似二十一点。

装饰它：袜子、丝带、扎头发的橡皮筋、破布条、蝴蝶结、小玩偶，再点缀上用白纸裁剪出来的星星。

安东尼娅晚上回到家，盯着这根树枝，突然大笑起来，说这是她见过最惨兮兮的东西。

伊利斯在她祖父的储藏室里翻出一些他们不用的圣诞小彩灯。关于我的圣诞节改造计划，我只告诉了她一个人。现在，伊利斯成了神圣节日计划的同谋。

我们找来的灯并不是都能用，其中一些刚插上电源就烧坏了，不过剩下的足够用来营造节日氛围了。于是，等到伊利斯来我家的时候，我们按照计划把这些灯缠在树枝上和沙发边缘。沙发是三文鱼粉色的，在母亲执着的反复清洗下，早就失去了原本的色彩。

我们心满意足地发现，距离既定的目标已经不远了：还剩下礼物。我立即拿出卢恰诺送给我的东西，现在能用上真是再好不过。那是一件瓶绿色的毛衣，足足能装下两个我；它也并非卢恰诺亲自为我挑选的，而是他母亲从帕里奥里区[①]家附近的商店里拿来的。衣服的肩宽、腰围和臀围都不是我的尺码，给安东尼娅倒是正合适。

给其他人的礼物就有些难办：我从没想过给他们送礼物，没有想过他们喜欢或是不喜欢什么，没有考虑过取悦他们，避免和他们橱柜里的物品重复，也没有计划存钱给

---

① 位于罗马市中心的一个富人街区。

他们惊喜。最后我们决定用伊利斯的祖母织的毛线制品：送给马里亚诺一条围巾，再给双胞胎一人一条；至于父亲，为避免因为送了他肯定不会穿的东西而遭到嘲笑，我选了一件 V 领的橙色背心。

我们从厨房的垃圾桶里翻出几页没有被生菜弄脏的《宣言报》，觉得它们十分符合我们的要求，于是伊利斯用这些报纸做了几个包装袋。

终于到了学期的最后一天，我们计划圣诞节假期相约一起打牌，一起玩抽彩游戏①，一起去湖边、游乐园，然后在新年一起喝一杯普罗赛克起泡酒。我们迫不及待地希望像暑假那样再次聚在一起，形影不离，为了一些愚蠢的事情兴奋不已。

在过去的几个月里，我们很少凑在一起，暑假结束后，新学期终结了那些在湖边嬉闹、在阳光下阅读的日子。生活再度变化，我有一种预感，我们再也不能像之前那样，整个夏天都聚在一起了。

于是，为了缅怀那段刚刚过去不久的日子，我和伊利斯全身心地投入这个假期的准备中，它理应是完美的、明快的。所以我们花了好几个小时选择年末要穿的衣服，而当伊利斯站在我的衣柜前，翻看为数不多的几件夹克和毛衣时，我并不抗拒。

---

① 一种意大利传统游戏，又被称作"翻筋斗"或"通博拉"，玩法类似宾戈游戏。

这件衣服应该很适合跨年夜那天穿。她微笑着拿出一件印着超人红色"S"字样的短袖，抖了抖，抚平上面的褶皱。在这之前，这件衣服一直被我团成一团，塞在衣柜的最深处。

我没有笑，只是从伊利斯的手上拿过衣服，把它扔回原处。

这件短袖是卡洛塔送的礼物。她买了一模一样的三件，一件给我，一件给她自己，一件给阿加塔。她开心地叫我们"女超人"，幻想我们的超能力：飞起来，用目光施展魔法，把木头变成金子。

这件衣服让人恶心。我干脆地答道，粗暴地甩上了柜门。

* * *

哥哥的鼻子在我眼里变得如此陌生，它已经不再那么有标志性，只是他脸上普通的一部分，与那些长了痣或雀斑的鼻子并没有什么不同。别人眼中声名狼藉的他在我眼中也不再高大，我仿佛已成年，而周围的一切还是儿时的模样。桌子、椅子、屋子，曾经的庞然大物现在看起来就像温顺无害的飞蛾或甲虫。

马里亚诺盯着衣柜门，上面贴着我从爸爸的报纸上剪下来的字母。我用不同的字体和颜色拼出自己的名字，足足拼了四遍。我，我，我，我。这么做也许是为了让自己喜欢上这个柜子，觉得它恰好适合我，而不是母亲替我选择后塞给我的又一个物件，哪里都不合我的心意。

这些也曾属于马里亚诺的东西离他越来越远，表面已经没有了他生活过的痕迹。他的床单早就铺在了别处，这里只剩下一抹灰色的残影，一道证明他曾经来过的轻烟。

他坐在曾经睡的床上，很快又站了起来，拍了拍自己的裤子，仿佛上面沾了什么脏污：我们的兄妹情似乎也成了一种甩不掉的累赘。

你怎么还没把它收起来？马里亚诺问。

因为这是你的床。

我现在已经不住在这儿了。

我做了个鬼脸，没搭理他的解释，他想把我带回现实的纯洁愿望。对于我来说，那张床就在那里等待，随时迎接他的回归。也许某一天晚上，他会改变想法，回到这个用帘子一分为二的房间，占用一半。也许他会再一次站在窗口，把目光和臭袜子投向房间的角落。

我知道你朋友的事，他说。我注意到他打了一个耳洞，左耳挂着一个小小的银环。他的脸看上去老了几岁，满是阅历和风霜。

哪个朋友？我一边问，一边从床头柜里拿出梳子，一丝不苟地打理起头发，像要去领圣餐那样，为这次圣诞节聚餐做准备。

自杀的那个。

我没有停下手上的动作，而是固执地把一簇蓬乱的头发梳了一遍又一遍，想要理顺打结的发丝，让梳齿和手指穿过。

我们已经不是朋友了。我想终结这个话题，让它涌向别处，顺着下水管道流走。

葬礼办了，我没有去；她的高中组织了悼念仪式，我没有去；阿加塔邀请我一起去卡洛塔家里，与卡洛塔的父母说说话，我也没有去。对于我来说，她的死亡并不存在。我一次次逃避，是因为我讨厌她，讨厌她留给我毫无理由的负罪感，讨厌她的惺惺作态，讨厌别人谈论起她时装模作样。我也讨厌那些人的伪善：他们明明从来没有——我说的是从来都没有——爱过她，但当她离开这个世界之后，他们又说自己一直站在她的身边。我还讨厌这个为一切找解释的地方，它探究着每个死去的年轻人背后最私密、最次要的细节：她的指甲油是什么颜色，她当时穿的什么衣服，她用来勒死自己的袋子有多大。

一连几个月，整个小镇都在窃窃私语、议论纷纷，编织流言和恶语。他们重温事件的每个阶段：从像我这样弃她而去的朋友到她的意大利语课成绩，从给她写污秽、暴力的讯息的男人到在她电脑里找到的裸体照片，从她死后的面容到她睡前自慰的次数。面对死亡，人们如同吸血鬼一般，吸尽其中最后的一点尊严。他们一齐拥到葬礼上，为与自己无关的人扼腕叹息，只为证明自己曾经到场。十个人，二十个人，三十个人，他们来到我面前，问我为什么，问我怎会如此，问我感觉如何。我回答很好，我感觉很好，我什么都不知道。

卡洛塔现在就悬在我的头顶，她是达摩克利斯之剑，刽子手随时会落下的斧头。晚上，她走进我的梦里，想诉说她的秘密，然后那个声音消失了，她变成一个黑色的怪物，一个女妖，一处深潭。卡洛塔吞下了所有的秘密，那些真真假假、从未被听见的秘密。

你们之前不是经常在一起吗？我知道，这一切对你来说一定很糟糕……你为什么不打电话给我？我还是从别人那里知道的。

没什么可说的。她死了，自杀了，和我没关系。

我知道这和你没关系，所以呢？

我们去那边吧。我突然放下梳子。我还让安东尼娅做了烤肉，我为这个圣诞节计划了好几个星期，所以我们不要再说死人的事了，行吗？

我听见自己刻薄的声音。我又用手理了理几缕早就理顺了的头发，戴上那个只在重要场合才会戴的发箍，转身看着哥哥。

马里亚诺很善于解读，总能明白我阴晴不定的脾气和我错失的时机。但现在，我们分开了那么久，我对他来说已经变得那么神秘。他几乎是踮着脚，一边摸着下巴，一边审视我。在他眼里，我看到了一种想把我从头到脚剖开，看看身体里面到底有什么样的欲望。

我可以直接告诉他，就像有人已经猜到的那样：我的身体里只有石头。

我看不明白你。马里亚诺想通过这几个字问我究竟发生了什么，我留下什么又摒弃了什么，为什么我要把自己困在累赘与琐事之中，为什么我不哭不闹，为什么我不难过，我的身体里面是否有什么东西正在迸发，在哪里迸发。

我越过马里亚诺，打开了房门。我听见母亲在厨房忙碌的声音，餐桌已经摆好，小彩灯也已经点亮。被装饰成圣诞树的树枝并不华美，但它就在那里，提醒所有人今天是节日，每个人都要有过节的样子。

我的外祖母身形十分瘦小，却是个严苛、实干的人。在整个准备过程中，她一直跟在安东尼娅身后，监督一举一动：从选择什么样的烤盘到加多少盐，从按什么顺序添加佐料到如何摆盘。外祖母说，自己已经好几年没有染发了，因为她觉得那只是在浪费钱。然而她看上去年纪不大，从外表看，我们所有人都是如此：从母亲到双胞胎，从外祖母到马里亚诺。但皮囊之下，我们觉得自己历经了很久的岁月，早已年迈不堪。我觉得，从马里亚诺搬去和她一起住起，外祖母就已经决定任由头发变得花白，她不想成为安东尼娅的替代品。

爸爸！我大声喊着，夺下马伊科尔手中的老鼠玩偶，让他赶紧坐下。接着，我坐到桌边，用一根火柴点燃了放在桌子中间的红蜡烛。我看着眼前的一切：桌子不够大，椅子吱嘎作响，面对这样的情形，每个人都有些不太自在。

父亲一副好像随时都会哭出来的样子，他也确实正挂着眼泪，喃喃自语。马里亚诺的出现让他不知所措，勾起了他的恐惧：父亲害怕哥哥再次离开家。虽然并非亲生父子，但他们望向彼此的目光充满温情，甚至让人有些惊慌，包含一种只存在于不知道如何沟通、永远不知该说什么的人之间的情愫。

好了，吃饭吧，东西不少呢。外祖母发话了。她和母亲一起把烤意大利面分给每个人，叮嘱我们千万不要吃多了，因为后面有烤肉和土豆，接着还有甜点和奶酪。每一道菜都分量十足，就像别人家一样。

半个小时之后，我们的圣诞节戛然而止，就和它匆匆而来时那样。

* * *

什么叫你不愿意投票？母亲问。

她吃完了自己的烤肉。她只盛了一小份，因为肚子里像是有块大石头，让她毫无胃口。

就是字面意思，我不想投票了，反正也没有什么意义。马里亚诺回答道。

餐桌上的话题残忍地改变了。没人再讨论我优异的学习成绩、外祖母的卡纳斯塔纸牌①俱乐部或双胞胎学校里的电路故障,也没人在乎爸爸想丢掉所有的旧领带,甚至包括他在婚礼上戴的有红绿条纹的那条。

投票是一种权利。安东尼娅的表情已然变得严峻,我看到她正咬牙切齿。

马伊科尔说:土豆可以不吃完吗?实在是太多了。

对你来说,什么都是一种权利,这事你跟我们讲了一辈子。现在,投票压根儿没什么用,而且我要投给谁?马里亚诺一边说话一边嚼肉,汤汁顺着嘴角流下。

当然是最左派的那些。安东尼娅说得有些含糊。她相应地抬起左手,险些打到我的胳膊肘。你坐好了,桌上又不是只有你。

我把胳膊夹紧了些,眼神盯着潘多洛蛋糕的包装盒。我觉得现在我应该起身把盒子打开,把糖倒进去,把话题岔开。我也是这么做的:站起身,端起盘子,放进洗碗池。

你去哪儿?我们还没有吃完烤肉。母亲瞥了马西莫一眼,似乎想让他收拾一下桌子,但他一动不动——他已经一刻钟没再碰盘里的东西了。

马伊科尔说:土豆可以不吃完吗?

最左派的人又是谁?马里亚诺继续追问。

呃,总归是有的,你可以去选举站看看,找一找意大

---

① 一种以尽可能多地组成特定牌组为目标的纸牌游戏。

利重建共产党,你能坐下吗?安东尼娅的话题像乒乓球般在我和哥哥之间反复跳跃。我开始拆潘多洛蛋糕的包装盒,希望分散她的注意力。也许我应该即兴表演一段舞蹈,或是朗诵一首诗歌,然后安抚他们说,让我们坐下来,包容一点。

早就没有左派了,妈。现在的领导人掌控电视和报纸,还去嫖妓,看起来就像漫画里的小丑。[1]马里亚诺苦涩地冷笑道,嘴里还在嚼剩下的肉。它应该早就没了味道,如同一张包装纸。

咔嚓、咔嚓,我打开了蛋糕的包装。

你没看见我们还在吃肉吗?如果不投票的话,你希望谁来执政?如果不投票的话,你又在抱怨什么?安东尼娅伸手碰我的胳膊,让我回来坐下,外祖母也示意我别这么做。

马伊科尔说:土豆可以不吃完吗,妈?可以吗?

我加入了无政府主义团体,无政府主义者是不投票的,有其他参与政治的方式。马里亚诺咽下肉,又喝了一口红酒。他俯身够马西莫面前的酒瓶,衬衫的一角却浸在了盘中剩下的肉汤里。马里亚诺抿了一口酒,注意到了这块污渍,于是用餐布擦了擦。

我打开装着糖的小袋子。我们家没人喜欢果脯,也没人喜欢巧克力,糖粉倒是很受欢迎。

---

[1] 此处指意大利前总理西尔维奥·贝卢斯科尼(Silvio Berlusconi,1936—2023)。

母亲把叉子扔进餐盘,但仍紧握餐刀。她就像乐团的指挥,餐刀就是指挥棒,指挥坏情绪和怒火交织而成的交响乐。

很好,游行示威也参加了,警察也找到外祖母家去了,现在你打算直接放火烧人了。我希望你还记得上次是谁给你收拾的烂摊子。是我。

安东尼娅在半空中挥舞着餐刀,双眉紧皱,面色苍白,汗水从鬓角滑落。对在奥斯提亚发生的事我一无所知,只知道马里亚诺喜欢冬季关门歇业的场所、托维亚力卡的沙丘、海滨游乐场早已被抽干的泳池上悬着的跳板,还有因为风吹雨淋而支离破碎的小木屋。

你胡说。你根本不知道什么是无政府主义,也不知道什么是左派。你什么都不知道,只会用自以为神圣的无知指挥一切,自以为对什么都有话语权。马里亚诺用餐布出气,拿它一遍又一遍擦着衣角,相信棕色的肉汤会在魔法的作用下突然从白衬衣上消失。

外祖母说警察那件事并不严重。马伊科尔还在问土豆的事。我把糖粉倒进装着潘多洛蛋糕的袋子里,机械地摇晃,希望它表面的每一寸都能被糖粉覆盖,均匀而完整地覆盖。

你总是把事情简单化,安东尼娅对外祖母说。然后她又把矛头指向哥哥:我是你的母亲,我有权评价你做了什么、没做什么。你不学习、不工作、不投票,我受不了你这副自以为无所不知的样子。

马西莫看了看面前空了一半的酒瓶,又看了看我,然后又看了看酒瓶。我确信,如果可以的话,他此刻一定前所未有地想逃离这里。

马伊科尔说:妈,土豆可以不吃完吗?

外祖母瞪大眼睛,再一次示意我停手,可我没有。

我自己会读书,不需要学校,现在我在常去的社区中心的酒吧工作。马里亚诺无视我们,继续装作餐桌旁只有自己和母亲。我摇晃潘多洛蛋糕袋子的声音既没有打扰到他,也没有引起他的同情。

嘭、嘭,我随想象中的音乐,合着节拍晃动手里的袋子。我想唱些什么,教堂里的赞歌,圣诞节的颂歌,什么都行。

那算什么工作,只不过是个非法的营生,在那种破烂不堪的地方,你以为我不知道怎么回事吗?我生得比你早,知道那些地方,知道那里的人。安东尼娅看着叉子和已经干了、边缘发硬的土豆。

罗贝托冲马伊科尔耸了耸肩,像是要告诉马伊科尔可以把土豆剩下。尽管母亲还没有明确同意,这么做也许会有点危险,但也可行。

外祖母说,总之马里亚诺读了很多书,这倒是不假。

你知道真正让我难过的是什么吗?像你这样参加过社区集会、为住房罢工、跟住房保障和房屋管理局对抗的人,像你这样打黑工、给有钱人做保洁的人，居然跟我提什么非法。不是所有合法的东西都对，你应该知道的。

母亲盯着外祖母，仿佛她是一个入侵者，一个在战争中落败的敌人的幽魂。

与此同时，我细数我知道的颂歌，却发现自己并不知道几首。我没有节日保留曲目，也没有唱诗班的好嗓子；我的声线沙哑，也很少唱歌。

你根本不知道法律之外的世界是什么样子，因为是我救了你，是我给有钱人打扫卫生，才带你远离了那个世界。无政府主义……你早晚会把炸弹放到邮局的包裹里。而我不会做这些事情，永远不会。我斗争过，获得了更好的房子，更好的住处，你明白吗？安东尼娅站起来，用餐刀在空中勾画出厌恶和鄙视的痕迹。

我还在不停晃动袋子，蛋糕已经裹满了糖粉。突然，我的脑海中浮现出卡洛塔被裹在袋子里的脸，青紫的嘴唇、圆睁的双眼。

罗贝托拿过马伊科尔手中的叉子，像是告诉他可以把土豆剩下，没有人会生他的气。我很嫉妒他们，因为他们兄弟二人从不分开。

不知道你还记不记得我们曾经的生活，我们来自那样的地方，你还能指望什么呢？指望我们穿上精致的衣服，去正经的学校，准点起床，未来当上教授？我只是在你战斗过的地方为了同样的事情而战斗，你却不能接受。马里亚诺也从椅子上站起来，衬衣上沾着污渍，嘴巴上沾着肉里的油脂，鹰钩鼻刺眼地立在脸上。

马西莫做了个手势，想让他们都冷静一下。外祖母在一旁掩着嘴。

马伊科尔：土豆可以不吃完吗？我们吃完饭了吗？

我为你们做出了多大的牺牲，你明白吗？我年纪轻轻，没有家，却带着四个孩子，我都要疯了。母亲喊得声嘶力竭，每个字都带着哭腔。

没有人要你做出这些牺牲，没有人。马里亚诺也提高了嗓门，脸因为用力而变形，脖子上青筋暴起。

我得赶紧把糖粉弄好，不能再分心了。我得坚持到最后，挽救这个圣诞节，挽救我们所有人。我更加用力地摇晃。嘭、嘭，潘多洛蛋糕开始碎裂，包装袋随时可能裂开。

你们想在那里长大吗？那地方就是监狱，离开那里有多难，你根本无法理解，根本不知道那意味着什么。你要像你妹妹那样好好学习，找一份真正的工作，不是像我，也不是像你父亲之前那样，而是一份真正的工作，一份能和你签合同、给你发抚恤金的……真正的工作。

安东尼娅的眼泪流了出来，不过她没有哭出声，也没有擦干泪水。只有泪珠一颗接一颗地落下，顺着脸颊和嘴唇留下长长的痕迹。

马西莫仰头靠在椅子上。外祖母捂着脸，再也没有把手放下来。

马伊科尔问：妈妈，怎么了？

自从离开那里，这个家就完了，一切都完了，哥哥说。这个结论让我们沮丧，心情也愈发沉重。

包装袋破了，四分五裂。飘散的糖粉在厨房弥漫开来，落在杯子上，落在剩下的肉上，落在蔬菜上，遮住了屋里的装饰，吹熄了蜡烛，孩子们打起了喷嚏。

潘多洛蛋糕掉在地上，没有人打开礼物。

8

湖水是什么味道？

每到一个地方，每见一个人，每过一段时间，我就对这个小镇更熟悉一些：小广场，泳池，隧道，窄溪上的小桥，沥青空地，老城区拥挤的房子，码头边的广场，沿湖公路，牧师会教堂，没有红绿灯的十字路口，图书馆，露天电影院。慢慢地，每个地方都被我发掘，融入我生命的某个时期。

自从我得到自行车，并学会骑车上街之后，许多个下午，我都会穿过安圭拉勒塞大道，钻进居民区狭窄的街道里。我骑着自行车经过那栋废弃的老房子，在有泳池的酒店前面的小足球场下坡，右转拐进通往乡间的小路，然后再次上坡。我绕过山脚，那里有几栋黄色的小房子，还有一家洗衣店。越过墓地，我就能决定是去老城区，还是在图书馆停下，锁上车，走进去，问问蒂齐亚娜女士有没有推荐的书：我并不期待图书馆会像书店那样时不时进些新书，现在，我已经习惯了半地下室里潮湿的书架，那些书就在那儿，在黑暗中等待着我。

在冬天最冷的几个月里，如果有太阳，我还是会戴上手套，套上三层袜子，穿过整条安圭拉勒塞大道，径直来到湖边。接着我放慢速度，一边骑车，一边看向沿湖而建的房屋：白墙上爬满常春藤的别墅，每到周末就人满为患的餐厅，从罗马赶来吃炸狗鱼片的食客，躺在湖边享受冬日少得可怜的阳光的人；停放在海滩上的小船，岩壁，羽毛，排污管，总是不开放的公共卫生间，坐满孩子的栏杆；湖边的步行道上挤满流动商贩，售卖项链和陶罐。然后我会往回骑，再经过一段上坡，甚至不会停下来喝杯咖啡休息一下，而是直接骑过赌场和加油站。我一路向前，气喘吁吁，满身大汗，说不定会因此生上一场病。

只有度过这些无聊的时光和漫长的日子，我才能多多少少在这个地方感受到归属感，不至于觉得自己只是刚刚来到这里，未曾见证它建立时的神话，那些传说，那些地理变迁。

镇上的人们会根据你的融入程度进行区别对待。

除了职工医疗互助会的医生之外，最受人爱戴和尊重的是农民家庭的人。有那么三四个家族世代生活在这里，坐拥土地、农庄、马场，还有肉、油和蔬菜零售商店。

其次是那些在某个时刻，从周边小镇里选择了安圭拉腊的人。或许他们只在这里繁衍了两代，也并不在意这里古老的传说。他们未曾命名任何一个地方，却牢牢记住了每一个地名和这些名字的由来。这些人通常是建造商，为小镇的发展投入资金，使这里从村庄变成城镇，而他们也成了超市和加油站的老板。

再往后是那些从罗马来的人，老板通常是些受够了城市的嘈杂纷乱的小资产阶级，企业或公共机构的雇员。他们壮大了往返两地通勤的队伍，还会把孩子送去罗马的学校读书，把这里当作永久的度假胜地。这些人没有当地的朋友，很少去湖边散步，但他们会在花园里建起泳池，在门廊或者凉棚下举行烧烤派对。

紧接着是我们这些因为开销过高而匆匆逃离罗马的人。我们的房子远离湖岸，三个房间、一间厨房、一间收拾整齐的小客厅，条件好的家庭可能还会有一辆汽车。我们通常会在镇上的商店、面包店、超市或是别人家里找一份工作，也有一些人会开理发店或文具店。

然后是那些有钱的外国人：德国人、荷兰人、英国人。他们买下位于地势最高处、最古老的房子，改造翻新之后开一家食宿旅馆，或一整年都住在那里。他们当中有的已经退休，有的开起小手工作坊，有的则是生物学家和研究员，在国家新技术能源和可持续发展署位于卡萨西亚的研究中心工作。这些外国人能看见小镇最好的一面：教堂里的壁画、湖边的黎明、从岩石上一跃而下的时刻，还有小巷里的积雪。他们是镇上最不受欢迎的一部分，是入侵者。

小镇人嘲笑他们的文化活动：音乐学校、戏剧演出、广场上的读书会。

排在最后、最不受人待见的，是那些来找一些简单的活计，或是占着人行道卖东西的外国人。小镇人总会向他们投去怀疑的目光，口无遮拦地表达意见。这些来自波兰、罗马尼亚或阿尔巴尼亚的外国家庭已经在市中心或是镇上生活了许多年，他们像我们一样，整日辛勤劳作，却只能在这里租到几个房间。这些人是泥瓦工、园丁、家政工、服务员或厨师，当地人肆意讨论关于他们的故事，传播关于他们的谣言。

很长一段时间，阿加塔一直在我耳边念叨"那些人"的恶行：如果干草仓的屋顶塌了，如果街道脏了，如果农场里有人偷懒，如果丢了一只牧羊犬，如果晚上出门变得危险，如果湖面上漂着啤酒瓶，那一定是他们的错。其中最精彩的谣言是，每年都会有一个罗马尼亚人死在这里，因为他喝醉了酒，躺在充气床垫上漂走了，结果淹死在湖里，这片湖也就此完成了复仇。

阿加塔的妄想症持续了将近一年，因为她得知有几个据说来自阿尔巴尼亚的人蹲在初中和高中门口，劫走放学路上的女孩，把她们塞进面包车，带到某个地方卖淫。每次我们走出校门，阿加塔都会伸长脖子东张西望，观察所有停着的面包车和陌生的面孔，问我：那家伙是谁？

我把这件事告诉安东尼娅，问她是不是真的，我们会不会遭遇这样的危险,她回答说,这完全是无稽之谈,如果我们总像这样等待某个幽灵出现,那我们终会长成懦弱的人,不知如何面对真正的危险与困境。

也许,恐惧就是这样在我们之间,在小女孩之间不断滋长。震动全国的重大案件,绑架案中父母悲痛的呼喊,工业区发现的小女孩的尸体,被迫在乡间道路上勾引过路人的年轻女孩瘦弱苍白的大腿,城市边缘隐约可见的旅行挂车——随着这样的案子越来越多,在我们的想象中那里成了瘟疫和犯罪的容器,恐惧被持续地放大。

如果需要的话,我能理解别人的恐惧。从过去到现在,我时常见到同学们因为一些小事备受困扰,因为第一次听见别人的大笑,第一次听见有人用错误的意大利语对自己评头论足、在街边投来目光而颤抖。于是我也像她们一样避免回应对方,像她们一样判断谁是外乡人,谁不是,谁需要我们倍加小心,谁不需要。

数年之后,镇上的人们都已经知道我们是谁。我们生活在这里,在路上有人问候。我们从头到脚焕然一新,早已没有什么可供指摘的痕迹。马里亚诺的几次打架斗殴,闷死自己的卡洛塔,我在射击比赛上赢来的大熊,除此之外,人们不再谈论关于我们的事情。

这个新的位置,这次小小的地位抬升让我感到宽慰。我很乐意和处于我们之下的人拉开距离,很乐意看到这种差异得到他人的认同。

其他人有没有沉入湖底，有没有被冠以莫须有的罪名，这都没关系，重要的是我能留在这里，浮起来，露出水面。

* * *

到了冬季，只剩一家酒吧在晚间营业。它就在湖边码头广场的一侧，几年前换了店主。买下酒吧的一家人对它进行了翻修，撤掉老旧的塑料桌椅，换上有现代感的方形家具。他们还在茶室里装了摄像头，重新粉刷了木质门框和窗框，购买了几台冰激凌机。他们是小镇本地人，但在酒吧的现代化改造过程中，他们还是承受了周围人默默的审视。在很长一段冷清的日子后，这家酒吧现在总是人满为患，到了周末更是如此。这种成功一方面来自店主的渴望，一方面也出自当地人的需要。

这是一个星期六的晚上，尽管坐在酒吧里，我还是没有脱掉外套。我是坐轻便摩托车来的，所以现在双手冰凉。而且我只涂了睫毛膏，忘记涂上黑色眼影，我觉得自己像是没穿衣服一样，活该被嘲笑。

伊利斯和她的母亲大吵一架，不能出门，所以来酒吧的只有我、达芙妮、拉莫娜、大熊和希腊仔。他们喝瓶装啤酒，我喝气泡水。这时，大熊认识的几个男孩走进酒吧，于是他们讨论起上个星期日萨巴齐亚的足球赛。镇上有两支球队，一支球队都是专业球员，都参加过卓越联赛[①]；另一支，就是大熊参加的那一支，里面都是些没出息的人，热衷于打架斗殴，跑起来歪歪斜斜，根本一无是处。他们输了星期天的比赛。赛后，队长把守门员的手夹在更衣室的衣柜里作为惩罚——一个人抓着他的手，另一个人打开柜门，关上，再打开，再关上，想要夹折他的手指。

我很快就厌倦了这样的对话。和所有不幸的人一样，我也有自己的不幸。它们驻扎在身体里，辗转不去。于是我站起身，说要出去走一走，拒绝了拉莫娜和达芙妮的陪伴。

我拉起外套的兜帽，双手插进口袋。湖面升腾的湿冷空气扑面而来，我抬起头，看见山上的牧师会教堂被灯光照亮。我不常去那儿，因为骑自行车没法上去。山路陡峭，光滑的石头路面大多凹凸不平，很容易摔倒。

我走进老城区，沿着长长的石阶向山上走去。这条路从公共洗衣房所在的广场出发，直达山顶的政府大楼和公共图书馆旧址。政府大楼一片漆黑，只能听见雕刻着两条鳗鱼的喷泉流淌的水声。我气喘吁吁，周围一个人都没有，所有的酒吧和烟草店都关了。于是我再次出发，跟着将教堂正面淹没的灯光向前走去。

走在上坡的路上，我心想这就是新娘们走过的路。所有出嫁的女孩都希望在小镇山顶那座古老的教堂举行仪式，

[①] 意大利足球联赛系统的第五级联赛，晋级者将升入意大利足球丁级联赛。

但为此她们必须穿着细高跟鞋，走过这一条条狭窄的街巷。新娘摔了跤、崴了脚，年迈的亲戚在山顶的烈日下，还没等到仪式结束便感到不适，这样的故事层出不穷。

一只白猫从一旁的小巷里蹿了出来，我盯着它，注意到它粉色的小耳朵上只剩稀少的一层毛，似乎被什么咬过。它的红眼睛映照着路灯的光亮，身上的皮毛雪白，仿佛幽灵一般。于是我跟上它，穿行在小巷中，偏离了上山的路。我穿过一户户人家，往山下走去。许多窗户里已经没有了灯光，晾晒的衣服也早就收回，因为那天下午响起了隆隆的雷声。白猫跑跑停停，跑跑停停，似乎也在黑暗中窥视着我。

我耐心地一路跟着它。为了不跟丢，我加快脚步，路过一段爬满藤蔓的楼梯，还有一幅镶嵌在大楼外墙里的圣母像。我小心翼翼，避免踩到门口的瓶瓶罐罐，或是绊到老人坐在家门口时用的椅子。我向前探索，走进小镇的腹地，漆黑色的、陈旧的深处。说话声和窃语声在关闭的窗户后互相追赶，墙壁的孔缝中传来地下室的味道。

小猫上蹿下跳，在如明信片一般的场景中悄无声息地前行，带着我穿过最狭窄的小巷，穿过如同血管一般遍布小镇的缝隙。我的脚步声此时异常清晰，回响在街道之间。

大熊告诉我，他的祖父母在老城区有一套房子。现在他们很少出门，因为上下楼梯实在太过费劲。他们已经习惯了这种孤独与不便；邀请他们参加聚会，或是周末前去探访，都要费不少工夫。不过，从他们卧室那个狭小、破旧、没有任何鲜花装饰的阳台，可以看见整片湖和如画一般的月亮。

你赶着去哪儿？一个声音喊住我。有个男孩倚靠在一家酒吧外，人们叫它"洞穴酒吧"，因为它就是一个被刷成白色的山洞，里面售卖黑啤和热狗。我们从不来这里，它给我一种压迫感和不安全感，周围的墙似乎不断收缩，呼吸也变得困难。

我四下看去：那只猫不见了。

我要回码头。我认出了和我说话的人，于是向他走去。

你怎么一个人出来了。克里斯蒂亚诺先看了看我，又看了看手中酒瓶的瓶底。

不行吗？我靠在墙边，看着路灯投射下他的影子，观察他的全身：干瘦的身形、长长的胳膊、显眼的耳朵。他身上没什么不好，也没什么好，没什么令人可以接受的。

镇上有个疯子，如果听见窗外有什么动静，就会从阳台上往下扔东西，甚至是熨斗。克里斯蒂亚诺笑了笑，把空酒瓶放在地上。

就这样，他跟我说起他的故事。有一次，他和几个哥哥还有其他几个朋友一起从镇政府那儿偷来了一把钥匙。那是小镇古城门的钥匙，人们需要开车通过那个城门，才能进入老城区。几个世纪以来，他们第一次锁上了城门，然后躲在一边，看那些来到城门口却不知如何过去的人的表情。他说到小镇的大雪,又说到那些平坦的屋顶,人们可以轻易地从一户人家爬到另一户。他说到他们曾经摘下路标当作雪橇,一路向下滑到码头。他告诉我,沿湖步道的尽头被一张高高的网和一块危险警示牌拦住。那里之前住着一位画家,每家每户都想在婚礼上放一张他的画作,画的价格顶得上三份高薪。而山顶上,有最大露台的那栋房子里住着一位女作家,她和另外一个女人同居,所有人都知道她们是情侣,人们路过那里,只是勉强点头打个招呼。还有一个比我们大五岁的男孩经常在广场闲逛,在酒吧进进出出,说话嘟嘟囔囔,每天都像着了魔一样——他害怕闪电,酷爱渣酿白兰地和鸭肉配干面包。他曾因肌肉发达、为人不驯被称为"公牛",后来他和几个朋友度假时嗑了点药,回来的时候就成了现在这副孱弱、迟钝的模样,如同活在另一个世界。

而你的那个朋友,满口胡言乱语。

谁?

希腊仔,所有人都知道他的父亲是罗马尼亚人,在曼齐亚纳开了一家五金店。

所以呢?

所以他说的都是胡话。

我缩了缩脖子,我不在乎,也没把他当作朋友,他只是一个喜欢伊利斯、有时和我一起出去玩的男孩。我从来没有问过他家的情况、他对这个世界的看法,也不想知道他到底害怕什么、喜欢什么、为了什么而说谎。

我的意思是，关于我们的家庭，每个人都在说谎。它就像个巢穴，藏着我们最大胆的谎言。在那里，我们隐藏身份，编造童话，掩盖不公，谈论一些陈词滥调，把自己关在尖叫、呐喊和秘密背后。但我并没有这么告诉他，我看着克里斯蒂亚诺，回应道：再说点别的故事。

他点了点头，和我一同走向码头。我问他有没有在栈桥上跳过水，他说有，然后又说：你有没有注意过湖里的水？人们都说里面是淡水，但那是骗人的。湖水里有汽油的味道，要是把打火机凑上去，它甚至会着火。

冬日的克里斯蒂亚诺更加苍白，更加高大。他的头发长了不少，用发胶向上梳起，又直又尖。他身上的香水味很重，甜腻、生涩，像是柑橘汁的味道，与这个季节寒冷的天气格格不入。他走路依然摇摇晃晃，只把指尖插进牛仔裤的裤兜，长长的脖子露在外套的外面。我们都不喜欢戴围巾、手套和帽子，在二月穿着露腰的衣服，在暴雨里露着脚踝。

里面有一个圣诞马槽，由五个小雕像组成，大概这么高，是好些年前人们放下去的。

我们此刻已经走到栈桥的尽头。我认出了水里的那个位置，比我之前跳水的缆桩更远一点：那里满是水草，漆黑一片。

我告诉克里斯蒂亚诺，我听说过这个故事，还在他说的那个位置跳过水,在附近游过泳。可就算是在日头正盛的时候,我也什么都没看到。克里斯蒂亚诺反驳说它就在那里,只是我没有看仔细。那些雕像一直都在那儿,日复一日、年复一年地护佑着小镇:它们已经不再光滑,在水的腐蚀下逐渐发黄,但不论是水流还是鱼,都未曾改变它们原先的位置。

我们从栏杆上直起身,这时,我看见大熊朝我们走过来。

我准备走了,顺便送你回家。大熊没有和克里斯蒂亚诺打招呼,我认为他应该认出了对方。

我送她回去。克里斯蒂亚诺在我身后说道。我点了点头,告诉大熊我会和克里斯蒂亚诺一起回去。

大熊犹豫了一下,表情与走过栈桥拍拍希腊仔的背,把他从栏杆那边带回来时一模一样。那是保护者的表情,这类人知道什么时候该出手,嗅得到麻烦、沮丧和事情的变化。

没过一会儿,克里斯蒂亚诺便骑着轻便摩托车,载我回家。他像是在与整个世界斗气,不顾先行的车辆、行车方向、停车标识或十字路口。路面结了冰,车轮不时发出吱吱的声响。克里斯蒂亚诺握紧车把,依靠平衡和感觉控制着自己。他告诉我,他会经常关掉车灯,在黑夜中仅凭耳朵向前开。他提议我们下次就这样,在去特雷维尼亚诺或是布拉恰诺的路上关掉车灯,他对每一处转弯都了如指掌,根本不需要照明。我说好。

车停在我家楼下,我感觉到还没有熄火的摩托车腾起热气。车灯是蓝色的，车身则是漆成了如甲壳虫般闪亮的颜色。克里斯蒂亚诺问我家在哪儿，我伸手指了指阳台。

是你扔石头砸了安德烈父亲的车挡风玻璃吗？他盯着我问道。克里斯蒂亚诺单手插兜，摸着家里的钥匙，发出一连串叮叮当当的响声。

不是，是卡洛塔·斯佩拉蒂。我盯着他握在刹车上的那只手纤细的关节，回答道。

你是怎么知道的？

所有人都知道，他们看见了。她先扔了石头，然后就回家自杀了。

克里斯蒂亚诺离开后，我上楼回家。母亲还没有睡，收音机的音量被调得很低。她正在织毛衣。最近母亲打算也学一学钩针，做一些满是洞眼的小布垫和软趴趴的帽子。

我没有和母亲说话，只是冲她点了点头，示意我回来了。然后我走到电话旁，拿起听筒和一本记录了所有有用的电话号码的记事本。我按下按键，等电话响了两声之后挂断。

这是我给伊利斯的信号：我还活着，准备去睡觉。

* * *

伊利斯叫卢恰诺"妈妈的小宝贝"，因为她说这家伙还是个宝宝，习惯了太过舒适的生活，像洋娃娃一样被捧在手心，还顶着一张天使一样的脸。每当卢恰诺重复同样的句子，他那些口头禅——你没明白、我需要什么什么、我要把他裤子扒了——我都会十分烦躁。而当我把这些事告诉伊利斯，还说卢恰诺管所有人叫叔叔阿姨，衬衣皱了他就大喊大叫时，伊利斯总会笑出来。

一个故事需要情节、几个人物，还有一些值得讲述的事情。然而关于我和卢恰诺，我却没有太多可讲述的。我讨厌他的无能，讨厌他随意挑选的、毫无价值的礼物，比如去年圣诞节的那个。我讨厌他浪费好几个小时讨论罗马队球员，讨厌他总是像对待圣物般把围巾叠好放进书包。我讨厌他的门牙，洁白却没有光泽，像是被砂纸打磨过一样，满是划痕。

有一段时间，甚至一连好几个月，我们都没有和彼此说话。在家里打电话的次数越来越少，在学校见面的次数也变得屈指可数。我们刻意躲避对方，却从来没有说过分手，公开结束这段似是而非的关系：他就像一只螨虫，在夜里附着在我的身上，而我看不见他。然后我们又开始聊各种各样的无用的话题：学习成绩、没有得到满足的愿望、道别时的寒暄和那些无中生有、引人发笑的嫉妒。卢恰诺总会莫名大发雷霆，坚持说我和别人有了些什么，而我甚至没有和那人说过话。他说的事根本就没发生过，所谓的眉来眼去我也从来没有收到，但他仍会装出一副固执而又沮丧的样子。

我出现又消失，他想要引起关注时，我总是回避。我不参与任何关于背叛或是谎言的讨论，对于他心目中情侣应有的样子，我也不感兴趣。

我开始觉得，情侣在一起时就该这样：像影子一般。

做爱，真是一种可笑的表达方式，它不过是欺骗，是做戏。作为两个赤裸裸的、有感知能力的人类，我和卢恰诺共同体验到的不过是些平庸的感受：从一开始，我就无法把两人之间亲密的关系和这种湿乎乎的感觉联系起来，我的身体在他的动作之下毫无反应，头朝向一边。床头灯照在我们脸上，风从虚掩的窗户中吹进来，双脚冷得有些发疼，呼吸间散发着甘草消化后的味道，小花园里传来嘈杂的声音，邻居家的狗吠叫着啃咬篱笆：这种吵嚷的生活，这种不属于我们的生活扰乱了我。

我并不觉得痛苦，却也并非心甘情愿。我清楚地知道发生的一切，却还是觉得毫无兴趣、缺乏动力。我不明白，为什么这种仪式能被延续下来，被视作不可或缺的一部分。

通常是卢恰诺主动提出，而我在开始前做的准备就像是要去浴缸里泡澡：脱下衣服，小心地把衣服放好，检查水温，涂上肥皂，钻进水里。我沉入缸底，耳朵被水淹没。

关于这些事，我从来没有问过伊利斯的想法。我不会把自己的亲密关系和朋友的做比较，我认为这样才是对的，我们各自的失败最好还是藏在心底。我也从没问过卢恰诺是否有过其他经历，没问过他的成绩和名次。我只是果断地去见他，然后果断地离开。

"妈妈的小宝贝"会做出各种各样的尝试，让自己显得魅力十足，激发我的欲望，证明自己是情场高手、感官享受的培育师。而我则尽量配合他，然后回到自己的思绪中：衣柜门后面可能藏着骷髅骨架，牛仔裤上的扣子撞在洗衣机上砰砰作响，楼上电视机的声音开到了最大——卢恰诺的母亲正在看电影，里面发生了枪战，结尾只有一个狼人活了下来。

一个春日的下午，放学后卢恰诺把我送到火车站。他沿着站台一路往前走到尽头，火车停靠时车头开不到的位置。他之所以选择这里，是为了引出接下来的争吵和埋怨。

卢恰诺从书包里掏出一张纸。是一封信，写信的人是一个比我们大的女孩，她马上就要毕业了，很想认识卢恰诺。女孩字迹娟秀，她说自己对珐琅工艺和红宝石非常感兴趣。我抓过信纸看了看，然后无动于衷地把信塞回卢恰诺手里。我在想，火车马上就要来了，再不抓紧就赶不上了。

卢恰诺见我没有回应，很不开心，于是他又把信递给我，让我再读一遍。我再一次打开信，再一次把它合上。我说：我读过了，也明白信上想说什么，所以呢？

就这样，卢恰诺开始抨击我不爱他，长篇大论地控诉我的恶劣举止。因为我应该感到愤怒，应该大声驳斥这种威胁我们的亲密关系、阻碍二人生活的事，应该着急地跳起来，满脸泪水，浑身大汗。如果我没有这么做，就说明我对别人有了感觉。这个别人是谁，住在哪儿，住在镇上，住在你家附近，是总和你一起出门玩的某个朋友吗，是那个名字是动物的，哦不，是那个从土耳其还是从希腊来的家伙，不记得了，还是那个骑轻便摩托车载你的人，是那个星期天骑马的农民，或是那个卖猪肉的。

汽笛声昭告着火车的到来。我看见它驶进站台，翠绿色的车头，白色的条纹，"FS"的字样[①]，圆形的车灯，还有戴着帽子、穿着深色制服的司机。

我得走了。我告诉卢恰诺，无视他抓住我胳膊的手和呼吸急促时的激动情绪。

他紧紧抓着我，却没太用力。他让我坐下一趟火车，说我们得聊聊，他需要知道一些事情。这时，火车刹住车，发出嗞嗞的声响。我挣扎了一下，想摆脱他，但"妈妈的小宝贝"像挂火腿的钩子一样紧紧挂在我身上。求你了，他说，求你了。

阿加塔在喊我的名字，示意我抓紧时间上车。我看见她金色的马尾辫在站台上摆动，而卢恰诺仍一动不动，一遍又一遍地说着，求你了，求你了。于是我停下来看着他。我的脸颊滚烫，额前的头发乱了，双腿也因为紧张微微颤抖。

你有什么话要说，快点行吗？我冲着他大喊道。

卢恰诺不停地说，他只需要五分钟，五分钟。他说我

[①] 即意大利国家铁路公司（Ferrovie dello Stato Italiane）的标志。

们需要了解彼此，我们在一起这么长时间，他快受不了了，他根本无法理解我，不明白我到底在想什么。我曾经那么坚持要见他，说我们的灵魂那么相像——所有人都会这么说，可没人在乎真假；我要求过他的关心，也抱怨过这样的要求没有得到满足；我曾在他家一待就是整个下午，脱掉衣服，和他一起睡觉。现在我却对这段关系毫不重视，不在乎它能否存续，也不在乎它成了什么样子。

车门即将关闭的提示声响起，我握紧了拳头。指示牌上，火车时刻表旁的小灯正在闪烁，一如我的怒火，点燃、熄灭，点燃、熄灭。

火车开动了，它与我们擦肩而过，扬起我的头发，吹起卢恰诺的衬衣。我想到我的朋友们，她们坐在我通常坐的位置上，透过车窗看着我。我喜欢坐在那里，观察车窗外的一切，而不是盯着人群。我从车厢里看见过藏在排污管之间的铁皮房子、私立小学的足球场、山间的建筑工地，我还数过雨滴的数量。如果我在火车运行时盯着车窗上自己瞳孔的影子，这些雨滴就会跳起舞来，一会儿向右，一会儿向左，向左、向右，向右、向左。

卢恰诺没有完成他的任务，他脸色苍白、沉默寡言、毫无生气，几乎没怎么给我增添光彩：没有提高我的社会地位，也没有让我分得他的财富。这段时间以来，我一直停留在原地，既没有前进一分，也没有后退一毫。他如此普通，我却不哭不闹，一直陪在他身边，他现在居然还敢抱怨。

这个场景在外人看来大概庸俗无比，就像那场自杀，那块扔到车前挡风玻璃上的石头，那些发生在舞厅里的争吵，还有拉丁语课、历史课、地理课、体育课。所有这一切都没有什么区别，都应该被丢到一边。我们都是没有出息的动物，连病毒都不如；在鲸鱼、牡蛎、厚皮动物[①]面前，我们什么都不是。

你说，你到底有什么用？看见他摇摇晃晃、快要失控时，我问道。

卢恰诺生气了，说我才无用：我只会活在自己的堡垒、自己的世界、自己的毛线团里，我听不进任何话，也看不见除自己之外的任何人。他却很招人喜欢。提到喜欢，我自以为喜欢他的只有我一个人，然而并非如此。他交往了很多女孩，几乎都比我漂亮——几乎，她们还会去切尔沃港[②]度假，在停泊的船上穿漂亮的背心连衣裙。

我觉得这没什么不好，我轻蔑地说。

羞耻感从两腿之间升起，因为我们曾赤裸相对的亲密已然退去、消失不见，因为我心不在焉又无所作为，因为就算世上显然没什么属于我，我仍相信自己能从中得到些什么。

[①] 即厚皮目哺乳动物（Pachydermata），曾用来指涉象、犀牛、河马、猪等动物。这一分类法基于生物的外在特征而非谱系关系，如今已被弃用。
[②] 意大利海滨度假地，位于撒丁岛东北部。

第一次，我和卡洛塔之间的距离变得如此之近。在卢恰诺的女友名单当中，在那些肤色晒得比我更健康，屁股比我结实，穿比基尼比我合身的女孩当中，我发现我和卡洛塔属于同一个地方，我们躲在同一个脆弱、寒冷的山谷，同一个水晶洞穴，渴望被赞扬，渴望不令人失望，渴望被看见。

我无法忍受和一个已经死去的人如此接近，如此相似。不论是在思绪、回忆、坏习惯里，还是在梦中，她都不应该存在。我想高喊：她已经死了，她和我没有一点相似的地方。

我的手突然有了自己的生命，它伸出去，一把抓住了卢恰诺的头发。他时刻保持完美的发型，而现在，我用力拽着其中一缕头发。

我根本就不在乎你，明白吗？没有人会让我失望，你更不可能。我凑到他左耳边，大喊道。

卢恰诺侧身弯下腰。他没有预料到我会这么做，在接下来的几秒钟里，他只是忍受着，不明白事情为什么会变成这样，我为什么会伤害他。然后他大叫着说我是疯子，弄疼他了，接着他把我推到一边，承认那封信是骗我的，他只是想看看我的反应，看我担心的样子。然而事实并非如此，我像头野兽，应该被关进笼子、拴上铁链。

我看着自己张开的手，他的头发从我指间滑落。一阵风吹来，头发随风飘散，被一同带走的还有我的初恋。

* * *

实际上，我们小镇有两片湖。古老的火山口就像不再有任何感情纽带的兄弟，它们没有相同的支流，也不共享任何地下水或溪流。它们各自掌管自己的那片湖，也仅仅掌管着自己的那片湖。

另一片湖很小，从湖的这边乘脚踏船就能抵达另一边。多年来，这里已经变成自然公园，开车穿过田野后，人们只能步行抵达。把汽车停在高处的干草垛和木材堆之间，然后沿着一条小土路一直向下，就能走到湖边。下坡时要小心摔倒，上坡时又令人感觉心脏快要从胸腔里跳出来。

小一些的湖叫马尔蒂尼亚诺，是镇上的年轻人在复活节星期一、解放日和劳动节时聚会的好去处。他们背着包，成群来到这里，有人会带上整箱的啤酒，有人只带彩色的沙滩巾，还有人会带吃的：小面包、水、香烟和大麻。胆子大的人会一直待到晚上，他们背着帐篷下去，在最偏僻的地方扎营。

湖沙混杂着草与石块，黑而黏稠。离岸不远，湖水就已经很深；到了湖中心，水流湍急，旋涡很容易就会把你拉向湖底。

我最喜欢待在岸边的垂柳旁，阳光在阵阵微风中透下些许。如果闭上眼，除了喧闹的人声，我还能听见牧场上奶牛活动时牛铃发出的声响。

克里斯蒂亚诺说，他就是在那里看见了我、认识了我是谁，就在去年的五月一日，就在我认识伊利斯的那天。

我和这些未来的朋友躺在阳光下，戴着没有防紫外线功能的塑料太阳镜；我们的身体也第一次展示冬日里苍白的皮肤、发紫的眼圈和脚背上青色的血管。

聊天断断续续，很是尴尬。那时我们并不认识彼此，于是我们轮流向其他人提问。就这样，我们讲述了一些无关紧要的细节，在一些共同话题上相互比较：学校、小镇、刚刚过去的复活节假期、夏天的计划。

我们旁边来了一群人，其中没几个女孩，绝大部分都是男孩，有的和我们差不多年纪，有的比我们大，都是镇上的年轻人。几个小时之后，他们喝光了几箱啤酒，酩酊大醉。他们在沙滩上踢球，把球往别人身上扔。他们大笑，咒骂，扑倒在地，向湖的方向滚去，嘴里胡言乱语，用地道的方言交谈或是冲我们说话。

他们给人的印象很快从一群嬉闹的大学生变成寻衅滋事者。他们大声辱骂，互相扔空罐子，还有人吐在树干上。那些带孩子的家庭见状一个接一个地起身，打算换个地方或是回家去。他们中一对要好的朋友是学校里的同学，两人不知何时起了冲突。没人知道为什么，但粗鲁的嘲笑演化成责骂，责骂中闪过凶恶的眼神，之后两人便争执起来，像恶狗一样扑向对方。

他们的朋友也都醉得不轻，摇摇晃晃地走上前，从背后拉住两人，劝他们冷静。有些人认为他们只是闹着玩，于是围着两人站成一圈，怂恿他们自相残杀。就这样，一大群人很快围了上来，我也跟过去瞧了瞧：两人打得异常激烈，身上已经留下了对方拳头落下的伤痕。

见血的时候，我穿过围成一圈的人群，看见他们被染上红色的脸，一个人的鼻子被打了，另一人的嘴唇裂开了。

人群发出担忧的喊声，两人的女朋友站在远处，并没有插手，只是靠在朋友的肩头一个劲地哭，显然被眼前突如其来的情况吓坏了。没有人知道该如何控制当下的场面：大人们都走了，只留下我们看着眼前这场悲剧。

两人打得愈发激烈，我也靠得越来越近。我站在那里，直到他们因为争斗和醉意筋疲力尽地倒在地上，脸上已经看不出原本的模样。他们闭着眼，汗湿的头发上满是血迹。

他们的朋友赶紧跑上前，拽着两人的胳膊和腿，把他们拉了起来。这时我才发现周围只剩我一个女孩。刚才和我坐在一起的朋友们已经离开了，她们早早收拾好沙滩巾和背包，跟着大熊和希腊仔跑到了柳树的另一边，远离这场打斗。

我望向四周，寻找他们的踪影，却感觉一双双陌生而好奇的眼睛落在我的身上。不知道是谁认出了我：那个会开枪的女孩，红头发安东尼娅的女儿，喜欢屠杀、四散的鲜血和伤口。

大熊很快走到我身后，拉起我的手腕带我离开：他们都是白痴，不过是一群白痴。他一边说，一边扶着我几乎赤裸着的后背。

那天我也在，克里斯蒂亚诺说，那两个打架的人里有一个是我哥哥。他出了点血，撞了一下脑袋，没什么大不了的，现在好得很。他说着，用短短的指甲抠摩托车把上的脏东西。

我一直在想，你留在那儿到底想做什么。克里斯蒂亚诺抬起头看向我。

看热闹，和所有人一样。我一只脚踩在摩托车的前轮上，用力一蹬，像是要让克里斯蒂亚诺失去平衡。他稳住车身，放下了摩托车的驻车架。

你和其他人不一样。克里斯蒂亚诺说得很明白。我们沉默了一会儿，远处传来孩子们踢足球的声音。我们在火车站附近，教堂的后面。

我们来这儿做什么？我把脚从摩托车上放下来。

我得问你件事。

问吧。

我最近发现，火车站旁的这座教堂是镇上举行葬礼的地方。人们在小镇的最高处结合，在离湖最远的最低处永别。他们在油灰墙、壁画、古老的木质圣坛和带着神圣气息的石头间，身着盛装，喷了香水，感受幸福；却又在现代的菱形彩色玻璃窗前，在陈腐的信仰和令人窒息的氛围中，在半圆形的长椅上，在仿佛要主持会议一般的神父面前哭泣。人们总是死在最糟糕的地方，死在悲惨、潦草、没有色彩的地方。神父念错了你的名字，连上帝的脸似乎也不再是原本的模样。

我想知道一些信息。克里斯蒂亚诺严肃地说。他从摩托车上下来，走到我身边，声音也压低了许多。

他问我上的是不是富人学校，我点了点头。他又问我有没有朋友住在卡西亚大道尽头的住宅区，我说那儿没有我的朋友。他问那我有没有认识的人住在那里，有没有去过他们家，我说也许吧，有可能。于是他问是哪栋房子，我告诉他是哪一栋。他问里面有什么，等离子电视？珠宝？名牌包？我说是的，有两台电视，一台在一楼，一台在餐厅，旁边还有一台新的 PlayStation 游戏机。放名牌包的柜子在二楼右手边的卧室里，有保险箱，但我不知道怎么开。他问有没有警报器或是看门的狗，我说我觉得没有，他们家只养了一只小型犬，但是邻居家的那只狗总是叫个不停。他从口袋里掏出一张纸条和一支笔，让我把地址和他们的日程写在上面。我接过纸，用指尖反复摩挲，回想着我知道的具体时间点。我在纸上写下他们早上出门的大概时间，他的母亲在哪儿工作，父亲在哪儿工作，他们什么时候回家。我知道他们雇了一个清洁女工，菲律宾人，上午十点上门，午饭之后离开，在那之前的三个小时里家里没人。我特别注明：上午七点到十点。不过，在把纸条还给他之前，我问他我能得到什么，有什么风险。

克里斯蒂亚诺回答我没有任何风险，而且我可以得到任何我想要的，他问我想要什么。

这是第一次有人问我这样的问题：你想要什么？迄今为止，没有人想要满足我的愿望，每个人都想当然地认为我已经很满足，没什么好要求的，也不需要往生活里再添加些什么。我想了整整一分钟，然后说我要一样东西：一部手机，什么样的都行，但我需要有人帮我缴电话费，因为我不能问母亲要钱。

克里斯蒂亚诺说没问题，我确定只要这个吗？

我可以告诉他所有我想要的东西，那栋房子和它隔壁房子里的所有东西，所有停在路上的汽车，所有停在车库里的轻便摩托车，所有的电视信号天线，还有搅拌机、电烤箱、斜挎包、迷你搅拌器、沙发靠枕、卫生间地垫、带柜门的碗柜、柜门后面的天竺葵花盆和房顶的瓦片。但我的回答是：对，我只要那个。我把纸条递给他，又补充说，我不知道其他房子的情况，所以以后别再来问我。

他说好，他们也不是经常做这种事，但他们现在需要钱。我没有问"他们"是谁，以及他们为什么缺钱。我知道，这都不关我的事。

半地下室的衣柜里至少有二十件拉夫劳伦的蓝色毛衣，如果你喜欢或者想把它们卖掉的话。我又说了一句，然后戴上头盔。现在送我回家，我明天还有拉丁语考试。

他点了点头，坐上摩托车，一脚踢起驻车架，让我上车。

两个星期后，消息在学校流传开来：有人闯进卢恰诺的家，带走了所有的东西。他们重复着"所有的东西"，好像那是一件和渎圣一样大的罪过——所有的东西，所有的东西，所有的东西。没有目击者，也没有人知道他们如何得知那个时候家里没人，也许他们之前在大门外盯梢，也许他们开着面包车偷偷跟踪了这家人好几个月。清洁女工受到怀疑，很快就被辞退了，因为菲律宾人完全不可信——他们看上去很正经，像是好人，也会积极工作，但其实他们和其他人没有什么两样。

阿加塔说自己一直睡不好，自从知道了这件事，她就一直担心也会有人偷偷闯进自家。她好几次注意到有一辆车停在街上，是辆红色的车，牌照不是意大利的，倒像是来自保加利亚、摩尔多瓦或是俄罗斯之类的地方。

我告诉她：你说的没错，应该就是其中某个国家，最好还是小心一点。

9

未成年人禁令

许多年来,我总会把号码存进通讯录里,给每个人想一个绰号,在按键上敲出字母,大半夜发消息,从噩梦中惊醒——一条机械鲨鱼在众多人当中独独选择吃掉我——是手机在枕头下振动。我像打开贝壳一样打开它,看着它再次发出亮光。我的摩托罗拉手机已经过时了,因为它不是彩色的,不能连接互联网,也不能拍摄高清照片。我曾经试图把摩托罗拉藏在大腿间,但还是被母亲发现了。她为此辱骂我,问我它是从哪儿来的、怎么来的,问我这个年纪要它有什么用。我不得不说是借来的,然后又说它是一个礼物,再然后我只能把它藏在更隐秘的地方,藏在我的鞋盒里。

许多年来,我总是乘坐火车,开往维泰博的,开往罗马奥斯提恩塞的。为了不错过火车,我一路奔跑,我把车上的烟灰缸开了又关,用指甲抠包裹座位的布料,用身体堵住即将关闭的车门。我推开那些靠得太近的人,冷眼看着一个热晕在卫生间的妇女,咒骂两节车厢外那个身体不适的人——因为他,我们停在奥尔吉亚塔和拉斯托塔中间。我还讨厌那个因为公司倒闭而在巴尔杜伊纳站自杀的人。

许多年来,我总在学习,背诵,画重点,记笔记,画图,抄写,读课文,被提问,被打分,被批评,被表扬,拼命背单词,翻译希腊语、拉丁语、英语、古意大利语,做名词解释,做逻辑分析,做语法分析,背诵诗歌、变格和代词,在笔记本上画满概念导图、摘要、箭头和问号,整理第二天要交的作业,在家里叫嚷着我要学习、请安静一点。

许多年来,我总去图书馆,还书、借书,遮掩逾期、污渍和无意中的折角,抗拒读书,与书共存,观察书中的人物、环境、家具,强迫自己学习,跳过读不懂的篇章,勉强阅读那些对我来说太难或是我不愿意读的书籍,记下读过的内容以免忘记。我幻想有一天,我能把书、把所有的书都读一遍,这样就没人能说我不值得为此获得奖励、荣誉和认可。

许多年来,我总在撒谎,争论,吵架,无声地表达意见,耍小孩脾气,装模作样地认错,坚持自己的想法,感觉被嘲笑,与每一个中伤我的人、每一种恶名、每一次忽视做斗争。我建立又失去一段段关系,弥补一段关系,然后再次失去。我忘记自己的错误,爱上自己的错误,一次又一次地告诉自己,我受到了伤害,我不断受到冒犯,所有人都应该尊重我、包容我、忍耐我。

许多年来，我总会把衣服穿好，避免赤身裸体，不愿暴露在他人面前，也小心地远离他人的身体。不是出于正直，我本就没什么美德；也不是出于贞洁、虔诚或是纯真。是因为我对赤裸的人感到焦虑，对必须要取悦他们感到焦虑，对不知该如何靠近他们感到焦虑，对他们身上的味道、我自己身上的味道，对微张的嘴、湿润的唇，对他们在我耳边的私语感到焦虑。

许多年来，我总是在夜里出门，去同样的地方，见同样的人，看同样的脸露出微笑或鄙视，坐上某个刚认识不久的人的车，然后在维泰博附近的乡下舞厅结束这段关系。我讨厌那些紫色的灯光，它们会将身体照得惨白。我在刚修了一半的路上偶然看见一辆奥迪汽车因为超速冲出路面，一头扎进路边的谷仓，把它撞翻。我从别人的肩膀上、从码头的缆桩上、从脚踏船的踏板上跳入湖水，头朝下或背朝下，溅起或大或小的水花。我被沙滩上酒瓶的碎玻璃片划伤手指，被不知道是谁倒进哪根下水管道或哪处沟渠里的清洁剂弄得小腿上都是水疱。

许多年来，我总是骑着自行车上坡、下坡、急转弯，骑到超市，骑到邮局，骑到母亲工作的地方，骑到双胞胎的学校，骑到烟草店，骑到糕点铺，骑到果蔬市场，骑到车站，骑到图书馆，骑到十字路口，骑到湖边。

许多年来，我总在夏季露天酒吧给从老虎机里偷钱的人放风；用钥匙划汽车表面的油漆；用喷漆写下某个教授的名字，然后在一旁加上"**浑蛋**"，只因为他在科学课考试中给我打了七分，而不是九分；用摩托车头盔痛击想强迫我陪他喝杯啤酒的白痴的脸，直到把他打出鼻血。

许多年来，我总在穿衣服，脱衣服，厌恶自己的皮肤，在意自己的发型，调整盆骨的姿态，嘲笑自己的耳朵，还有太大太长的脚。我拉扯乳头，希望乳房因此变大；我因为吃得太多惩罚自己，因为什么也没吃而感到羞愧；我不吃早餐；我把头埋进热水里，仔细清理耳朵，涂上指甲油，把睫毛膏用完；我不小心把粉底掉进水池，用卫生纸把所有东西收拾干净；我确保不会有人看见我身上的任何一块雀斑；我被初夏的太阳晒伤，胸口长满疹子，游泳时一直穿着短袖衫。

许多年来，我总能从收音机里听到各种消息：抢劫、谋杀、连环谋杀、行凶、雪崩、地震、超级大乐透、足球锦标赛、对黑手党成员的诉讼、政府垮台、儿童被刺、酷暑、严寒、被强奸的外地女学生、出征的士兵、被召集的警察、遭到黑客攻击的银行数据、默不作声的新闻界，还有音乐节。

许多年来，我总会听别人聊起有个校工总是盯着女生看；一对相貌丑陋、长着胡子、总是形影不离的双胞胎姐妹居然都和那个阿尔巴尼亚人搞在一起；加油站老板往汽油里掺水，然后压低价格；有个在国外学国际法的女孩是个扫把星，现在成了已婚男人的情妇；一个男孩让好几个女孩怀了孕，然后抛弃她们，甚至连自己孩子的名字都不知道；酒吧女招待得了厌食症，颧骨突出；有两个骑摩托车的女孩没有戴头盔，在一个雨天丢了性命；那些镇上曾经最漂亮的女人现在长得有多胖——你一旦娶了她们，她们就胖得像头母牛，十公斤的肉都长在了屁股上；我那个死去的朋友是活活把自己闷死的，闷死的，闷死的，你的那个朋友，你那个死去的朋友是闷死的。而我只希望下一个死的人不是我。

许多年来，我总在等待一场彻头彻尾的改变，一场雪崩，一系列连锁反应，给我的上升之路带来最后的助力，为我呈现无限的可能。

许多年来，我总是停在原地，同一个地点，同一个时间，同一个角色，同一张脸，等待着我的十八岁，像是等待一个预言，等待一场风暴来临，等待一堵高墙崩塌。

* * *

有个人必须被烧掉。一个用稻草做的人，穿着牛仔衬衣，厚粗棉布的裤子。

它被人从货车上拖下来，一个人抱着头，一个人抱着脚。稻草人的两只橡胶靴子里也塞满了干草。据说这会带来好运——这个稻草人象征即将过去的一年，等这一年正式结束，它就会被扔进大火之中。

我穿着一件缀满亮片的连衣裙，是阿加塔的，我穿起来有些短。当我在广场上走动时，它几乎快缩到内裤的位置。于是我不停地向下拽裙边，可它很快又会跑上去。我向下拉，它跑上去，我向下拉，它跑上去。我的外套敞着，凉气直冲头顶：男孩们拿出了汽油。

那一晚是我的错，是我要来这里的。两个星期前，阿加塔问我跨年那天打算做什么，我说没什么打算，我会和伊利斯一起过。于是她邀请我们去一家空置的商店跨年，那个地方在她男朋友父亲的名下，他们很快就会把家族生意搬过去。不过现在店面还是空的，所以我们可以在那里聚会。

伊利斯一开始有些犹豫。我们谁都不认识，她说。我们可以打电话给大熊，问问他们那天要做什么，她又补充了一句。我回答说，我们已经好几个月没和大熊见面了，夏天里真挚而真实的友谊已经结束了。只有真实存在过的东西才会有所谓的结束，出于这样或者那样的原因，我们之间没有争吵，也没有什么嫌隙，但现在我们已经渐行渐远。只剩下我和伊利斯，还有我们之间唯一能让我感到自在的空间：我们圈地为营，建起地下掩体和防核避难所，来抵御战争、侵略、辐射和洪水。

就这样，我说服了伊利斯与我一同前往，因为一想到要打一圈电话、乞求一些关注，才能获得一份共度节日的邀请，我就感到恶心。

克里斯蒂亚诺已经走了，他和他的几个哥哥还有朋友们在托斯卡纳租了一间农舍。现在，他们已经带上酒水、大量的意大利面和现成的酱汁、一包零点时要吃的小扁豆①和三根熏猪肉香肠，成群结队地去了那里。

我们并未受邀。

派对开始前三个小时，我们在阿加塔家碰面。她的房间在阁楼，芥末黄色的墙壁、一米二宽的床、一个塞满了衣服的壁橱，还有屉柜旁的全身镜。阿加塔和伊利斯有时也会碰面，但次数并不多。这两段友谊的轨迹从未真正相交，而是平行地穿过我的生活。直到那一晚。

我看着她们挑选晚上要穿的衣服——衬衫、上衣、短裤、短裙，从色彩斑斓的化妆盒里掏出化妆品相互借用，拿卷发棒为对方做发型，激动地展示准备穿在衣服下面的红色丁字裤；她们把亮片抹在眼皮上，在嘴唇上涂厚厚的唇彩；她们调高阿加塔房间的音响音量，准备跳上一曲；她们侃侃而谈，仿佛一直有很多共同话题。

伊利斯喜欢马，每星期去小镇外的驯马场三次。她养不起自己的马，也上不起昂贵的马术课。所以为了骑马和训练，她会帮忙驯服那些不听话的马，给它们梳理毛发，确保它们有食物，确保马厩是干净的。她还会给孩子们上

---

① 在意大利节日习俗中，由于小扁豆的形状类似钱币，人们认为在新年夜这天吃小扁豆能够带来财运。

课，为有钱的美国女人组织出行活动，带着她们骑马穿行在通往马尔蒂尼亚诺的树林间。

阿加塔出身于农民家庭，无论她如何努力想要忘记，或是不惜任何代价想要摆脱家里的粗野习惯，这些印记一直牢牢附在她的身上，因为所有人都认识她的父亲，都清楚她会有怎样的未来：继承家里的农场，不再装作自己是富裕资产阶级的一员，回到自己的根源所在。然而这个晚上，阿加塔终于有了炫耀家庭传统的机会：他们周末会去乡间骑马，用特种马鞍；他们不像伊利斯那样喜欢盛装舞步或障碍赛，而是更加偏爱美式马术和农场生活；他们会把猪、鹅和母马混养在一起。

我很快就退出了她们的讨论，远离她们闪闪发光的衣服和反复涂抹的指甲油。我觉得自己微不足道、毫无价值，她们的友谊已然缔结，我只是其中的桥梁。于是我整个晚上都被一种奇怪的感觉包围，像是肋骨间撕扯出了一个口子，又像是脾上破了一个洞。我难以抑制地渴望一切从头来过，重新回到阿加塔发出邀请的时刻，改变一切，告诉伊利斯过年那天只有我们俩，我和她，在我家，还有我那个每年只在庆祝新年时喝醉一次的父亲和穿着红毛衣、与双胞胎在厨房跳舞的母亲。他们看上去自得其乐、无忧无虑、活力十足，我却无法忍受。

你用什么样的缰绳、帽子和靴子，驯马场有几匹马，你能骑着马跳多高，你们会多久骑马散步一次，你有没有试过上马时不用马鞍，我们可以一起去，比如下个星期六。

我在旁边一遍又一遍地画着眼线，每一次都会留下一道污渍。仔细一看，镜中的我就像是一个陪衬，大声呼喊着想要引人注意。我的脸上已经看不出一丝本来的样子，嘴唇因为涂了口红显得肿胀，蓬松、打结的头发像是发炎的牙床。就像有一颗陨石撞上我的脸，然后爆炸。

我们要迟到了，都两个小时了你们还没收拾好。我用充满神经质与嫉妒的声音一边说，一边收起换下的衣服，把它们扔进马里亚诺的黑色双肩包。我对动物一无所知，猫、狗、母鹅、鹭、火烈鸟、长颈鹿、马，即便只是出现在书中，它们也让我备受煎熬。

那张照片真丑，我指着架子上的相框说道。

我、阿加塔和卡洛塔坐在车站的长椅上，照片是用一次性相机拍的，就和我们一样：用完就被扔掉，被揉皱，被损坏，然后等待被回收。

照片里至少有两个人已然死去，我想，我就是其中一个。照片里那个十二岁的女孩不喜欢自己的耳朵，讨厌去游泳池游泳，被一个鬈发男孩纠缠。那时，她的球拍线还没有被剪断，她还没有变得恶毒。我对她感到怜悯，感到憎恶，我们之间隔着跨越星际的距离，我们之间是一场从地球到土星的流浪。

我很喜欢，我们都拍得很漂亮。她想说些什么，但又很快转移了话题。阿加塔拿着四五瓶香水在我们面前晃了晃，提议我们每人选一瓶。小瓶子发出咔嗒咔嗒的声响，我看着它们，仿佛里面装着杀虫剂。

于是我就成了现在这个模样，身上散发着奶油和糖果的味道。稻草人在燃烧，随之燃烧的还有我们的二〇〇五年，而即将到来的一年将会是幸运的一年。占星师是这么说的，从星象看也是如此：接下来的一年是收获爱与健康的一年，是了不起的、无比美好而难忘的二〇〇六年。

我们在临时搭起的桌子上吃比萨和炸薯条，喝贝罗尼啤酒和从家里的酒窖中偷偷拿出来的葡萄酒。我拿出一整箱塔维诺葡萄酒，把所有人都吓了一跳。

阿加塔的男朋友是花店家的儿子，他的下巴方方正正，脸很大，肤色一直很深。如今他正在学习花艺，学着如何准确地修剪花茎，选择哪种用来包装的薄纱，如何说服顾客购买更贵的玫瑰。

就这样，我和至少十个只有一面之缘的人共进晚餐。我不愿跟他们这类人扯上任何关系，而他们当中有三个人已经盯着我看了一晚上。

你是斯凯拉尼的女朋友吧？

我说不是，我和克里斯蒂亚诺不是男女朋友，连朋友也不是，我们什么关系都没有。他现在正在托斯卡纳，把我扔在这个无比美妙的联谊会上，听你们谈论春日的鲜花、奔腾的骏马和后半夜躲在卫生间里吸的可卡因。

他们把稻草人靠在柴垛上。稻草人歪歪斜斜，总是往一边倒,他们花了半个小时才让它勉强立住。然后他们搬出一个灰色的桶,把里面的液体浇在稻草人上。最后他们让所有人都站得远远的,开始倒计时。

伊利斯笑着朝我走来,因为寒冷紧紧地抱着胳膊。她说希望第一个给我送上新年祝福。而我回答道,我希望一切能尽早结束,无论是这一年、我们之间的对话,还是这场流氓与小丑的聚会。

现在的伊利斯疏远而又恶毒,她的目光刺痛了我,那些亲昵也突然间让我难受。我们的友谊岌岌可危,一个比我更有魅力的人即将吸引她,然而我先后退了一步,表现出厌烦的样子。我不会讨人喜欢,也装不出圣母的样子;我只会喷出火焰,筑起高墙。

烟花的声音从乡间和湖面传来,稻草人的身上燃起大火,衬衣、裤子、橡胶靴,我们看着它熊熊燃烧,渐渐化为灰烬。有几个抽多了大麻、嗑多了药的人正朝漆黑的天空挥舞胳膊,在稻草人四周围成一圈,抬起腿蹦蹦跳跳,像极了异教徒重生仪式中的舞蹈。他们打开起泡酒的瓶塞,让酒喷向空中。不想被淋湿的女孩们发出仓鼠般的尖叫声,四下跑开了。

我左边的头发被淋了个透,因为我站在原地,专注地盯着那团火。空地上只剩下我们了:一个男孩躺在地上,一边用便携式相机自拍,一边独自喝下一瓶酒;伊利斯早已不在我身边,她和阿加塔还有别的女孩一起喝酒去了,她们看着彼此,贴面亲吻,不停地干杯。

我从外套口袋里掏出手机，克里斯蒂亚诺给我发来了新年祝福。我看了短信，没有回复，心想他该死，该死，该从这个世界消失。

手机又振动了一下，弹出另一条消息：新年快乐，我想你了。

我并不认识发件人的号码，以为这大概只是一个玩笑，于是回复道：你是谁？

手机一点动静都没有。过了几分钟，我又收到一条短信：安德烈。

我看着手机上的名字，想要离开这里，离开稻草人，离开满脸笑容的伊利斯和阿加塔，离开那些男孩。他们已经回来了，正在我们之前吃饭的桌子旁仔细地把可卡因卷进烟卷里，然后每人抽上一口，陷入安乐、成功与财富的幻觉中。

我回复：我在邮局前面的停车场，聚会让人恶心，你能来接我吗？

安德烈说好。十分钟之后，他到了。我看向伊利斯，看向她黑色的头发和尖头靴，看向她手上的塑料杯。我觉得她如此遥远，如同浓雾中的一抹剪影。

* * *

母亲掌控了我的未成年时期，现在又想在我成年后继续这种掌控。几个星期以来，我一直在说不，我一点都不想庆祝跨过人生门槛的时刻，不想为这次新生刻意打扮，然后在蜕变完成时拍照留念。

马里亚诺十八岁生日时，家里没有举办任何庆祝活动。于是现在安东尼娅打算挽救自己的灵魂，让自己配得上好母亲的称号，举办一场违背我的意愿、伤害我的人格的聚会。

随着安东尼娅逐步实施计划，马西莫也愈发焦躁，因为要命的是，他也是这个计划的一部分：他需要穿戴得体、梳洗整齐，在他想咳嗽或吐痰时立即止住。父亲因为行动不便生了溃疡，需要使用氧化锌软膏，而在母亲的计划里，他只能把软膏留在床头柜上。他还需要穿上外出的鞋而不是拖鞋，需要像一家之主那样，被用力抬进电梯，被推着走在路上，走在世界之光将照亮他的地方。

聚会前几天，父亲在家里慢腾腾地转来转去。在我看来，他在故意把轮椅的轮子弄得吱嘎作响。他笨拙、艰难地开门，不知道该怎么去洗手池或是烟灰缸旁。父亲费力地移动，仿佛幽灵在游荡。

我抓住一切机会，一遍又一遍地说没有什么比由母亲组织、父亲被迫参加的聚会更糟糕。可安东尼娅用热切的眼神和谜一般的热情压倒了我的抱怨。

她从衣柜里翻出一套体面的旧西装，却有些不满地发现胯部实在太紧了。于是，为我和母亲挑选聚会服装的艰巨任务就此开始。

我表示自己不感兴趣，也不会判断衣服的用料、扣眼、颜色、尺寸和腿部的开衩。我躲在自己的房间里，躲在少年时期的守护者——那只粉色大熊的影子下，拒绝每一件递过来的衣服。

没用的：一条红色短款连衣裙出现在我的床上，面料易燃、轻薄，一看就是大型仓库里的货色。没有肩带，但接缝处的线是稍浅的红色，显眼而粗糙。

这是安东尼娅送给我的礼物，我将在作为女孩的最后一天穿上它，与一切未成年人禁令盛装告别。

很漂亮吧？母亲倚在门边问道。我说不，红头发的女孩是不能穿红色衣服的，我看起来像个火把，像个消防员。

母亲没有放弃原始的、无可救药的喜悦。她围着我转了又转，拿起衣服在我身上比画，发出心满意足的声音，还叫双胞胎一起来看，见证我的尴尬与不自然。

马伊科尔和罗贝托善良而天真，说这件衣服很适合我。他们像往常一样配合对方：一个说"好"，另一个重复道"很好、很好"；一个看着我微笑，另一个又是点头又是鼓掌，说红色就是我的颜色。

我无法忍受他们一致的步调，比如他们都认为母亲做的每一件事都很有必要；他们的脸上都开始长痘，性格也都如春日般温和、有教养。

不用非得让爸爸参加。我一边说，一边盯着墙，因为我的卧室里没有镜子，他们的眼睛是唯一的评判标准。

他当然得参加，安东尼娅回答说。她让我赶紧试一试新鞋。鞋盒里是那种只有母亲才会买给女儿的中跟鞋，圆形的鞋跟适合跳查尔斯顿舞①。我闷闷不乐地看了一眼，用脚把盒子踢到一旁。

我要幸福，想要幸福，该死的你们什么时候能让我幸福。我想大喊，却喊不出来，只能把他们赶出房间，默默穿上红裙子和新鞋，右脚的鞋尖太窄了。我无处可藏，也找不到什么来掩饰我的不如意。

母亲又走了进来，满意地自言自语，说我看上去就像电影女明星。我反驳她从来不看电影，怎么知道电影里的女明星到底是什么样子。

聚会地点选在我家附近的体育馆。母亲有时会为负责打扫场馆的女士替班。一来二去，她就和体育馆的老板成了朋友。那人允许母亲免费使用里面的一个大厅，前提是第二天她需要把那里打扫干净。大厅室内弥漫着一股汗水和袜子的酸臭味，角落挂着彩灯，靠墙放了一张桌子，桌上摆放着绿色的塑料杯、小盘子、叉子、小面包、几瓶葡萄酒、许多芬达汽水，还有菠萝汁。邻居家女孩的父亲是个光头，他充当了今晚的 DJ，决定用几支拉美舞曲开始这场派对。

要不是因为今晚的主角正是自己，我一定会找个办法

---

① 二十世纪二十年代起流行的一种舞蹈，起源自 1923 年百老汇音乐剧中的歌曲《查尔斯顿》（*The Charleston*）。

逃离这个地方。

因为没有残疾人专用坡道，所以三个人抬着父亲的轮椅，把他一路抬进了大厅。父亲两次惊恐发作：一次是在电梯里，一次是当他发现原来家门外还有一个世界，人们在那里生活、行走、呼吸。

我还是没弄明白，母亲是怎么邀请到这么多人的。我认识的大部分人都来了，几乎都是和我同龄的男孩女孩。

他们和我打招呼，送上祝福，亲吻我的脸颊，赞美我的穿着和妆容，在我耳边说他们很高兴，因为我长大了。

自助餐的餐桌边有四位女士：总顶着一头八六年老式鬈发的理发师正在倒饮料；安东尼娅喜欢的那家食品店的收银员正在分发餐盘；鱼贩的母亲正在帮助客人把虾和粉色酱汁搅拌均匀；车站旁那家餐吧的老板娘喷了三百公斤的发胶，正把餐巾纸折成小鹭鸟的模样，然后愉快地分给客人们。

安东尼娅光彩照人，正在与众人拥抱。我发现她化妆后的样子美丽极了，她身上的黑色连衣裙完美地突显了胸部，脚踝也十分精致；安东尼娅宛若新生，而我在渐渐枯萎。

马西莫找到一个隐蔽的角落，局促地窝在那里，和每一个来到他跟前的人简短交流几句。他们认为自己应该弯腰或是蹲下来，与父亲问个好，但父亲只希望没人注意到自己整晚带在身边的尿盆。

现在是九点，夏天的夜晚才刚刚开始。

伊利斯穿着我们第一次见面时穿的那条黄色连衣裙，

头发扎成高马尾,和阿加塔一模一样。两人正向我走来,而我一时间竟分不清过去和现在。我仿佛挨了一记耳光,感受到切身的疼痛:她们一个金发、一个黑发,沉稳而又迷人,全身的配色恰到好处;她们的鞋跟都比我的高,却走得稳稳当当,口红也都是桃红色。

我很快发现,原来是她们在帮母亲的忙。她们邀请了我们认识的人,尽一切努力确保他们能来;她们商定了菜单,确定了歌单,挑选出她们认为合适的衣服和鞋子;她们按照我的喜好烤了奶油蛋糕,背着我悄悄准备了几个小时。她们还做了一张海报——在所有人入场后,她们把那张橙色海报拿了出来,上面贴满了照片,有许多我在不同时期和伊利斯或阿加塔的合照,还有我的单人照。在一张照片里,小时候的我瞪着大大的眼睛,脸上沾着酱汁,穿着哥哥的短袖,站在我们第一个家门前的水泥空地上。

这两个让我备受煎熬的人指着她们为我精心挑选的照片和抄写的文字。她们从网上找来一些赞颂友谊的诗歌、名人名言,还有其他人的寄语,放进这块拼凑出的虚妄里。伊利斯的眼睛闪着光,她列举出喜欢我的原因,做成一份清单,放在了海报的右下角。清单上写的是,我聪明、可靠、忠诚、勇敢。

最后一个词仿佛一口唾沫落在我的脑门上,让我和伊利斯的关系化为乌有,让我的坦白化作沉默。我不想成为这些词中的任何一个,不想用这些词形容自己,也不想要眼泪、聚会或是海报；我的方括号里只有空白，没有任何的拉丁语、梵语或法语词根，也没有前缀和后缀。我只是一个不恰当的定义。

我看着她们，不知该说些什么。周围的人都在鼓掌，说这个举动真是体贴又温柔。我说谢谢，然后紧紧地抱住她们，却感到胃里像装着一个铁块，关节也十分僵硬。我挤出一丝微笑，用尽了足以徒步穿越整座城市的力气。

我想烧掉那张海报，让它消失，我想回家用剪刀把它剪碎，再把碎片吞进肚子里。

其他人走到我身边，把礼物和卡片递给我。而我环顾四周，寻找哥哥的身影。我相信他会来，会关掉音乐，拧着所有人的耳朵，让他们明白他们正让我难堪。但是身边的人换了一拨又一拨，手里的礼物越来越多，马里亚诺一直没有出现。

妈，马里亚诺在哪儿？我瞪大眼睛问道。母亲回答说，自己并没有邀请哥哥。

音乐声震耳欲聋，朋友们让我把礼物放到一边，和她们一起跳舞。拉莫娜、玛尔塔和达芙妮也来了，还有伊利斯马术课上的同学、整个拉拉队、母亲雇主家的孩子们、几个穿着短袖亚麻衬衣的同班同学，还有卡洛塔的妹妹。她走到我身边，亲吻我的脸颊，说这是她帮卡莉[①]亲的，姐姐也一定

---

① 卡洛塔的昵称。

很想来，她很确定，然后露出一副快要哭出来的样子。

不，卡洛塔不会想来的，她也的确没来，看看周围，你觉得她来了吗？她在吗？我想高喊，但我太清楚这里的任何人都不会费心了解什么该做、什么不该做，也没有任何人想过我真正想要什么。每个人都扮演着自己的角色，遵循十八岁生日派对应有的剧本：带着满满的美好愿景，与青春告别，许下新的诺言。

在我看来，眼前发生的一切都是那么不合常理。

就在我大口喘着粗气，打算躺倒在地、闭上眼睛的时候，我的朋友们突然指着我身后，发出一阵欢乐的尖叫声。她们的眼神、笑容和因为激动而张大的嘴让我转过身：安德烈走了进来，穿着得体的西裤和衬衣，怀里抱着一束玫瑰。

他刮了胡子，精心打理了头发，但他俊美的外表反而让我更加不适。他仪态优雅，怀中的鲜花娇艳欲滴，毫不窘迫地稳步走到我的身边，亲吻了我。湿润的双唇带着我们之间的过去，贴上我干裂的嘴。有人在鼓掌，母亲在高兴地感叹：多好的男孩，多么可爱，和女儿多么相配。

这下我终于明白为什么克里斯蒂亚诺也没有来：没有人叫他来，甚至可能有人特意让他不要出现，因为我的母亲和朋友们都不喜欢他，认为他对于我的新生活、对于我更加神圣的成年生活来说并不是合适的人选。

如此一来，她们的意思显而易见：我应该成为全新的自己，以前那个四处游荡、肆无忌惮、总是诉诸暴力、装腔作势的小女孩只是年幼不懂事，她将被封存在过去；从今天开始，我必须洗净过去的一切，穿上更完美的笑容。

我接过玫瑰，搂在胸前，看着安德烈的脸。我发现在场的没有人知道我是谁。

除我之外，没有人知道那个晚上正是我在去舞厅前往安德烈父亲的车上扔了石头，那只是为了告诉安德烈，我丝毫未曾忘却过去发生的事，而他也将继续付出代价。

我应该告诉他，正是他，还有那些和他一样的人，杀了卡洛塔。他们参加葬礼来减轻自己的愧疚，而当卡洛塔叫他们出去吃冰激凌时，他们却感到羞辱。他们躲在浴室里，躲在缝隙中，躲在众人视线之外。他们说：摸摸我，但只能从背后，我不想看见你的脸。

安德烈揽着我的腰，让我先把花放到一边：现在，就像只有成年人会做的那样，该去跳支舞了。

* * *

意大利语老师抬头看着我。她穿了一件几乎长及脚踝的豹纹大衣，一头碗状的头发就连打喷嚏时也一动不动。她问我以后要做什么，我会去工作，对吧？她叫了两遍我的名字，好像我根本不在她面前，然后又问了一遍。你可以去参加一门培训课程，你有没有考虑过平面设计和视觉传达，有没有考虑过参军，有没有考虑花三年时间当护士，然后立即去医院领工资。或者你也可以当美容师,去某个律师事务所当秘书。我没在运动、跑步或游泳方面看出你有什么能力,你觉得自己有什么才能吗?

她从口袋里掏出一颗茴香糖塞进嘴里,津津有味地咂了咂嘴,糖粘在了牙上,她伸出一根手指,用指甲把糖抠了下来。

我回答说不知道,还得再考虑一下。而老师捏了捏双颊,又揉了揉脸。

距离毕业考试还有一个月,在别人睡觉的时候我还在学习。到了白天,我有些精神恍惚,瞪着通红的双眼,死死盯着黑板,在书上画重点时,几乎快把书页划破。

连安东尼娅都觉得我做过了头。我把书放在腿上,坐在浴缸里就睡着了。这时,母亲就会拍打浴室的门,说我再不出去,她就给消防队打电话。

母亲也开始说一些让我沮丧的话。她开始谈论医学、化学、天体物理学,还说脑子像我这么聪明的人可以去做航天员,或者去采集矿物样本。

我做了一份日程表,标注好每一天需要复习的内容,从一年级到最后一年学习的内容,从巴比伦人到希特勒,从莫利塞大区的首府到DNA的遗传规律,从希腊语的不定过去时到卡尔杜齐[①]。不能有任何漏洞,不能有任何疏忽,

---

[①] Giosuè Carducci(1835—1907),意大利诗人、文艺批评家。1906年获诺贝尔文学奖。

每一个问题我都必须找到答案。

天色已晚，我化身猫头鹰，花好几个小时背诵希腊语诗歌，练习各种格律——三音格短长句、六音步长短短长句、抑抑扬格——我要训练短暂且容易混淆的记忆，我要它像金属罐一样，把那些日期、国王和王后、节奏和韵律、战争、疫病、代数公式、几何原理、各式各样的柱头和画作都牢牢保存在里面。

伊利斯给我打过几次电话，问我是不是生气了，是不是有什么心事。

我说没有，我要学习、学习、学习。

她又问自己能否帮上什么忙，我想不想与她和阿加塔见个面，聊一聊我们的小论文，一起背诵学过的内容。我执拗而坚决地拒绝了她的邀请，毫不让步，继续挖掘那条将我们隔开的壕沟。

安德烈说，其实没有人真的在意高中毕业考试，而我正被这个不值一提的东西弄得精疲力竭。他现在是经济学专业二年级的学生，参加过至少六次考试。我背书时的嘀咕声在他耳朵里，就像一只饥饿的小猫烦人的喵喵叫声。

安德烈把电脑借给我用，所以我会去他家写论文，但我不想让其他人知道我的论文内容，也受不了安德烈在我写论文的时候在房间里晃来晃去，玩手机、看书，或是戴着耳机听音乐。仅仅是他的呼吸声就让我烦躁不安。于是我把他赶去客厅，把他关在了他自己的房间外面，还用钥匙转了两圈,把门锁上。

他进来之前必须敲门。我打开门,安德烈端来面包、火腿和一杯梨汁,与我一同坐在床边,告诉我不要紧张。他一遍又一遍地说不要紧张,然后把我的头发缠在一根手指上。我说我已经忘了,到现在为止学的内容里,有三分之一我已经记不得了。我不明白黑格尔的历史观,不明白他所说的终结到底是什么的终结。

他说我穿白色的衣服很好看。

我红了脸,看向身上的连衣裙,细肩带、大裙摆,是一件我最不喜欢的衣服,却也是我衣柜里为数不多的衣服之一:我拼命学习,出了很多汗,不停地换衣服,母亲也因此讨厌我。

和衣服没关系。我把裙摆夹在双腿间。

我们去跳舞吧,你把头发扎起来,安德烈提议说。他用双手把我的头发一缕一缕地拢起,慢慢扎成一个高马尾,说这样才能看清我的脸。

我感到一阵燥热从脸颊和耳朵传来,现在我的耳朵赤裸裸地暴露在这个世界上,那么大,那么不正常。我赶紧用手试图挡住它们,让他别闹了。

为什么?他问。你这样很好看,我喜欢。

于是我停下动作。他的手梳理着我的马尾辫,我的手捂着自己的耳朵。我看见他正看着我微笑,就像在欣赏一个完美的圆。

我仿佛进入了另一个空间，一个房间，一个储藏室。我好像又看见那个开碰碰车的下午，那时的他没有看我，而我激动得双脚冰冷。一切都在旋转，而他是重心。我还听见当我举枪射击时，他在我身后，我打出一枪又一枪，直到赢了游戏。没有什么前因后果，只是一个又一个场景——一条走廊、一个阳台、一条地下通道——那里只有我们。

最后我说，如果你想去跳舞的话，那我们就去吧。我放下捂着耳朵的双手，而他把我的头发盘成一个发髻，像一把郁金香般捧在手间。

安德烈身材精瘦，只有我们俩在家时，钻进他的被子，我便分不清南北。我忘记了那些令人窒息的思绪和总是烦躁的心情，也忘记了那些我一直与之抗争却从未提起的邪恶心思。牙、膝盖、肚脐——他身上总有些地方会引起我的联想，吸引我的注意。我再也听不见走廊里传来的窸窣声，听不见树枝拍打窗户、汽车驶过马路的声音。当我们独处时，安德烈的说话声总是很低，我永远都听不清，却仿佛知道他在说什么，仿佛那首歌谣重新浮现在我的脑海。

下星期一，高中毕业考试的笔试就要开始了，但今天还是星期六的晚上，我说服自己出去跳舞。安德烈很喜欢我身上这件连衣裙，坚持要我穿着它出门。于是我合上笔记本，关掉电脑，把论文放到一边，把头发高高梳到头顶：他看起来很满意，而我像从来没有存在过。

我们坐在车里，吃了一张外带的比萨当晚餐，安德烈打开收音机，不停更换着频道。我听着断断续续的歌声，用手背擦掉沾在脸上的酱汁。

我们要去的舞厅叫莫维达，开在布拉恰诺城堡下面。和许多湖岸舞厅一样，它也只在夏季开放。那里有一小片清理好的沙滩、一块沙滩排球的场地、一片水泥浇筑的舞池，还有一个用铁板搭起来的小码头。

我们到那儿的时候已经有人了，但不算太多，今晚是夏威夷之夜，有人送给我们几个假花做成的花环。我把花环戴在白裙子的外面，遮住番茄酱在胸口留下的污渍。

安德烈的朋友们坐在舞池周围的小桌旁，我跟着他穿行其间。音乐声震耳欲聋，二十世纪八九十年代的经典乐曲经过重新制作，一点也不动听。DJ们没有什么想象或技巧，对着麦克风嘶吼，用不雅的话来热场。不论哪个舞厅，播放的都是这几首歌。历经几个月、几年、几个世纪的时间，它们成了我们这个地区具有标识性的声音。

我与认识的人打招呼，然后等着安德烈把饮料拿过来。我要了一杯草莓伏特加，安德烈要了一杯蓝天使。周围的面孔来自湖边的各个小镇，他们每晚都能相遇，因为可供选择的地方并不多，只有三家舞厅，它们之间甚至根本不存在竞争：一家星期四开门、一家星期五开门，还有一家星期六开门。我们像卫星一般盘旋，而这些舞厅一动不动，它们就是我们的宇宙，我们的行星。

伊利斯看见我，满脸惊讶地过来抱了抱我，问我为什么最后还是出来玩了，为什么没有告诉她我会来，否则我们就可以一起打扮。我的表情像一条上了钩的鲈鱼，脚上穿着沙滩拖鞋，脑门上印着三角公式——正弦、余弦、正切；而伊利斯的长睫毛上涂了睫毛膏，红色的口红也让她增色不少。她身上的连衣裙比平日穿的更短，我一眼就认出那是阿加塔的。果然，不一会儿我就看见了阿加塔，她的穿着打扮和伊利斯几乎一模一样，只是颜色和配饰有些许不同。她们就像一个模子里批量生产的娃娃，最终会被装进印着浮雕字样的精致盒子里，放到市面上出售。

我回答说我们是临时决定的，安德烈想让我休息一个晚上。她们说他真贴心，我头发扎起来的样子也非常好看。伊利斯尤其在意这个细节，她花了五分钟的时间围着我转了好几圈，不停地称赞我脖子修长、后颈漂亮。她就是这么说的：你的后颈非常漂亮。

你星期五交论文了吗？阿加塔一边问我，一边捋着发梢。她的头发用直发板烫过，看上去像是闪亮的金色。

交了，你呢？

我还没交。星期一我会直接把论文带过去，教授说没问题。

你的论文是关于什么的？伊利斯问。我没有和她分享过我的任何研究内容。

关于爱与灵，还提到了神话、雕像和很多别的东西。我漫不经心地讲着，没有提及更多细节。

但伊利斯还在刨根问底,因为她想知道我参考了哪些书,引用了哪些段落,怎么做的思维导图,论证结构是怎样的。她以为现在还是那个我们一起阅读、一起和蝙蝠侠玩、一起去码头跳水的夏天,可事实并非如此。这是全新的夏天,她穿着闪闪发光的高跟鞋翩翩起舞,而我不住地头疼,因为我要思考叔本华、阿普列乌斯[①]和卡诺瓦[②],思考意大利语老师嚼糖果时的样子,思考她问我是否打算给超市递简历,因为没错,虽然我的成绩很好,但让我们面对现实,生在像我家这样的家庭里,我应该现在就开始工作,就是现在,没错,现在就该开始工作、工作、工作。

安德烈回来了,他和两人打了个招呼。我几口喝下手中的饮料,没给他们一个笑脸。人越来越多,伊利斯和阿加塔接连走进舞池,挨在一起向身边的男人抛出挑逗的眼神。自从阿加塔和花店老板的儿子分手,她和伊利斯就喜欢凑在一起,让自己变得夺人眼球。她们穿着性感的衣服,抛媚眼,却又拒绝让那些男人靠得太近。她们相互拥抱,单独在舞池中央跳舞,像金鱼一样勾起众人的目光,然后让每一个想征服她们的欲望落空。

我不知道怎么模仿她们做的这些事,不会引诱别人,不会让他们为我着迷,不会表现自己,我从来都不知道该

[①] Lucius Apuleius(生卒年不详),古罗马作家、哲学家、修辞学家,代表作《金驴记》。
[②] Antonio Canova(1757—1822),意大利新古典主义雕塑家。

怎么做。我看着她们跳舞、微笑、喝酒的样子。她们好几次邀请我加入，表示我也是她们当中的一员，我是被需要、被欢迎的，但我从那些眼神里看见了谎言，因为那里从来就没有我的位置，一个属于我的、合适的位置。

安德烈说我应该尽兴地玩，这才是我们来的目的。他牵起我的手腕，毫无节奏感地在前面迈着步子，自嘲地大声喊道，如果他都能试着跳舞，那我也应该试一试。

我却感觉到脖子上套着绞索，感觉到花园开阔的空间，感觉到湖面升起的新鲜而潮湿的空气，感觉到那个让我产生幽闭恐惧的声音——那是细浪在拍打湖岸。我看见自己身处一个铁皮盒内，没有任何孔隙可以让我呼吸，而我最终只能被冲压机压扁。

周围所有的人都在手舞足蹈，互相搂着肩膀，传递塑料杯。杯子里装满冰块，黑色的吸管落了一地。有人互相看不顺眼，有人手牵着手离开，有人在人群中接吻，不知羞耻地公开宣告自己的爱情。

我就不该来，我对安德烈说。然而他并没有听见，只是继续微笑。

而我的朋友们正在唱歌，试图盖过吵闹的音乐声。她们高喊着，看着彼此的眼睛，仿佛有电流在其间流转。我无论如何也无法融入眼前的人群，无法融入这些庆祝高中毕业的人、不惧怕未来的人、认为自己有选择的人。不管他们有没有房贷，但至少他们还有个房子；不管他们的父亲系不系领带，但至少他们有自己的父亲，有一个会做烤馅饼、会在电视上看问答节目的母亲，还有一个不会面临牢狱之灾、会受邀来参加自己生日派对的哥哥。

时间一分一秒过去，人也越聚越多。他们仿佛凝成一个巨大的身体，皮肤因汗水变得油腻，头发满是发胶的味道，鞋子在草地上踩脏了。他们互相递香烟，把烟头和空包装盒扔在地上，让所有垃圾、所有自己制造出的废物在湖面随波漂荡，仿佛它们会永远消失或沉入湖底。

有一次，安德烈对我说"我爱你"。那时我们坐在湖边的沙滩上，想比一比谁能数到更多的流星，尽管那晚并没有流星，一颗都没有。我们的计数依然是零，也没有许任何想要实现的愿望。他喝完了手里的那瓶红酒，然后对我说了这句话。我咳得很用力，就像父亲因为吃到了不喜欢的调料而发牢骚时那样。我清了清喉咙，假装嗓子哑了，来掩饰这句会带来伤害的话，好像那是一个计算错误的等式。

我说我该走了，安德烈却说这个晚上才刚刚开始，如果有什么问题我可以告诉他。然而我不会坦白，于是也就不会被宽恕。我什么也没说，扎起的头发让皮肤有些发痒。我大口喘着气，把空杯子扔进垃圾桶，里面装满了其他人的杯子、其他人的生活、其他人的想法。但我不能告诉他我的想法，因为他不会理解，对于这一点我十分确定；我也没有任何办法让自己在他眼里显得不那么可笑而恶毒。我该怎么表达我的嫉妒、我的恐惧、我的失败，还有那个永远无法实现的未来。

趁着安德烈和一个朋友聊天的空隙,我走开了。我穿过人群,感受到他们身上的潮湿和希望。

但我并不能真正离开这里,因为布拉恰诺的沿湖公路和小镇并不挨着,没有渡轮,没有公共汽车,也没有临时的交通工具,人们开车或者骑摩托车往返。不过这对我来说并不重要。我开始沿着路边往回走,穿行在双排停放的汽车间,穿行在要不要进去跳舞的议论声中。有人在一棵真的杨树或是假的棕榈树下把晚饭都吐了出来,有人把避孕套丢在沙滩上。

我往前走,路过一家家关着的餐厅、大门紧闭的酒馆,还有白天出售饮料与沙冰的白色木屋。陪伴我的只有湖水的声音,它和大海的声音并不相同,因为它很少有,偶尔才能听见。湖水通常没有什么旋律,只是一潭静止的死水,闪烁着倒映湖面的一切。只有风时不时吹动湖面,让它歌唱。

色调,构图,我扎起的头发,像是在坚信礼上穿的白裙子,脖子上的假花环,番茄酱,腋下的汗水,啪叽作响的拖鞋。我觉得自己是茫茫黑夜里的一个白点,与周围的一切格格不入。

一辆轻便摩托车停在我面前,克里斯蒂亚诺摘下头盔,说我疯了,现在可是深夜,我不能一个人到处溜达,这真是个坏习惯。

我说这不关他的事,他也不该跟踪我。

克里斯蒂亚诺说他并没有在跟踪我，而是正要去镇上接一个朋友，刚好在路上看见我露着长腿，头发也扎得奇奇怪怪，看起来简直不像是我。

我看着克里斯蒂亚诺。他穿了一件崭新的衬衣，但领口处皱皱巴巴；身上的香水味甜得发腻，发出一股令人恶心的味道；他双眼发红，一看就是抽了太多烟；脚上的鞋也没有系好鞋带。我很高兴能遇见他，因为我想，错误的人之间就是如此，相见反而会让他们觉得快乐。

你知道刚才我看见谁了吗，卢恰诺，你还记得吧？你们偷了他家的东西。他今天给我发了一条短信，预祝我星期一考试顺利。就在用他的钱搞来的那台手机上。我一边说，一边走上前。

他笑了，我也跟着笑了起来。

我告诉过你，他就是个傻子。我们在他的柜子里发现了一只白色的玩具熊，还有他在幼儿园穿的内裤。克里斯蒂亚诺给我腾出一个位置，把头盔递给了我。

我坐上去，尽力整理好身上这条笨重、烦人的裙子。他立即出发，像往常一样迅猛地飞驰，然后拐上主路。那条路没有路灯，却沿着湖，穿过小树林和露营地，一路散发着植物和掉落的松针的味道。

这是我们的生活中最重要的路，已经深深刻进我们的脑海。从这里只能远远看到湖泊，却能够看清它的全貌。从此岸到彼岸，这片湖是黑暗中最深的那一块。路旁是航空博物馆、七十年代关门后就再也没有开放的摇摆舞俱乐部、摆放着天使小雕像的苗圃和建在山坡上的别墅。路上还有狐狸出没，一不注意，它们就会钻到车轮下。

我搂住克里斯蒂亚诺的腰，因为我很冷，因为我应该这么做。

过了一会儿，他问：你准备好了吗？

我知道自己该准备好做什么，或是不该准备好做什么。我回答：准备好了。

于是克里斯蒂亚诺提高车速，关掉了车灯。

就这样，我们一头扎进黑暗之中。

10

火

一、你伪装自己，改变自己，把自己变成另一个阿加塔。在我看来，你永远不可能像她。

二、你总是想让我和你们两个一起出门，一起散步，一起聊天，尽管我显然对这些不感兴趣。这点很让人讨厌。

三、你费尽心思组织了我的十八岁生日派对，根本没有考虑我的意愿。

四、你好多次对我们的友谊无动于衷。我说的是我们两个人之间的友谊，而不是强行加入第三个或第四个人。

五、还有那张讨厌的海报，我把它折起来扔进了衣柜，和那些我不想每天都看到的东西放在一起。还有"勇敢"那个词，我早就跟你解释过，它不是用来形容我的。

六、因为我和安德烈在一起，不能和其他男性走得太近，所以好几个晚上你没有叫我一起去跳舞。

七、你往我家里打的电话越来越少，甚至再也没有了。

晚上的电话铃声是我们的暗号，我们的秘密。而你让属于我们的秘密消失了，关于这一点我尤其怨你。

八、当我们之间的关系冷淡、疏远之后，你还总往我手机上发那些所谓殷勤、关切的短信。

九、你没有来我的高中毕业考试，当然这是因为我不让你来，其实我希望你不要听我的话，可是你没有明白。然后是你的毕业考试，你邀请了阿加塔，还在最后的致谢里说"致我的朋友们"。我不想被概括到这个令人恶心的"朋友们"里。

十、因为我一些无心的失误，你居然离开了自己的位置，就像一个角向左偏离太远，画出了一个新的不等边三角形。我讨厌三角形，我喜欢直线，它能连起两个点，永远笔直。

在伊利斯的要求之下，我列了一份清单，写下所有近些年来她对我做下的坏事。我骑着自行车，把这张纸送到伊利斯的家里，随后是几个星期的沉寂。

我现在在安德烈家，下午天色已暗。小别墅一栋紧挨着一栋，被涂上橘色或是黄色，大门自动开闭，树篱的边缘化为一片阴影。我们赤裸着躺在床上，藏在被子之下。安德烈说，你假装我们两个都消失了，没有人能找到我们，这样我们就能在一起了。呼吸在棉布下变得炽热，身体变得柔软，我红色的头发变成一种累赘，它们钻进嘴里，钻到腋下，落到我的眼睛上，让我看不清周遭的一切。然而我想，也许就是这张床，这个狭小而逼仄的空间，我们紧挨着的身体——耻骨、锁骨、脚趾，才能让每一个我感到愉悦，不管是那个惹人厌烦的我、诉诸暴力的我、焦虑的我、自负的我，还是那个绝望的我、粗野的我。

我近距离看着安德烈，明白自己在意他身体上的缺陷，凑近细细寻找，比如鼻翼上的痣，嘴唇上的疤痕，尖尖的耳朵。他的喉结越发突出，吞咽时十分明显。他身上的骨头有时太过突兀，未经刻意训练的肌肉线条清晰，肤色到了夏天也依旧苍白。他的手指很长，像是女孩一般，指甲常常修剪得很短。再比如他生气的时候不会提高嗓门，他的背上有一些小黑点，膝盖处的皮肤很干。我寻找这些不显眼的缺点，期待它们能够说明他的选择，解释他为什么会和我在一起。

安德烈的房间有一张双人床和一个小阳台，他的母亲将熨烫好的衬衣摆在书桌上。房间的墙很结实，是蓝色的，是一种属于九月天空的颜色。我一边窥视他的宇宙，一边喘息着紧紧贴住他的身体。我想把自己伪装起来，让自己能够融入他的世界，就像那些用来缝起深层伤口的内缝线，身体只能将它们吸收，让它们进入血液循环。

我的手机振动了，收到几条消息，但是我没看，因为在那个时刻，它们是不存在的。就像安德烈说的那样，我们消失了，别人就算大声喊我们的名字，也无法找到我们。

离开安德烈家时，我嘴唇红肿，双腿发热。我看了一眼手机，是伊利斯发来的消息，说她读了我的清单，想和我道歉，因为她意识到自己给我带来了痛苦。她写了十个在她看来有助于重建友谊的办法，放在了我的信箱里。

我站在自行车前，站在闪烁不定的路灯下，感觉自己把安德烈和伊利斯夺了回来。尽管总有第三者不断地入侵和挑衅，想要分开我们，但我还是得到了他们，守住了他们。

我被信心与虚荣填满，跨上自行车向前骑去，双手离开车把，哼唱起一首从收音机里听来的歌："就这样结束吧，我要从头开始。关上灯，你会消失在我的世界。不久之后，在这片浓雾之外，在这场暴风雨之后，会是一个晴朗的漫漫长夜。它也会过去，但正是那份温柔，让我们害怕。"①

* * *

出于怨恨，出于报复，出于伤害，出于挑战，以最优异的成绩拿到高中毕业文凭后，我选择了哲学专业。现在，我已是一头长发，眉毛被夏日的阳光晒成了金色，腰更加纤细，胸部更加不明显。我内心有个声音引导着我一步一步走到现在，让我必须向别人证明自己的价值。他们都在讨论培训课程、医学、外科、办公室，而我要说的是马

---

① 出自意大利歌手吉安娜·纳尼尼（Gianna Nannini, 1954—　）的歌曲《你在灵魂里》（*Sei nell'anima*）。

丁·海德格尔。

学习语言、文学、政治学再简单不过，而我需要用鞭子逼自己不断超越，从海里钓起鱼刺最多的鱼，然后张口把它吞下。在疯狂咀嚼过后，我的嘴里现在满是鲜血的铁锈味，还有一些难以下咽的残渣，我不知道是该把它们吐在草丛里，还是就着一升的橙汁一口咽进肚里。

给马里亚诺打电话时，我对他说：我会研究马克思，这样我就会知道什么是资本主义。

他笑了起来。

我的学业繁重而紧张，像一个没有窗户的房间，一个满满当当的立方体，一座永远不会被改造成高楼大厦的辅助建筑。我需要紧急开辟一些新的空间，让我的努力得见成效。为此，我给自己立下新的学习习惯、周期、节奏和计划。

我通常在自己的房间里学习。这里没有什么变化，却一年比一年沉闷、无趣。仿佛有两个出门度假的孩子把篮球丢在了房间一角，印着水母和海星的床单都被揉成一团，扔在了床上。

我在衣柜前的墙上贴了课程表，很多书目的清单，需要学习的，有待深入研究的，需要复印的，已经印好的，找得到的，没找到的，已经让我厌倦的，页数太多无法复印、只能去图书馆查阅的，晦涩难读的，让我狠狠咒骂的，缺页的，还有那些缺失的页码的清单。

为了学习、记忆、理解，我只能不停地写，别无他法。

所以大大小小的本子上都写满了笔记、问号、省略号、只有一半的句子、拼写错误的名人姓氏、连接日期和事件的箭头、加了引号的标题，还有匆匆抄下又被蹭得字迹模糊的引文。为了把这些概念联系起来，我必须集中精力，保持周围清静，挤压、榨取所有脑细胞。

我把自己拆成两半，一半在火车上，一半在站台上。下雨了，雨水汇成湍急的河流。站台上的我缩在滴水的雨棚下，努力躲避这场大雨，同时火车上的我正从这幅画面中穿过。火车没有停下，它不打算在这一站停靠了。站台上的我还站在那儿，不知道该怎么回家；而火车上的我正看着站台上的我，被车窗上肆意流淌的雨水分散了注意力。天空落下两道闪电，一道在车头，一道在车尾。站台上的我看着两道闪电同时落在火车上，而同一时刻，火车上的我呢？那个我已经习惯了在火车上窥看一切，她甚至无法想象，如果不透过车窗，那些接连出现在窗外的地方，那些她从未踏足过，却已习惯了它们出现又消失的地方，究竟是什么样子。①

我沉浸在思绪中，客厅里突然爆发一连串的声音。母亲和双胞胎吵闹着，父亲则像他们的伴唱，不停地嘟囔，似乎在叫唤什么。我不知道他们是在吵架，还是因为兴奋

---

① 此处指的是物理学家阿尔伯特·爱因斯坦（Albert Einstein，1879—1955）的"雷击火车实验"，其目的是论证同时的相对性，这一实验也被认为是狭义相对论的起点。

过了头，但我想应该是前者，因为这种兴奋从未在我们这层楼出现过。

我紧张地走出房间，因为他们让我无法集中注意力，因为在我看来，研究物理对于哲学家来说简直就是笑话。我选择哲学专业不是为了学习物理，但我也不想随便应付，不想依赖那些"物理小手册"，因为那是给可怜而无能的人准备的。我探出头，大喊道：我在学习爱因斯坦的相对论，你们能不能……

然后我愣住了。厨房的桌子上有个黑色的物件，它有光滑的屏幕，有电源和天线的接口，还有开关键。

菲斯塔女士原本想把它丢掉。母亲像是要同我解释它的存在，它如此怪异的存在。迈向普通人生活的这一步，我们谁也没有期待过。

父亲前前后后移动轮椅，一次又一次地撞向桌子，他细瘦的双腿也在碰撞中不停颤动。他躁动不安，厨房里正在发生的一切是他生命中的萨拉班德舞曲①，是他不敢奢求的划时代的巨变，是任何一个圣人都不曾赐予他的祝福。

双胞胎已经拿起遥控器仔细观察，研究它的功能。那是一台老电视，至少已经用了五年。对于别人来说它只是垃圾，对于我们来说则是神赐。

我什么也没说，一直离桌子远远的。这不是我第一次

---

① 一种来自拉丁美洲的古老舞曲，十六世纪传入欧洲。

看见电视机，我在别人家、在商店的橱窗、在酒吧的墙上看到过很多次。对于那些电视机，我赞叹过，厌恶过，喜爱过，遗忘过，渴求过。

没有电视是我们的不幸，也让我们成了怪诞的存在。我们会无礼地高声道：我没有电视，我不知道这是什么，我不明白你们在说什么。

很长一段时间，我们被排挤到各种对话的边缘。我们急切地想要知道别人在说些什么，可他们谈论的东西是我们不可能触及的。没错，我们经历过不可能的事物，因为你要么拥有一件东西，要么没有；这件东西要么可触碰、舔舐、清理、摧毁，要么不可以。我就是这样一无所有地直面这个世界。

电视对于我们家来说是多余的、不合理的，它破坏了母亲定下的规则，但她对此没有多说什么，这让我十分困惑。我像一个烫了鬈发、穿着蕾丝花边裙的洋娃娃，静静坐在桌边。与此同时，母亲与双胞胎在客厅忙碌，父亲的轮椅咚咚地撞在木头桌腿上。厨房就像一个黑洞，把我们吸入其中，它的引力场让我们无路可逃。

母亲和双胞胎边干活边不停咒骂，移动家具，找连接天线的电缆接口，重新归置物品，搭起一个小小的神龛，把电视机靠墙摆在客厅里的两个水果箱上。母亲通常用它们盛放土豆和洋葱，而现在，她迅速用铁丝把它们绑在一起，甚至开始考虑把它们装饰一下，在上面涂满胶水和小花。

双胞胎坐在沙发上，瞪大了兴奋的双眼。父亲终于离开了桌子，用轮椅在地上画出一个半圆，移向另一边。母亲坐在沙发扶手上，沙发很小，根本容纳不下我们所有人。我们没有理由同时来这里，因为那面墙上原本并没有什么可看的，我们之间也并没有什么可聊的。

电视打开了，我们安静下来，降低了对彼此的防备。我依然坐在厨房的桌子旁，通过开着的门看他们晃来晃去的后颈和向前伸长的脖子。我听见他们的评论，听见他们的争吵，因为他们之间已经有了分歧，而这种分歧出于某种可悲的命运，最终倒映在小小的电视屏幕上。

在短短的时间里，他们就开始讨论别人讨论的内容；讨论这样的争论到底有没有用处；讨论他们才看了半个小时电视，居然就争论起来；讨论电视存在与不存在的意义；讨论观看国家电视台的时候不能保持安静，真没有教养。

我站起身，没人注意我。我很饿，但谁知道几点才能吃晚饭。我回到房间，看着眼前画着火车的那张纸。我看着第一道闪电落下的 A 点，看着第二道闪电落下的 B 点，看着代表火车运动方向的箭头，还有代表火车上和站台上的我的 M 点。我确定，火车上的那个我要完蛋了，因为如果一辆运行中的火车同时被两道闪电击中，就注定无法到达终点。

* * *

六月的一个午后,我带着需要学习的书本一路来到湖边——解释学循环、蒙田的怀疑论、对伽利略的审判——我同时准备三四场考试:免修考试、预考试、要完成的小论文。从湖面吹来的风没有味道,我把脚伸进浅滩上的水里。

高中假期一去不复返,还有那些飞溅的水花、漫长的午后和慵懒的正午时光。我被困在如闪电般短暂的大学假期里,时间根本不够用。夏天也匆匆而逝,黄昏时分湖泊如同一只斑斓的老虎:落日的余晖被分割成黄黑相间的条纹,而另一边,黑夜已然来临。每次带着书来到湖边,坐在靠近老城的沙滩上,我都会从岸边抬头望向天空,看着照在房子上的阳光一点一点消失,即便没有云,湖面上升腾的雾气也会逐渐浓稠,掩盖眼前的一切。

我转身走向之前铺在地上的毛巾,却看见一个女孩就站在离我几米开外的地方,她牵着一只小型犬,正在一旁看着我。遛狗绳是蓝色的,女孩的衣服是黄色的。她笑容灿烂地向我走来,自我介绍道:我叫埃莱娜。我之前就在镇上远远看见过她,在我看来她总是很有分寸、举止得体,还有不少朋友。没有人介绍我们认识,不过我已经知道了一些关于她的事:她上的高中,她交往过的男朋友。我还知道有天晚上她喝多了,去了维泰博的"天鹅"舞厅,跳舞的时候，黑色连衣短裙从她丰满的身上滑落，不止一个人发誓自己看见了她左边的乳头。

我低声说出自己的名字。我的心思都在学习上，没有什么交谈的欲望。对我而言，这片湖泊是我学习的同伴，而不是消遣之地。一个星期刚过半，就算在夏天，也不会有太多来游泳的人；而且现在我们几乎在山坡的拐角处，游客就更少了。

埃莱娜说她知道我是谁，她经常看到我和那个看起来像演员的朋友在一起。我解释说那是伊利斯，于是埃莱娜坐到我的毛巾上，解开了遛狗绳。小狗向湖边跑去，在石头间嗅来嗅去，而她开始侃侃而谈，告诉我许多关于自己的事；她住在哪儿，怎么会没有人介绍我们认识。她觉得现在我们终于有了交集，又列举了一些我们的相似之处。她说自己正在学习，希望成为时尚记者，但不知道自己能不能拿到好成绩。她喜欢读冒险类的书，喜欢旅游。她从小学习古典舞，但脚有些歪，无法很好地保持平衡。

她说的这些我都不感兴趣，我只想拿起书，从之前停下的地方重新开始梳理。我咒骂自己为何要离开家，就该把自己锁在房间里，把电风扇放到书桌旁。

她表现出对这次偶遇的热情，而我无法理解，也不知该如何回应。她看上去温和有礼、无忧无虑，好像不会为什么事情着急。她熟练地开着玩笑，我想她可真漂亮，双腿是健康的小麦色，却没有太过细长，胸部丰满，腰肢纤细。不过近看之下，我发现她的头发是染过的。她告诉我她的母亲开了家理发店，还邀请我去店里找她们，店面就在圣方济各教堂前面。我说我的头发是母亲剪的，但她并不专业，只是出于需要。

于是埃莱娜表示我照样可以过去，作为礼物，她可以给我涂半永久的指甲油——黑色、银色、灰色，我看上去很适合灰色。然后我们可以在晚餐前一起去喝点开胃酒。

我回答说不知道，再说吧，我对指甲油或是起泡酒并不是很感兴趣。

我们还是交换了电话号码，埃莱娜也不再打扰我学习了。她站起身，用手拍了拍波点连衣裙，唤回那只叫"金"的小狗。就是金汤力的"金"，她笑着解释。我看她扭着屁股走开，金被拴上了遛狗绳，他们又变成黄色和蓝色两个点。

从那天开始，埃莱娜就经常给我发消息，没有压迫感，不让人讨厌，只是一直持续不断。她说可以开自己的车来接我——一辆崭新的白车，就像市中心的出租车。她说去弗雷杰内①的海滩会很有意思。她说自己知道湖边有一个私人帆船俱乐部，没人去那里，湖水比别处更加干净，还有船和总是修剪整齐的草坪。她说自己在网上看到一个菜谱，很想试试在家做番茄酱，然后用它蘸墨西哥玉米片和薯条吃。

这些年来，我一直被伊利斯冷落，因此埃莱娜的关注

---

① 位于罗马市中心以西约 40 公里处的一个海滨小镇。

很快就让我感受到了自己的价值。于是我几乎没有怎么犹豫就答应了她的邀请。这样我就有几个小时可以放下书本，去海边，在沙滩上喝一杯玛格丽特。我假装自己会做饭，临时准备一份牛油果酱。我会和她的父亲一起看电视，他是律师，也是健身爱好者。而她的弟弟喜欢爬山，还会给羱羊和野山羊拍照。

我们一起看《蒂凡尼的早餐》和《龙凤配》，都是埃莱娜最喜欢的电影。有一天晚上，我们一同睡在她的床上。房间的墙上挂满了黑白色的时尚海报、辛迪·克劳馥[①]和纳奥米·坎贝尔[②]的剪报，还有纽约那些高楼大厦的图片。她说自己最大的梦想就是去曼哈顿生活，还有加利福尼亚、好莱坞，以及所有坐落在水边的地方。她还说，在美国，码头被称为"piers"，它们很长，不像我们这儿的码头又短又滑，根本没什么用。美国人在码头旁建起露天游乐场，那里的海滩大到可以打网球。

我们躺在帆船俱乐部的条纹躺椅上喝着橙汁，我也说起一些关于自己的事，说起那个闷热、压抑、吞噬一切人和物的要命的家，说起我的母亲和父亲，说起不在身边的哥哥，说起伊利斯用我们小时候嚼的泡泡糖"比巴卜"命名的粉色大熊，说起双胞胎和他们无可救药的宽容。

---

① Cindy Crawford（1966— ），美国知名模特，以其标志性的笑容和蓝眼睛闻名。
② Naomi Campbell（1970— ），英国知名模特，是当今世界最成功的非裔模特。

我可以用话语清晰地表达自我，表达对安德烈的爱意。总而言之，我抱怨过去，赞美当下。我第一次想要大声说出迄今为止的生活，我没有提到和克里斯蒂亚诺在夜里关灯骑车的事，但我总是围绕着这些事，说"嘿，你知道我这么做过多少次吗"，或者"就这样吧，有时候我简直是疯了，真的很疯"。就这样，我突然觉得自己就像一只腐败的苹果，一个目光神秘的女孩。这个想法让我心烦意乱，难以捉摸。

最后，我又说我也想去遥远的地方生活，比如刚果、日本或者波利尼西亚；我也不讨厌在珠宝店的橱窗前解决早餐，我能借机停下来，欣赏那些我无法拥有的项链和耳环。

与埃莱娜在一起的时光亲密而又自然，仿佛童年时她就来到我的身边，出现在我生命里的每一天，让曾经遥不可及的事都变成现实。她能找到无穷无尽的办法，让我们用最小的代价玩得开心。如果我必须带着书学习，她也不会抱怨。她还制定了一些属于我们的仪式，比如从海边回来的时候在车上看湖边日落。日落宣示着终结，太阳无法纵身跃入湖水中，只能在上面反射最后的光芒。

我们说：再见了太阳，再见。随后大笑起来。

伊利斯对我新结识的朋友很是不满，不停地告诫我不要相信埃莱娜。但我认为，她说这些话只是出于嫉妒和后悔，因为如今我不再是孤身一人，也不再是尴尬的第三者，她担心我会和别人更要好。这种新的力量，这种能够惹她生气、使她失望的能力让我激动不已：因果流转，生活会把你做过的事、犯下的错，都归还给你。

埃莱娜没有男朋友，但她最近结束了一段长达六年的恋情。她想要告诉我关于前任阿莱西奥的每一件事，从他头发的颜色，到做完那件事后他要用床单擦几次肚子。于是我也谈起那些身体，那些分手，那些爱情上的波折。没想到谈论这些事竟如此容易，似乎只要说出口就够了。

考试周终于过去了，我也总算没有落在后面，得到了两个三十分、一个二十八分、一个二十五分。[①] 最后这门考试的成绩让我大哭一场，我撕掉了两个笔记本，甚至想把那四包复印资料都给大口吞下。我学习过，努力过，像猫头鹰，像貂，像在夜里四处游荡的动物，想要存活下来。

埃莱娜只参加了一场考试，她似乎很高兴，因为接下来的几个月可以无忧无虑，不必为学习烦心。她想让我庆祝一番，还让我带上安德烈和他的几个朋友。我同意了，决心在接下来至少一个月里暂时放下学习，放下我的笔记本。就这样，一个新的夏季小团体诞生了，就像一颗新的彗星，没人知道它从何而来，又会在何时消亡。

为了炫耀这段刚建立起的友谊，我也邀请了伊利斯参加派对。在我们聚会的地方，原先的日光浴躺椅和遮阳伞都已经收了起来。我们带了三瓶有些温热的白葡萄酒，旁

---

① 意大利大学考试成绩满分为30分。

边降下车窗的车里传来阵阵音乐。我不停地喝着，笑着，撒娇一般靠在埃莱娜身上，动作亲昵，还拉着她一起跳进湖里。安德烈也跟着跳下来，其他人紧随其后。伊利斯的头发仍是干的，她独自留在岸上，拉着脸，神情阴郁，如同一只乌鸦。

她的悲伤成了我快乐的源泉。我跳进水里，散开头发，甩了甩。我的大腿紧实，小腿纤细。因为皮肤苍白，浓密的红头发在天空的映衬下就像一道血痕。我的血管里蕴藏着这般意想不到的美，不必挣扎，不必忍受，不必抗争，我就获得了曾经渴求的一切，这足以让我欢呼雀跃。现在我确确实实有了值得炫耀的东西，也确信我是讨人喜欢的，无论谁看见我，都会很喜欢我。

我幸福地大笑，带着微微醉意跳进安德烈的怀中，在水中与他亲吻。他像一条蛇，我则是一只章鱼。音乐声不大，却异常清晰。骑轻便摩托车经过的人按响喇叭，仿佛在说，我们做得好，我们很棒，我们自由而成熟。

这便是我现在的感觉，我长大了，就像一块被布盖着的面团，吸收了空气，发酵了，因为自己的成功而膨胀起来：考试都通过了，安德烈很爱我——他当然爱我，伊利斯对"勇敢"那个词、对自己让人讨厌的那十个理由感到后悔，而埃莱娜就像一颗冲出枪膛的子弹射向未来。我觉得现在我可以做任何事，成为任何想成为的人。

我兴奋地发出一声尖叫，声音仿佛来自某种受保护的湖鸟。我像鳗鱼一样游动，想象自己拥有海鸥的蹼，憋足一口气，在湖面下翻转腾挪。我曾经不得不经历辛苦和破坏，而现在呢：我也可以幸福。

我喝了一口湖水，忍不住嗤笑：湖水是甜的，竟然是甜的。这片水，这片淤泥堆积的地方，居然有樱桃、橘子酱和棉花糖的味道。湖水一直是甜的，我声嘶力竭地喊道。

还不够：湖水一直是甜的。

我大喊道，用尽了所有的力气。

* * *

克里斯蒂亚诺，我需要你帮一个忙。我要你来接我一趟，带两个全包头盔、两桶汽油，再把摩托车的牌照挡住。

挂了电话，我的手剧烈地抖动着，如果此时手上有满满一杯咖啡，我一定会把它洒在地上。我只穿内裤，呼吸急促，低头看向双脚时，才发现它们也在不停颤抖。于是我抓起一个黑色蕾丝胸罩，在肚子上系好搭扣，然后把它转过来，调整罩杯，把胸部挤进去，又理了理肩带。我穿上搭在椅子上的黑色牛仔裤，接着是运动鞋。我想找一件运动服，眼前却出现了双重，甚至三重叠影。

已经五个小时了，我却没有任何平静下来的迹象。我坐不住，也没法靠在墙上。我已经去了十趟卫生间，把身体里本就不多的水分排了个干净。我觉得自己正在一点点融化。

接到电话的时候,我穿着睡衣,正在吃苹果。我熟练地削皮,小心地拿着刀,以免伤到自己。我目不转睛,一点一点地把果皮从苹果上剥下来。

电话里有人在笑,但我无法通过笑声或是嗓音认出对方是谁。那人问,安德烈做了一些事,你想知道吗?

我回答说,不想,然后挂断了电话。来电是个陌生号码,然而很快我就收到了安德烈的短信:对不起,求你了,什么都没有发生,我发誓,我只是过来喝杯咖啡。

我盯着我的摩托罗拉看了一遍又一遍。这部手机那么老旧、诚实、坚不可摧,但我希望它现在就爆炸,带走里面所有的信息和通讯录号码,还有这几个星期、这几个月以来的记录。

那个未知号码又打进来,我按下接听键:你男朋友正和你朋友在一起呢,我们就在你朋友家外面,他就在里头,我们用对讲门铃喊了他三遍,可他不愿出来。

我摇着头,想要摆脱这种难以置信的感觉,却听见电话里再次传来笑声——笑啊,笑啊,嘲笑着我——然后电话挂断了。

我打电话给安德烈,他没有接。我又打了一次,他还是没有接。我前后打了四五通电话,他都没有接,于是我翻遍通讯录,找到了伊利斯的名字。

安德烈和你在一起吗?我直截了当地问。

和我？没有，我在蒙特罗西，在我祖母家，怎么了？发生了什么事？

有人说安德烈在我的一个朋友家。

不是我。

我听见电话中隐约传来厨房里的嘈杂声：电视开着，地方电视台正在播放新闻，水槽里盘子相互碰撞。我挂掉了电话。

我感觉自己像被鱼叉扎中了喉咙，快要窒息了。就在感官和知觉快要离我而去的时候，我开始在房间里来回走动。我打开窗，外面有汽车驶过，有人牵着狗散步。目光所及的地方还有一棵树，大熊正是从那棵树上帮我锯下了一根树枝。

我又给安德烈打了一次电话，他紧张地接了起来，含糊地说着一些意味不明的事，他很后悔，他之前都做了什么，为什么一直没有接电话。他说这只是偶然，他们是有联系，但只是出于友情。他说他也不知道为什么有人晚上一路跟着他到了那里，他只是想去聊聊天。

我说：我不明白你在说什么。

他一次又一次地强调那天晚上埃莱娜家里没人，他们只是想说说话，然后事情就变了。但他想把这一切告诉我，他知道这么做很不对，而且他现在也很绝望。没错，他说的就是"**绝望**"。这时我才如梦初醒，瞪大眼睛看了看房间，又看了看自己，挂断了电话。

然后，我打开衣柜门，把手伸进那堆破烂和垃圾里。破衣服，不成对的袜子，直尺，角尺，破旧的笔记本，初中时的球拍，十八岁生日的海报。找到了，我抓住它，把它抽了出来。

短袖上印着代表超人的"S"字样，我使劲抖了抖，一下，两下，三下。然后我把短袖套在头上，伸出胳膊，又找来一件黑色的运动服，把拉链拉到最上面，再戴上兜帽，把头发藏起来。

我跟母亲说要出去一趟，她说我老是出门，所以今晚哪儿都别想去。而我已经走下楼梯，来到了街上。

母亲再也不知该如何通过没收某样东西来管教我，再也不能夺走我的任何东西。现在，如果我的手四处乱动，她不能把我的双手绑在背后；如果我不听她的话，她不能在吃晚餐时拿走我的盘子；如果我深夜才回家，她也不能把我脏了的短裤扔在一旁。我按她的要求做了：我待在她身边用功学习，学到快要晕过去。我想冲她大喊：以前，你能决定我能否出门，坐在家门口看着我和马里亚诺在门外的水泥空地上玩耍，把那里的针头、虫子和疾病清扫一空。可是，妈，那样的日子早就结束了。我变了，如同阳光下的草蛇，它们蜕下死皮，我也不再纯真；而她作为母亲，却好像被刻在了大理石上，未曾有丝毫变化。

克里斯蒂亚诺胳膊肘上挂着一个头盔，两桶汽油放在轻便摩托车两侧的脚踏板上。我上前拿过一个头盔，戴在头上,拉下了面罩。

他不需要问什么:五个小时已经足够镇上所有人知道他们该知道的一切了。克里斯蒂亚诺并没有反对我邪恶的念头,因为他觉得这样做再合适不过,而这也是我叫他的理由,他知道什么是对的。

克里斯蒂亚诺已经在加油站灌满了汽油桶,我拿过其中一个,坐到他的背后,把桶夹在我们之间。就这样,我们像是载着两个孩子,一个用腿夹住,一个抱在怀里,骑车出发了。

我大喊着给克里斯蒂亚诺指路,他跟着我的指引,骑得飞快,仿佛在和时间赛跑。我们听不见时钟滴答作响,但能感觉秒针在脑海中不停向前跳动。

街道上冷冷清清,晚餐时间已经过去了许久,安德烈·克雷塔家的半独栋别墅外只停着几辆汽车。我从摩托车上下来,看见"AZ"开头的车牌号、收音机的天线和有些发绿的座椅,这辆车与他父亲的车完全不同。第一次,我把怒气发泄在他父亲的车上,而这次等待我的,是安德烈自己的车。这是他的私人代步工具,他亲自为它挑选了音响,还对空调赞不绝口。克里斯蒂亚诺把轻便摩托停在街角,看了看投在路灯下的阴影。我们仍然戴着头盔,每人拎一个汽油桶,心中怀着种种情绪。克里斯蒂亚诺看了看我,像是在问我是否真的决定这么做,是否要继续。我重重地点了点头,把头盔往前压了压,表示同意。于是我们跳起双人舞，上演了一场精彩绝伦的重头戏。

我掀开黑色的引擎盖，打开汽油桶，看了看面前那些令人憎恶的大大小小的部件，然后走上前朝车轮和引擎盖泼汽油，仿佛那是敌人的腿、胳膊和脊背。克里斯蒂亚诺正准备和我做同样的动作，但我指了指旁边的几辆车，至少有五辆，排成一排。他同意了，觉得这个主意不错，一辆车不过引起些喧嚣，五辆车就能带来恐惧和害怕。于是他照做了。我们把五辆车都浇满了汽油，比浸泡饼干、海绵蛋糕、洗澡绵还要彻底，挡风玻璃、雨刷、车灯、车窗，无一遗漏。

我在头盔里用力呼吸，大口吞下愤怒，所有曾被我掩藏的愤怒，在重要场合里不得已压抑的愤怒，远远看着朋友们跳舞时的愤怒，我本就拥有、想要燃起却总被禁止的愤怒。我觉得脖子很沉，发热的双手隐隐作痛。我们把汽油桶扔在车旁，克里斯蒂亚诺从口袋里掏出一盒火柴。火柴很长，一端是蓝色的。克里斯蒂亚诺点燃五根，把其中三根递给我。

我看着燃烧的火柴头，火柴在我的目光下一点一点变短。我想起新年的那条短信：我想你了。我想起他说我穿裙子的模样很好看，说我们躲在被子下面，谁也找不到我们。我想起床单的味道，须后水的味道，床头柜上避孕套的味道。我想起安德烈腰间系着毛巾，更衣室的门再次打开，安德烈从里面走了出来，卡洛塔说"我在这儿呢"；而我浑身湿透，浸泡在池水、汗水和孤独中。

我把火柴一根又一根地扔到车上。汽油燃起大火，浓烟很快升起。

克里斯蒂亚诺示意我赶紧离开，随后骑上轻便摩托，用方言大喊：我们得抓紧时间离开了。

我在熊熊燃烧的汽车前驻足，被这一幕吸引。它破坏、吞噬、熔化着一切，把它们变成碎片和灰烬，对我而言，这就像童话一般。现在，这就是我的超能力：凝视那些东西、那些房子、那些人痛苦的模样。

* * *

我眯着眼睛，有罪之人的眼睛，沿马路拐过一个又一个弯。我路过陡峭的岩壁，它曾经是一座火山。没错，这就是我们的湖：火山喷发的产物。

太阳已经落山了，自行车上没有照明灯。路上光线不好，但我凭记忆和路边人家的灯光，没有举手示意，就直接右拐钻进了一条小路。这条路通往缪斯沿湖大道，那里有许多酒吧和娱乐场所。就是在那里，我度过了和伊利斯相识后的第一个夏天，在舞厅结识了克里斯蒂亚诺。几个月前，也是在那里，我们庆祝考试结束，那时我醉了，竟以为往后的日子只有美好。

最后，我又向右一转，路变成泥土路，附近是一家已经关门的游客中心。漆黑一片的沙滩上,一个木质结构在夜色中若隐若现。一座被弃用的救生瞭望塔,塔身的木头早已腐朽不堪,如果有人爬上去,它很可能倒塌。

我还注意到那辆像出租车一样的白色汽车,于是我停在路边,把自行车扔在餐厅的围栏上。餐厅已经歇业,金属门窗都关得严严实实。

埃莱娜坐在沙滩上,月亮和一盏昏暗的路灯的光照在她的身上。周围一个人也没有。

几个小时前,她给我发来一条长长的短信,讲述了她破碎的内心所经历的挣扎和斗争,还有一系列错漏百出的借口。她提出了见面的地点,请求我一定要最后见她一次,因为她只有当面才能解释清楚。短信的标点符号都是错的,大写字母用得莫名其妙,本该是撇号的地方用了重音符号,有几处"ch"写成了"k"。这种草率让我感受到刻骨的愤怒,她甚至都不愿再仔细读一遍自己写的东西,只是把那些伤心的道歉,那些老鼠般的叫声,一口气倾吐出来,根本没想过自己应该保留尊严,保留对文字起码的尊重。

她一看见我就立刻站了起来,我注意到她脸上的慌乱,仿佛她遇上了陌生人。我大步向她走去,运动鞋深深陷进沙子里。

埃莱娜一副悔恨的神情,瞪着无辜的眼睛,说自己没想到会犯这样的错误,但它确实落在我们身上,就像日子一天天落在世间,阳台的花盆落在地上,蝴蝶落到屋檐,桃核落进泥土——这个意外也是落在我们这个人口过剩、资源枯竭的星球上的无数错误之一。

她说这个星期简直太可怕了。她整晚整晚地哭——而我从没有哭过,哪怕是一个晚上、半个晚上,或四分之一个晚上。还有安德烈家那条街上的灾难。花园里的树着了火,第二天早晨,汽车残骸还冒着浓浓的黑烟,墙被熏黑了,玻璃也被炸碎了。整条街成了汽车的坟场,只有烧焦的布料、塑料和树脂的味道。

我点点头,像是理解了这场灾难的严重性。它一定造成了损失、慌乱和困难,但想到这些,我感到欢喜和慰藉,因为这本就不是为了宽恕、抚慰,或是传播什么善意。我喜欢这个满是火光的世界。

两则传闻如同两剂紧挨着注射的毒药,几乎同时在小镇散播开来:先是安德烈的出轨,然后是发生在克劳迪亚住宅区的火灾。那里的小别墅间距很小,而花园里依然有足够的空间种簕杜鹃和橄榄树。如今,小镇的人们不再讨论别的事,他们沉浸在推测和猜想中,在这个没有蟋蟀和青蛙的泥塘里游泳,比赛谁最先猜出真相,谁有更多有传播价值的消息。我们像一具横在地上的尸体,而他们是饿狗,渴望新鲜的肉,从肘尖开始将我们吞食。

埃莱娜不敢问这件事是不是我干的,因为她不明白我是怎么做的,和谁一起。她不知道我谜一般的脾气,不知道有时我会变成另一个自己,不知道我那不可预测但总会出现的过激反应。于是情况更糟糕了,她开始谈论我们之间的事。

她说自己很喜欢安德烈,她爱上他了。她要让别人明白这是爱情的力量,否则她的背叛就得不到理解,只会被当作恶作剧,一个莽撞的举动。但如果其中有爱情,怎么说呢,那么每一个行为都是合理而有意义的,每一个行为都是一首浪漫的诗。

他们所谓的相识已久其实才不到两个月,但这段日子已经深深刻入她的身体、她的心灵,激发出某种彼此之间的归属感。如果不去回应这种情感的呼唤,那将是可怕而痛苦的。我不确定她说的是不是情感的呼唤,于是我问:

什么的呼唤?

情感。

我接着不停地点头,用我的脑袋和下巴说,是的,没错,用我的整个身体参与到她的忏悔中。

几年前,克里斯蒂亚诺告诉过我一个关于这片湖的传说:曾经,湖中央伫立着一座名为萨巴齐亚的城市,这里繁荣昌盛,贸易发达,附近土地的农业从未经历干旱或危机,市场、街道,处处都体现着城市的富足。但是这里的人恶毒、尖酸、刻薄,完全不讲道德。于是上帝惩罚了这座城市和城里的人,让大雨落在房顶上、城墙上、庭院里、马厩中、晾晒在绳子上的衣服上、用来养猪的空地里。大雨下啊下,直到引发洪水,淹没了整个萨巴齐亚。只有一个女孩得救了，因为有一个神秘的年轻人劝她同自己一起离开。女孩祈求上帝的原谅，最终栖身在远离小镇的一座教堂里。在那里，她表示自己一定会永远正直、善良、受人敬仰。

我看向湖水，它在我眼里又变得幽暗、沉寂，不发出一丝声响，仿佛已经枯竭，陷入梦魇之中。

我没有听见埃莱娜说了些什么，她现在哭了起来。我看着她从口袋里掏出一张旧手绢，擦了擦眼睛，然后在那段我没听见的长篇大论后又加了一句：对她来说，我很好、很重要，她从来没有想过要做那样的事。

事情已经发生了，我说。这句话好像在说，我在这里，我在听，我明白。

她点了点头，看向我，回答说：没错。她说得如此轻易，仿佛那是一句白纸黑字的真理，仿佛一切都会恢复原样，一切都有它的开始和结束。

我明白了，直到现在我才终于确定，湖中央根本不曾有过什么萨巴齐亚城，就像码头下面没有圣诞马槽，奥德斯卡奇古堡里没有幽灵，太阳下山之后也不会有巫婆在沙丘间游荡。小镇的人们生活在这些虚妄的故事里，他们创造出关于火山与沙石的神话，希望借此驱逐那些野蛮且不知羞耻的人，惩罚、洗刷他们的罪孽。然而仅仅靠故事是不够的，它们没有说出所有的真相，根本没有什么皈依，也没有什么幸存的女人、被祝福的女人，有的只是渴望复仇的女人，像我一样。

埃莱娜又谈起我们的友谊，说它鲜活地存在着，毫无疑问。她在我身上看到了一部分自己，我们已经找到了彼此，现在让我们分开，无异于用手术刀切开一道伤口。没有这份友谊，我们该怎么办？我们为什么要让一个瞬间、一个愚蠢的错误，毁掉我们之间的美好和默契呢？

我想起十八岁生日那天，伊利斯和阿加塔在海报上写的一句话：友谊诞生于当一个人对另一个人说"什么，你也是？我以为只有我是这样"。

这时，我又往前走了几步，用整个脚掌狠狠踹在她的膝盖上。这一脚扎扎实实，和被驴或牛蹬上一下没什么两样。埃莱娜尖叫一声，弯下了腰，摸着自己的腿。她的腿一定很疼，非常疼。而就在此时，我用双手抓住她金色的头发。她的头发发根处颜色更深，而发梢被夏日的阳光晒成了浅色。我把埃莱娜当作要在港口卸货的麻袋，会污染海水的工业废料，拖着她行走在黑色的沙滩上，她的重量在沙子上划下一条沟壑，一道明显的痕迹。湖岸上留下了她的口水，她的细菌。

埃莱娜挥动四肢，想要挣脱我的束缚，而我任由她挣扎，丝毫没有在意。我感到自己像一个钢筋水泥做成的球体，没有缺口，没有缝隙，没有裂痕，没有任何被乘虚而入的可能。没有任何事情让我停手，我就这样拖着她：丰满的胸、S形的腰、穿着丁字裤正合适的臀部、鼻尖有些钝的鼻子、没法跳芭蕾舞的脚。走到湖边时，我又踢了她几脚，然后抓住她的头，按进水里。我爬到她的身上，冷静地死死按住她。

想要让她无法呼吸不太容易，因为她像刚上钩的鱼，不停地挣扎，不时抬起头喘一口气，然后又被我按下去。她又踢又抓，尖叫着，哭喊着，在水里发出咕噜咕噜的声响。我的鞋已经湿透了，裤子也湿到了大腿以下。我继续往湖水深处走，用力压在她的身体上，好像她是一堆衣服，需要冲掉肥皂，把白色布面上的红色酱汁洗干净。

我们把装比萨的纸盒在腿上摊开，饼皮酥脆，酱汁落下来，弄脏了衣服。安德烈说：我们去跳舞吧。

我的大脑陷入疯狂，你无法想象后果。它一次又一次地发生，而那个令人害怕的、受人尊重的、凶狠的我，成了我力量的来源。我们俩并肩作战，与电话里的嘲笑、晚上去别人家喝咖啡的借口抗争；与在我削苹果的时候，夺去那份我曾经体会、相信、浇灌、呵护、培养过的喜悦的不仁抗争；与曾经让我相信自己和安德烈的故事多么重要的想法抗争，尽管最终证明那不过是年少时的无尽虚荣。

这条生命在我膝下，在我手中，就像一串葡萄、一盏灯或一本书，终将走向结束。时代的轮回、生命的轮回、季节的轮回都是如此，总会有结束的时候。

对于我的这次攻击、这场谋杀，埃莱娜的反抗越来越微弱。水下冒出微小的气泡，时不时传来微弱、无力的抽搐。只要几秒钟，只要说一句你好、再见、我爱你的时间，她就会永远消失在这个世界。

然而，我听见沙滩上传来两个人说话的声音，是一男一女，女人说一共要五十欧元，男人说我觉得五十欧元太多了。他们走在沙滩上，离我们越来越近，很快就会看见这里的情形：我跪坐在水里，她沉在水底。

于是我只能放弃，抛下我的愤怒。埃莱娜抬起头，面色发青，神色迷离，眼神如同一个被闷在袋子里快要窒息的人。她大口呼吸着湖面潮湿的空气，而我已经朝着我的自行车，往大路跑去。我没有回头，我觉得过不了多久她就会开始尖叫，然后开车追上我，在我回家的路上把我撞倒。也许她还会报警，巡警会找到我们家，找到安东尼娅。

母亲的那个警察朋友会带着西西里口音对她说：我早就提醒过你要看着她，你的女儿差点杀了人，她会被送进监狱；不过对于一个在这样的家庭长大的红头发女人，你又能指望什么呢？

11

月亮在今晚坠落

在山毛榉林里,你看不见泥土,也看不见草,只看得见一模一样的枯叶。那些酥脆的、小小的树叶像焦糖和杏仁,在地面铺成薄薄一层。克里斯蒂亚诺说,奥里奥洛罗马诺①的山毛榉林与别处不同,因为它生长在低海拔地区。他还说山毛榉林在世界上存在时间最久,从冰河时代至今的几千年里,它一直保持相同的模样。也许没那么久,但即便如此,我看着它们细长的树干,恍若看见了我们的先人,赤裸着身体,用胳膊、手、手指轻轻抚过彼此的身体,趁无人注意,在山洞里点燃一团篝火。

这就是我的大学毕业典礼,但除了我和克里斯蒂亚诺不会再有别人,因为我没邀请她们。

克里斯蒂亚诺走在我前面,他衣服的颜色和灌木丛十

---

① 意大利拉齐奥大区的一座城镇,位于布拉恰诺湖西北方向。

分相近。他戴了一顶能盖住后脑勺的深色羊毛帽，穿了一件橙色马甲，下巴上冒出胡茬。他肩很宽，个头也比我高，走路的时候总会提一下裤子，好像它快要掉下来一样。可事实并非如此，他用皮带把裤子系得好好的。我看不见他那双眼距很近的小眼睛，他的瞳孔总是看起来太大或太小，我一直搞不明白它们会不会对光和黑暗产生反应，是不是人工合成的，是不是用深色记号笔画上去的。

你应该穿一些鲜艳的衣服。他一边走，一边对我说。

我的头发是红色的，这就够了，没人会把我当成兔子的。我跟在他身后，回答道。

我觉得你这个毕业证没用，完全没用，他说。走路时，他的猎枪就挂在腿边，长度直到膝盖。

我会申请博士学位，我已经在准备研究计划了，等我被录取了，就能继续学习。我肯定地回答道，然后我握紧枪把，环顾四周，仔细观察丛林低处的动静、昏暗的身影，还有野兽发出的声响。

很显然，事情就该是这样。我只会学习、背诵和记录，所以我只能继续读书，这就是我在社会上的位置，成为研究员，成为教授助教。这需要坚持，因为回报很少。然后我会竞争副教授的名额，成为大学老师，出版著作，变成一条可以点击的网络链接、教师列表里可以查看的词条。

这种枪也可用来猎狼。克里斯蒂亚诺说的是他的短筒猎枪。他执着于向我述说关于他的猎枪、我的猎枪，还有所有短筒猎枪的故事，以及猎枪的起源和发展。

我想，要是这片山毛榉林里有狼就好了，这样我就能投身真正的狩猎，猎杀那些邪恶的、有害的、能把你吃掉的东西，在每个孩子的心底留下阴影的东西。可现在我只能用鸫鸟和野猪这类平平无奇的东西将就一下。

山毛榉林里禁止狩猎，无所谓，反正我和克里斯蒂亚诺连狩猎证都没有。不过他知道最佳的狩猎时间，知道林场管理员不常去的地方，也知道把猎物从树林的中心地带运到车上需要多久。

我们没有带狗，因为它们太吵了，引人注意。所以这次狩猎的过程漫长且不太顺利，我们只能等待猎物自己现身，或是受到我们脚步声的惊吓而逃走。我和克里斯蒂亚诺走了很久，或是沉默不言，或是听他讲树林里的故事——关于他的祖父，关于他的曾祖父，关于山毛榉林边缘那些破房子里发生的事。那些房子看上去空无一人，里面却充满了生机、惊奇和冒险。我看见了一头野猪，它的头和家猪无异，但身体异常壮硕。

那头野猪在一块石头旁停下，啃着地皮，但就这样将它射杀太过容易，轻而易举的事情和挑战没有什么意思。于是，我让克里斯蒂亚诺做好准备，因为野猪即将出现在他面前。我举起滑膛猎枪，朝树上开了一枪。野猪开始奔逃，短腿擦过地面，庞大的身躯很容易让人发现它的存在。它在大树和灌木丛间穿梭，从干枯的落叶上飞奔而过，一路发出惊恐的哼哼声。克里斯蒂亚诺朝它打了两枪,但都没有射中。野猪跑得跌跌撞撞,向密林深处钻去,准备藏身于阴影之中。

克里斯蒂亚诺,抓住它。我对他喊道。

克里斯蒂亚诺向野猪跑去,然后停下来开枪。他开了好几枪,却一枪都没有打中。我想,如果换作一头愤怒的狼,它一定早就咬在了克里斯蒂亚诺的脸上、脖子上或下巴上。于是我向他跑去,越过他,追逐那头野猪,仿佛在追逐自己。

我看见另一个自己四脚着地,在树林里慌忙逃窜,试图逃避我那些近乎犯罪的行为带来的责任,逃避那些恶言恶语和冲动之举,逃避那种我不知如何给予的温柔,我无法接受的亲近,逃避我的未来。那是我,正跌跌撞撞地前行,缩成一团,毛发粗硬,外皮如铠甲般坚硬。那是我,哼哼叫着,四下嗅闻,不想被任何人伤害、控诉、指责。然后我举起枪,这把枪是我身体的一部分,有了生命,成了我的一项能力。我把枪口对准野猪。世间只有少数几件事情我知道并永远知道如何去做,而这就是其中之一。

我想起我和马里亚诺扛着比巴卜回家的那一刻,我们拽着它的头和爪子,把它放好之后,哥哥笑了。我又想起安德烈说:你想玩射击游戏吗?他从牛仔裤的口袋里掏出一些钱,因为他确实在对我说话。

我听见一声枪响,然后是枪的后坐力。克里斯蒂亚诺告诉我,使用这种短筒猎枪的不仅有游击队员,也有黑手党；不仅有猎人，也有战士。子弹撕开野猪的血肉，让它发出一声尖锐的嚎叫。那一枪直中要害，就像电影里那些命中的时刻，值得观众的欢呼和掌声。这个长着獠牙利爪、皮肉紧实的家伙重重倒在地上，大腿、肚子和头依然能动，但它想不明白究竟被什么击中，又是怎样被击中。它永远也不会知道，自己的生命即将终结，终结在这无知之中。

我想到自己，想到毕业后的去向，想到我所预知的、显然会发生的一切，想到我从未思索过对自己来说是否必要、不可或缺的一切。暑假我没像朋友们那样打短工，我没有存下任何钱来摆脱母亲的掌控，而是把所有的精力都集中在考试和书本上。漫长的年月里，我跟随指间的红线，不敢有一丝差错。每当看不到它的踪影，我总会后悔、难过。现在我终于来到迷宫外，一只手托着弥诺陶洛斯的头，环顾四周：我准备好了，我已经穿上了属于我的英雄铠甲，一定会有人注意到我，一定有人会为我在这世间准备一个角落，为我的光芒、为我的功绩、为我赢下的决斗找到一个合适的地方。①

十五分钟之后，我们抬着野猪往回走。我们走得很快，野猪的四肢被绳子捆在一起，克里斯蒂亚诺抬前腿，我抬后腿，抬一会儿就要停下歇一歇。要是没有克里斯蒂亚诺，

---

① 此处引用古希腊神话中忒修斯斩杀怪物弥诺陶洛斯的故事。忒修斯跟随恋人阿里阿德涅送的线团，在迷宫中找到了牛头人身的怪物弥诺陶洛斯的住所，并最终用利剑将其斩杀。

我肯定抬不动这么重的东西，哪怕只是搬动一点也不行，哪怕发疯也不行。克里斯蒂亚诺黑着脸帮我，因为他没打中野猪。我和他聊起炖肉、红酒和肉酱，而他只是点头，眼睛一动不动地望着前方。

这是给你的礼物，你想怎么处理都行。克里斯蒂亚诺一边说，一边提起野猪扔到车上。尸体撞击金属，发出砰的一声。他上了车，用几个黑色垃圾袋盖住野猪，又擦干净滴落的血迹。而我的胳膊疼得厉害。

克里斯蒂亚诺从容不迫，他收好猎枪，冷淡、平静地处理着尸体和血液。我喜欢他这项能力：冷漠地面对这个世界和它的羞辱，做自己该做的事。克里斯蒂亚诺踏实、坚定、言行如一，他用从祖母那儿继承的一小笔遗产在小镇外面买了一个农场，现在正在修整。每天他都在收拾牲口棚，立起围栏，粉刷围墙。他在这里出生，也像这个地方、像他的家人、像这片湖一样澄澈而透明。

而我是个性格多变、捉摸不透的女人，是折射在物体表面的光，只能看见其中的一半。

* * *

你怎么一副丧家犬的样子，嘴噘得和鸟似的？

母亲进门时，我正靠在厨房的桌子旁，双眼无神，嘴唇像皱巴巴的纸一般。她放下买来的东西，土豆、洋蓟、脱脂牛奶,而我一只脚踩在桌腿上,晃来晃去。

没什么,就是有点紧张。

你和教授说过申请博士学位的事了吗?母亲问道。而我想起那个人长长的脸和架在圆鼻子上的眼镜。还有他的手,手指在鼻孔里搜寻、清理,然后掏出来,又开始探索、挖掘。他一边挖,一边说,不行,这个研究项目太文学化了,白痴的形象被一提再提,早就没人对它感兴趣了。"不被爱的人如何发声?"[1]这是个很难处理的题目,需要大量研究,而我甚至连德语都不懂,我要怎么做?我还能做什么?大学不是失意者的收容所。

我说过了。

他怎么说?

他说作为负责人,为了公平起见,他不能接收自己的学生,所以我最好还是去罗马第二大学试试,不过那样的话就没有奖学金了。窗打开了,风让我回想起学院办公室庭院里的气氛,所有的努力都扑了空,苍蝇爬满院墙。这个夏天,一切都静止了,没有什么能将你拯救。

我告诉过你,没有钱就不能继续读书。他们是怎么想的?你给他们免费打工,那我们该怎么生活?

安东尼娅的语气像争吵、斥责,像在参加集会,又像

---

[1] 2009年,意大利哲学家罗科·隆奇(Rocco Ronchi)发表了一篇以"不被爱的人如何发声?《家庭中的白痴》里的文学隔阂"为题的文章,论证萨特在他的文集《家庭中的白痴》里对福楼拜进行的精神分析。

在示威游行。洋蓟滑入水槽，沉入水中，邻居家传来拉美音乐，或许他们还会跟着哼上两句。父亲一边看《美国小姐》①，一边等待第五频道播放《一百扇橱窗》②。电视就如洁净的、不可或缺的氧气，涌入马西莫的双肺：泛着光泽的金发、圆润的肩、死而复生的人、被揭露的背叛、恶毒的母亲，还有无法说出口的爱情。

行了，妈，别说了。

我不说谁说？他们给你的都是些没用的东西，这么多年来，为了能让你学习，我们已经精疲力竭，你拿到的分数、学到的东西现在却没有任何用处……罗马第二大学，我应该去和那位先生谈谈。

我不是十二岁的孩子了，我已经和他谈过了。

你没有把该谈的谈清楚，否则他不会这么骗我们。他不是那儿的领导吗？他还让你去申请另一所大学？如果他不能接收自己的学生，谁来接收？谁来？上帝吗？

就这样吧。我结束了这个话题。

不，不能就这样算了。你得准备去学校教书，搞清楚该怎么申请，快去问问。

我没有参加相关考试。

什么意思？

我没有拿到相关学科的学分，比如历史。

---

① *Beautiful*，美国电影，2001 年上映。
② *Cento Vetrine*，意大利肥皂剧，2001 年起在第五频道播出。

为什么？

因为我不喜欢，也不想去教书，妈！

是在开玩笑吗？疯了吗？安东尼娅放下手里的蔬菜和食谱，购物袋敞开着，双胞胎还在学校，很快就会回来。他们会发现午餐还没有准备好，然后在一边静静等待，说悄悄话互相倾诉秘密，而我们谁也不会知道。

我不喜欢小孩，就算是战争时期，我也不会去照顾他们。说完，我不再用脚蹬桌腿，而是踩向地面。一下、两下、三下，脚底啪啪的声响打乱了争吵的节奏。

你没有参加这些考试，那你都做什么了？现在赶紧去考。

毕业后再参加考试，每门要交二百五十欧元。

那你拿了毕业证能做什么？能做什么？

什么也做不了。

什么也做不了？不可能，做一件事情总会有它的用处，你想想办法，去学生处，去你该去的地方，没解决就别回来。

我哪儿也不会去，我讨厌他们所有人。我一边回答，脑海中又浮现出那些贴在墙上的通知、研讨会、租房电话、图书馆的卡片目录柜、总被占用的电脑、半圆形的教室、坏掉的抽拉式书桌、掉在垃圾桶的湿卫生纸、配电箱在背后传来的轰鸣。我记起萨穆埃莱那个疯子说过的一句话，不知什么原因我一直没有忘记：世界就要完蛋了，月亮今晚就会落下。简而言之，没有什么可做的了，投降吧，这就是一场彻头彻尾的失败，我们被戏弄了。

那个菲斯塔家的孩子，马尔科，他说的没错，我该多管管你的。我之前还嘲笑他，有什么好笑的，看看你在做什么？你在拿你的人生，拿你自己做什么？

这个马尔科是谁，我从来没听说过。其实我知道他是谁。

他甚至还参加了我的十八岁生日派对，当时他穿着条纹衬衣，下巴上有一块吃蛋糕时沾上的奶油，带着醉意四处闲晃，根本没发现那块奶油。这个苍白、细瘦的家伙让我感到恐惧和厌恶，还有所有他不要的东西：自行车、短袖衫、需要修改的裤子、缺了一些道具的桌游、用了五年的旧电视。我们一直仰仗他的剩饭过活，如果环顾四周，这个家大概会给我留下这样的印象：用来处理有钱人用腻了的东西的垃圾场。

你听说过，听说过好多次，也见过好多次。我一直在告诉你，你应该多了解他。这是个不错的小伙子，读的是医学专业。

我想不留情面地大笑，吹口哨，但我笑不出来。我太紧张了，肚子也很胀，甚至可以骗人说自己怀孕了。

他是个好孩子，不像那个老是和你一起出去的疯子，那个克里斯蒂亚诺。

你根本不了解克里斯蒂亚诺。

你喜欢他是因为他长得好看吗？看看我，我就嫁给了一个帅气的值班工人。看看下场如何，他在做那份狗屁工作的时候摔下来了，这下完了，我就是进了坟墓也得带着他。

他在这儿呢,他能听见你说话。他是我的父亲,不是一根木头。我气恼地低声说道。

然而马西莫连头和耳朵都没有动一下,仍保持原先的姿势,眼睛盯着屏幕,窝在轮椅里,两条像牙签一样的腿越来越短。他稀疏的胡子打理得有模有样,身上成套的工作服和袜子却破旧不堪。他就像一根漂亮的竹竿,一个精致的花架。

他听见了又怎样,反正他什么也做不了。我们算是完了。

我会找到工作的。

不,随便找份工作可不行,你得找一份配得上学历的工作,而不是花店、酒吧、餐馆里那些没有保险、没有假期的黑工。

我知道这个故事。

你知道?这不是故事,这是我们的生活。

你的生活。

你的生活就是我的生活。

片刻的沉默降临在我们之间,将我吞噬。母亲的话撕扯着我,我感到它正一口一口咬在我的身上。我要反抗,远离。我的生活不是她的,我的生活是我的,只属于我。我建造它,也能摧毁它。于是我做出反抗,就像和浮游生物一起被鲸鱼吞进肚子里的木偶[①],蹦跳着,踢打着,想要

---

① 此处指的是童话故事《木偶奇遇记》中的情节。

出去，回到大海，浮出水面，找到目标扬帆起航。我不会成为那句断言的养分，不会被吞进言语的咽喉。我怒视着她，仿佛大腿间被什么蜇了一般猛地站起来。刺痛感一路向上，钻进了内裤。我夹紧臀部，想要赶走这种感觉，但这个讨厌的家伙已经钻入了体内，建起一座蜂巢：我们的生活，我们的处境，我们的屋顶，我们的餐具，我们的未来，我们的投入，我们午餐的开支，我们根本不存在的财产。

我的生活不是你的，我大声喊道。这声嘶吼来自内心深处，来自那个小小的我，来自我湿漉漉的心底。我听见我们的大地裂开，树木倒下——世界轰然崩塌。我满脸滚烫，头发竖了起来，腿也在发痒。我的身体里有一只暴怒的、卑劣的生物，快要失控。

马西莫慢慢转过头，好像不敢相信眼前这一切。他对很多东西都抱有同情，墙、洗衣机、水槽下的垃圾、每天要至少冲四次的厕所、掉到街上的衣服、用来收纳发夹的洗涤剂盖子，也许还有我。

我径直离开厨房和默不作声的母亲，仿佛她从来不曾出现。我骇人的喊叫声让她说不出话，我回到房间，用钥匙把门反锁。

为什么她总是反对我？就像一道堤坝，横亘在我的面前。为什么她不能与我亲近？像所有的母亲那样，或者至少像我期望中的母亲那样。她从不亲吻我、爱抚我，从不给我梳头，也没有安慰和鼓励；她只会评判、要求，用言语和指责羞辱我，打破我的梦想和希冀。

我觉得自己很糟糕，是一场失败，一个阵亡者，一个坏掉的齿轮，一个深夜时还停在早上六点的时钟：疲惫不堪、一文不值。我不知道该去哪里找出路，该向谁询问，该如何处理自己的问题。因为我不知道如何处理，我只会等待母亲安排好一切。

那些回忆又清晰地在脑海中浮现：意大利语老师嘴里的糖果，茴香的气味，让我去找工作的建议，因为那才是我应该追求的目标，而不是浪费时间支支吾吾，模仿一种不属于自己的生活，期待一份遥不可及的工作。多么悲惨、可怜的小家伙，没有奖学金、没有生活费、没有技能，只有几乎一文不值的自己。

我四下环顾，想要爆发，想要宣泄：笔记本、复印资料、书、图表、摘要、笔记、日历、日期、截止时间、申请表、用剪下来的字母拼贴在衣柜上的名字——我不喜欢这个名字，讨厌它被大声说出来。还有差异的普遍性、认知的表达、亚里士多德《形而上学》的第四卷、生命政治学、弥赛亚主义、世俗化、利维坦、第二性、游牧的自我、怀疑论、救赎论、城市规划地图、色彩光谱、自我中心语言、施虐癖和萨特对恶心的书写，我把所有东西从墙上和书架上扯下来，摔打，乱翻，任由它们掉在地上，再狠狠踩上一脚。

然后我看见了我的字典，它笔直而厚实，安静地待在那里，不惧怕评判或怨恨。于是我冲了过去，因为它第一个欺骗了我，让我相信词汇可以改变我的生活，让我能够重新书写生活并用第一人称讲述。然而没有，我们的生活总是由别人描述，我们的定义、我们的属性、我们的词根、我们的来源依旧由别人书写。

字典落在地上，我踩在上面，又像夯实钉子一样把它狠狠砸向地面，等待它的回应和辩驳。可它不能说话，只是在无声中忍受。这些书确实有一个与我相同的特点：它们毫无还手之力，只能继续默默忍受。

旋律剧也走向没落，每个人都心知肚明。世界已经不再需要它。它与舵手、长袍、墨水瓶和护腿套，与小众的俗语、方言、逸闻和绰号，与所有那些被我们忘却的东西一起，被关进无用语汇的地窖。

比巴卜依然坐在原先的角落，已经失去了原有的光泽，呆呆地见证我徒劳的怒火，见证我的灾难。

* * *

一、教我鼓起勇气，从码头上跳水。

二、试着骑上马，跟我去树林里走一走。

三、一起去蝙蝠侠的墓前，给它唱一首傻乎乎的歌。

四、谈一谈我们的恐惧。

五、给对方写一封信。

六、去马尔蒂尼亚诺湖坐脚踏船,一起从湖的一边蹬到另一边。

七、一起去维卡雷洛①,因为那里有最美的日落。

八、大声争论,惹对方生气。

九、重拾安全到家后给对方打电话报平安的习惯。

十、原谅对方。

我在书桌抽屉里找到了伊利斯的信,就在我的身份证底下。身份证照片里,我还是个顽皮的孩子。信的上面还有几颗变质的太妃糖、一包没有护翼的卫生巾和一把指甲刀。我的房间是一个我和另一个我之间的战场,是我和母亲、和这个家之间的战场,是过去的我和蜕变后的我之间的战场。蜕变后的我属于什么物种?也许是猞猁,也许是鳗鱼,也许是恐龙。我来自过去,现在这个世界对于我来说太过逼仄,似乎并没有属于我的空间。

伊利斯想用这十条约定与我休战,实现长久的和平,可我没有遵守其中任何一条。我有好几个月、好几年的时间来执行它们,弥补我犯下的错误,但我一再拖延。每一天都与第二天没什么不同,每一个日落都会在第二天晚上再次出现,每一个原谅都不必说出口。没有人会抽干这片湖,或是推倒这个码头。那只兔子已经死了,永远地死了:

---

① 位于布拉恰诺湖北岸的一个地区。

失去生命,被埋在屋后的花园,埋在莴苣和茄子之间。

伊利斯忍受了我一次又一次的拖延,忍受了我的忽视和疏远,却依旧邀请我去她家一起做玛芬蛋糕,看关于吸血鬼的电视剧,去屋后的菜园里散步。她提议参加我的毕业答辩,也邀请我参加她的,但我都拒绝了。她开着自己那辆旧车来到我家楼下,想让我看看她已经学会了开车。她直到深夜还在给我发短信。她往我家打电话,但我一次都没接,直到我的母亲拔掉电话线,让电话保持占线,而我忙着与世界划清界限。

这段时间里,我与她说的都是最琐碎的、最无关痛痒的话题。我不再和她讲述我的恐惧、羞愧和困顿,不再告诉她我和母亲之间的争吵、学校里繁重的课业,还有我经历过安德烈的背叛后感到的冷淡、乏味和麻木。我没有告诉她我的自卑,我想要攻击他人、想要沉入水底的强烈冲动,好像每个人都是一条鱼,而我是一只手,伸进那座由平凡生活筑成的巨大喷泉中,紧紧抓住他们光滑的身体。

她一直珍藏着记忆里那个了不起的我,勇敢的我,值得信赖的我,微笑的我,哪怕身为受害者也不会伤害别人的我,坐在车上放声唱歌的我,凉爽的树荫下读书的我。那个瞬息即逝、只停留了一个季节的我。就像一个闪烁不定的影子,一张潜水比赛时憋气的脸。

在得知埃莱娜和安德烈的事情之后,伊利斯立刻站在我这边,义愤填膺、斗志满满地充当我和前男友之间的传话人，转达我要与他做个了断、将他踢出我的生活的决心：你完蛋了，你现在就是句末的句号，你与她的故事结束了。

整个小镇都会知道他们是什么样的人，这是她最常用来安慰我的一句话。她肯定，到时会有一个行刑台和一名刽子手，斧头会飞快地落到他们头上，砍断鸡一样细白的脖子。她的笃定让我不禁想：砍下来的脑袋会去哪儿？我能把它们收集起来吗？那些书已经消失在我的书架上，现在我有足够的空间摆放敌人被砍下的头颅。我会扫去尘土，欣赏它们，带着讥讽和怜悯抚摸它们，因为它们能够落地，这都是我的功劳。整个小镇都会知道他们是什么样的人，他们的声名会被放进沸腾的油锅里煎得焦黑，变得难以消化。

伊利斯从来没有想过在克劳迪亚住宅区放火的人会是我。对她来说，这种猜测如同世界末日，永远也不可能发生。她也没有看到那个裤子湿到大腿，满心想杀人的我。

当消息开始在小镇流传，当人们开始讨论埃莱娜遇袭的事，伊利斯依然坚定地站在我这边，相信这件事不过是镇上的两个女孩起了争执，动了手，为了一个男孩，为了不值一提的爱情，踢了对方几脚，给了对方几个巴掌、几个拳头。这个临时编造的新版本吸引了绝大多数人的注意力，让所有人都相信自己所听说的不过是一场无聊闹剧的常见结局，一场年轻人间的争执。如果三年之后回顾这场争端，你只会一笑了之，因为漫长的时间让一切严重的事情都变得羽毛般轻盈。

伊利斯坚信我是无辜的，因为事实只能是这样。而且埃莱娜已经有了撒谎的前科，在我们两人之间，她比较不值得被信任。

就连镇上的人也开始谴责埃莱娜，认为错不在我。他们窃窃私语，相信了那些最早出自克里斯蒂亚诺的说法。传言很快散播开来，流传于出没在市场或博彩交易所的人、坐在广场餐吧外的人、手挽手走在士兵大道的人之间：两个女孩打了一架，她们以前是朋友，但那个金发女孩和那个红发女孩的男朋友搞在了一起，红发女孩很生气，金发女孩也生气了，于是她们都动了手，那个金发女孩可不能相信，那个红发女孩做得好，换作是我，也得揍那个臭女人一顿。

伊利斯也点头说，当然，事实就是如此。在伊利斯的想象中，幕布拉开，月光照亮舞台，埃莱娜尖叫着掐住我，然后倒在地上，抬头看着我，仍不满足于对我造成的伤害。她不停地侮辱我，想要狠狠打我一顿。挑衅接着挑衅，辱骂跟着辱骂，指责连着指责。

伊利斯说自己在脸书上一直关注着埃莱娜·科尔西的动向，很清楚她去了哪儿，见了谁。所以只要埃莱娜发布一张有安德烈的照片，我们就能知道，并继续对她进行打击报复，让更不堪的流言在小镇传播起来，给她留下比刀割更深的伤痕。

我说好，你盯着吧。我没有社交账号，害怕私生活被注视，就像卡洛塔卧室里的电脑摄像头，它窥探、监控、评论、分享着我们赤裸裸的样子，睡觉时只穿内裤的样子，没有盖被子的样子，还有电脑桌面上那个名为"爱"的文件夹。

伊利斯不停地告诉我这并不是我的错，我太过于信任他们，我是善良、无辜的殉道者，是值得被奖赏的人。报应兜兜转转，兜兜转转，最终会回到有罪之人身上。

我看着这十件我为了和伊利斯恢复关系迟早要做的事，却猛然发觉它们即将变成我们永远不会一起做的十件事，我错过的十件事，令我抱憾的十件事。我仿佛再次置身于山毛榉林中，迈着粗壮的、毛茸茸的短腿，顶着长长的耳朵和喘着粗气的猪鼻子，双脚在林中变得肮脏，胃里塞满了橡子、浆果、蘑菇、昆虫，包括幼虫和虫卵。我嗅着空气中的味道，枪声响起：有人要来将我射杀。

* * *

夏季降临到这片湖泊，随之而来的还有橘子味的冰沙、被薯条弄得油乎乎的手指、夹在腋下的遮阳伞、成排的躺椅、在湖岸边玩球的人群和消防直升机的轰鸣。这些直升机在湖面降落，提起一大桶湖水去浇灭某个地方的火灾，比如山林、牧场或是供电站。

至少三个月以来，伊利斯把自己关在家里，只回复短信，却不肯接电话。她告诉我自己在看电视上的烹饪节目——里面谈到养殖的三文鱼、野生菊苣和高山奶酪。每天早上会有一名护士来给她输液，但她不愿告诉我为什么，这些治疗有什么用，她得了什么病。于是有一段时间，我没有刨根问底，只是发了些含糊、无聊的消息，告诉她我在找工作，在和母亲冷战；告诉她时间流逝不会使问题得到解决或改善，一个个的生日、纪念日、节日过去，我甚至给肉店发了简历，因为说不定我的毕业证能帮我称出一头牛四分之一的重量。

我的人生一页纸便可概括，没有工作经验，没上过培训课程，也没有任何语言等级证书。除了学习，我什么都没做。我不知该如何向阅读简历的人解释，我投身于书本之中是一种自我牺牲，我一心一意地履行社会契约，它要求我做学生，而我按部就班地执行。我一步步完成我应该接受的教育，而现在我受了教育，却仿佛再次成为普通、肤浅的大多数，成为一个无用概念的集合。人们期待我有足够的经验，但几乎没人提供历练的机会。我就像奶黄酱，就像融化的冰激凌，毫无用处。

夏季带着炙热降临，用湖水呼唤人们，广场和小巷里的人群直至深夜仍未散去，酒吧延长了营业时间，木头搭建的售货亭一大早就开始售卖咖啡，那些没有钱去海边度假的人从罗马赶来。一个冬季过去，水草已经疯长到岸边，湖岸边那些店铺的主人不久前刚把它们剪掉，石头和被切开脑袋的死鱼也被清理干净。救生员们穿着红色短袖，带着他们从酒店游泳池取得的资格证回到了这里。正是在那家酒店里，我和卡洛塔之间的友谊宣告死亡。

我骑着自行车来到伊利斯家门外，按响了对讲门铃。她的母亲说我不能进去，我的朋友正在睡觉，而他们还有很多事要忙，我最好别再来了，等伊利斯好些了，她会给我打电话的。我说我带了一袋柠檬，是母亲从菲斯塔家的树上摘的，闻起来很香，很适合给鱼调味，或是用果皮做甜点。伊利斯的母亲说我可以把东西放在门外，他们会下楼来取。于是我把袋子放在阳光下，心想为什么我明明可以带很多东西，却偏偏选了这么酸的一种。

日子一天天过去，我给阿加塔打了个电话。我的摩托罗拉手机屏幕裂了，一道紫色的斑纹横在上面，我不得不倾斜手机才能看清短信和来电号码。而其他人都已经办理了流量套餐，每天用 WhatsApp 聊得不亦乐乎。阿加塔接电话时十分惊讶，因为我已经好多年没给她打电话了。高中毕业之后，我们见面的次数越来越少，也没有什么共同话题。她现在如预想的那样在自家农场工作，还买了一个路易威登的包，到了晚上便背着它去码头附近。她总是涂着紫红色、青绿色或是蓝色的指甲油，上面镶着水钻和小珍珠，画着蝴蝶的翅膀。

阿加塔说她很久没和伊利斯联系了，这些年她们之间的关系淡了很多，伊利斯不回她的消息，还删除了脸书上的个人资料。一连几个星期，伊利斯就像人间蒸发了一样把自己藏起来，拒绝我们任何人的靠近。我想这大概是她惩罚我们的一种方式，因为我们的友情太过肤浅，充满了各种各样的矛盾。我和阿加塔本该陪伴在她身旁，可我们没有，所以现在她把我们挡在门外，来给我们一个教训。我理所当然地以为她的沉默与平静说明事态并不严重，她只是待在家里，只是病了。不久之后，她的病就会过去，如同乌云和暴风雨总会过去，如同浓雾总会散去，冰霜总会消融。

与阿加塔通过电话之后，我开始回想之前伊利斯身上的种种迹象，她说肚子疼，拒绝再吃一片西瓜；她说双腿发肿，肚子发硬；她觉得体重下降了许多，身形瘦小得似乎一只手就能握得过来。然而，这些都没能让我想到她会因此躺在沙发或是床上，躺在电视遥控器旁，远离阳光、马场、菜园，还有我。

我想快点收复失地，于是我给伊利斯一遍又一遍地发送笑脸和爱心，发送那种糟糕透顶的"<3"[①]。关于她痊愈后我们可以一起做的事，我列了一个清单，把它们加在了伊利斯为我们规划的十件事之后。十件变成二十件，三十件，五十二件。最终，当她身体恢复之后，我们有五十二件事可以一起做，一件不落。我把它们编辑成短信，一口气发

---

① 表情符号，即爱心。

给伊利斯,几乎花光了我的话费。面对这张疯狂的、该死的清单,她只是回复了一个微笑。

我觉得我们不该依靠敲键盘、按电话号码维系这种远距离交流,不该被强行隔开,于是我骑着自行车穿行在餐吧、鱼摊、广场和她母亲常去的服装店之间,质问店里的人体模型,质问房屋出租的公告牌,质问每一条小巷和牧师会教堂,质问每一栋建筑物拐角斑驳的雕塑,质问喷洒池水和青苔的喷泉。我质问它们伊利斯身上到底发生了什么事,究竟是什么困住了她,因为我明白,镇上的人一定都知道答案,而他们却商量好不把事情真相告诉我,让我成为唯一被蒙在鼓里的人,让我难受、后悔。

一个星期之后,我又去了一趟伊利斯家,那袋柠檬还在那里,接受太阳的炙烤,被自己分泌的黏稠液体淹没,散发出腐臭味。我拾起袋子,把它们扔进垃圾箱。

家里休战了,我们只是对彼此漠不关心。我成了家里的累赘,不工作、不干活、不赚钱、不做饭,也没有财产或政府补助;我成了不曾被赶出家门,却也不曾回家的女儿,成了盐做的雕像,只在晚饭时间才会现身。然而我还是想问问母亲,问问她我到底该做些什么。为什么她总能找到必要的解决办法,总能让自己行动起来,解决问题,而我只会拿起武器,钻进坦克,攻击别人的街垒。为什么她的行动出自规划,而我的行动就像战争;为什么她的目标如此明确,而我只想在对方反应过来之前先毁掉他们。

我试着和马里亚诺聊伊利斯的事。那天晚上，我给他打了个电话，月亮都已经落山了，他回答我说，有的人不愿意展示身体上的痛苦，有的人需要独自面对病痛，有的人不喜欢让自己的病成为别人的谈资。比如我们的叔叔，哪怕每一次头晕目眩时他都感觉到心脏快要炸裂，他也只是告诉所有人，都是阳光晒的；为了不谈论自己，他可以把马术、榆树，甚至是高速公路的建设工地当作爱好。我告诉马里亚诺，这种缄默让我气愤，我不想见证她的病痛，也不想歌颂她的痛苦，我只想知道究竟发生了什么。简而言之，我只是想见她一面，看看她现在到底是什么样子，让一切都有个说法。

然而日子一天天过去，哥哥话中的道理逐步被印证。我与伊利斯的交流变得断断续续，早上、下午、晚上，我不停地发消息。我发了十条消息，却只能收到一句回复，通常仅仅是一句"是的，谢谢""一切都好""不了，谢谢""回头见"。

于是我紧张起来，像剩饭旁盘旋的苍蝇一般，骑着自行车在伊利斯家周围游荡，期待一些迹象和动静。我觉得也许她摔断了一条腿，也许是烧伤了脸或是瞎了一只眼睛。也许她的头部遭受了撞击，留下了巨大的疤痕，头发也被剪得很短。也许她缺乏维生素，消化不良，或是因为某种早发的关节炎导致了痉挛。也许她觉得自己很难看，不想让别人知道自己现在这副虚弱、不堪的样子。

但后来，我看见伊利斯出门了。她的母亲开着车，而她坐在副驾驶，头发剪短了，脸颊凹陷，面色十分苍白，肩膀瘦骨嶙峋，脖子肿胀。她的眼睛好像变得又大又黑，额头变得更宽，嘴唇变得干瘪，从脸上耷拉下去。我透过汽车前挡风玻璃看见的不是伊利斯，而是一个把她吞掉的陌生人。

伊利斯，我挥着手喊她，却没有走上前去。车拐了个弯，朝着与我相反的方向离去，只留下我和那幅可怕的画面。

没过多久，整个小镇便都知道了：医生、护士、碰巧遇见过她的人、她母亲的朋友、她父亲远足的同伴。有人说起这个话题，而现在这已经成了人们唯一的话题。他们激动地关注其中的缘由，猜测着，讨论着血液和结肠镜的检测分析，悄声表达惊讶与难过，把伤害与损失摊在阳台上。每个人都不遗余力地谈论伊利斯如今的处境，却忘记了曾经的她，忘记了曾是我唯一朋友的她。

前几天我看见你坐在车上，看上去和以前很不一样。

我给伊利斯发了一条消息，却没有收到回复。于是我又发了三遍，因为我渴求她的回答，我需要她对我说：那个人不是我，是另一个在冒充我的人，我现在躲在这个位置，我会在某天的某个时候等你，千万不要迟到，因为这个藏身之所并不安全，我很快就会逃到别的地方去。

就在我收到一家香水店的回复的那一天，克里斯蒂亚诺给我打来电话。那家店说鉴于我的哲学背景，我可能非常适合他们；说他们刚开业不久，专门提供身心放松、身体护理和瑜伽课程。电话里，克里斯蒂亚诺喘着粗气，声音时有时无，似乎是信号受到了干扰。

克里斯蒂亚诺，出了什么事吗？我问了一遍又一遍，却只能听见他断断续续的说话声。过了一会儿，信号才稳定下来。

她死了。克里斯蒂亚诺平静地说道。

谁？我不明白，也不想明白。我不想面对，不想听见别人的解释。

伊利斯，节哀。她的叔叔在农场碰到了我父亲。

不是真的，他说谎了。

是真的，伊利斯之前病得很严重，一个星期前她被送到一家诊所，治疗疾病带来的疼痛。她的母亲为此花光了所有积蓄，没有葬礼，她已经在等待火化了。

谁？

伊利斯。

我回答道他在说谎，我讨厌他的故事，他的谎言，他捏造出的人和事，他的闲话。我反击道，伊利斯没有在等待火化，伊利斯就在家里，我现在给她发消息，她一定会回复我的。于是我这么做了：我发了一条又一条，手机提示音徒劳地响个不停。

那天晚上我梦到了伊利斯，梦里有一座快要坍塌的房子，她就坐在二楼的边缘，说自己就在那里等待着，世界根本没有完蛋，月亮还挂在天上。

第二天，他们贴出了讣告。与其他讣告不同，上面有一张她的头像照片，下面标明了生卒时间。伊利斯已经去世三天了，在通往波吉奥德皮尼住宅区的十字路口，在一块铁板上，这个世界如此向我宣告。她的讣告覆盖在别人的讣告之上，将在往后的日子里承受大雨与严寒，变得破败不堪。她的讣告也会被鱼节的海报覆盖，夏天已经到来，湖边的每个人都期待着炸鱼的味道。

12

汽油的味道

我和伊利斯目睹过一次坠机,那是一架直升机,不骗人。

那时我们把一条毛巾铺在沙滩上,坐在湖边。泳衣都湿透了,肩膀上的头发也湿漉漉的,目光追随着人们走进湖里、走上湖岸,走上湖岸、又走进湖里。伊利斯把太阳镜架在额头上,舔着草莓味的可丽波冰棒;我的手上沾满沙子,周围孩子们的尖叫让我烦透了。这些孩子从小在室外成长,被宠爱,被鼓励,于是更加肆无忌惮地喊叫。

大熊把玛尔塔的毛巾裹在头上当头巾,沿着湖岸闲逛。拉莫娜踮着脚,跟在他身后,对他说,快走几步。

玛尔塔拿着一次性相机给他们拍照。他们摆出了苦行僧、超模、柔术演员等一系列夸张的动作。我听见他们笑着,蹦跳着,比谁更晚落地。

希腊仔去岸边的餐吧买来水和三明治,他回来时我注意到他脚踝周围长了许多汗毛,头发也贴在额头上,像塑料一样油光发亮。他递给我们一个三明治和一罐雪碧。伊利斯用罐子的右边,我用罐子的左边,一人一口,把饮料分完了。气泡在口中跳跃,此时阳光正盛。

希腊仔没有坐在我们的毛巾上,而是在伊利斯身旁直接坐下,一点一点靠近,想要从地面挪到毛巾上,离伊利斯更近一点。我觉得他就像一只牛虻,叮在我们身上,于是我对他说,大熊在叫你给他拍照,到时候我们可以把照片洗出来,挂起来。伊利斯也说:去吧,去吧。

于是希腊仔站起身,快步走开了,一边走,一边恋恋不舍地往回看。我们笑了起来,伊利斯说:他总是围在我身边。

然后湖面传来巨响,水湾后冒出一架直升机,通体漆黑,造型小巧,就像一只黄蜂,轰鸣着投入了表演。它打着转,忽高忽低,晃动尾翼,上下颠簸。而人们掌声不断,以为这是一场演出,一个为了博人一笑的即兴节目。

直升机忽然向一侧倾斜,它试着攀升,却又偏向一边,看上去很危险。我们只是在湖岸观看,因为这肯定是提前计划好的,应该是航空博物馆派出的飞机,或是某个飞行俱乐部的双座直升机。

随后,在人群的欢笑中,在孩子们瞪大的双眼中,直升机坠毁了。它碰到湖面,翻转,爆炸,顷刻间发出巨大的响声。

在火光和浓烟中，螺旋桨和机头也沉入了湖底。沙滩上传来尖叫，救生员们已经穿好背心，用精壮的手臂划着救生艇，在水面飞驰。还有人操纵没有发动机的小船，从湖边的几家帆船俱乐部驶向事故地点。岸边一片寂静，恐惧在其中蔓延。

没人知道那天谁死了，我从来没有听说过。因为失误，因为嬉闹，因为意外，有人在浓烟的炙烤下，在水中化为灰烬。

伊利斯站起身大喊：快去救他。

我拾起毛巾和雪碧，吃掉最后一口三明治，拉着伊利斯走开了。拯救、弥补、修正，这不是我们该做的事。

有些人注定要遭殃，我想。

潜水队没有找到尸体，只有一堆被拖到船上的废金属。湖里已经好几天不能游泳了：湖面上散发着汽油难闻的味道。

*　*　*

亲爱的伊利斯：

人们总说，我写作的时候一定正受着什么折磨，而现在折磨我的人就是你。

你的一切让我备受折磨。我想到你的高跟鞋，你的刘海，你闪闪发亮的短靴，你房间窗户下镶着一排小石头的拖鞋。我想到你的手指按电视遥控器寻找一档美食节目，里面有个大腹便便、面容和善的先生，正在聊奶酪和山羊。我想到你摇头晃脑，模仿特雷维尼亚诺一家餐吧里的那个家伙，因为他头发浓密，似乎整个脑袋的重量都落在了脖子上。这个摇头晃脑的动作多年以来已经成了一个暗号，意思是到那家餐吧去，尽管那个人早已被解雇。我想到我从水底看你，你的脸投下阴影，你的样子随水波轻轻摇曳。我想到你说自己的脚总是浮肿，想到你说"这不是生活"然后大笑起来，想到你会给东西起一个新名字。我想到你害怕太深的水，害怕大火，害怕谎言。我想到那个新年夜，花店的儿子也在；想到当我离开、仿佛是为了告诉你"都是因为你抛下了我"时，你脸上的表情；想到我把你留在那里，留在一堆你不熟悉的人和一个燃烧的稻草人中间。我想到我曾请求你的祖母给我们全家织围巾和毛衣，却不曾对她道谢，想到我去你家找你时，她坐在一楼从窗帘后朝我微笑。我想到那家医院，你曾经去那里治疗你的病痛，而现在我的痛苦却无人能够治愈，即使吗啡也不行。

让我备受折磨的还有那一天，在马场的那个下午，你邀请我去看你上课。我们到了之后，你立刻去找坦帕，你的跛脚马，脾气暴躁，长得也歪歪扭扭。没有人想要它，是你照顾它，驯服了它。你是唯一喂它、给它清理尾巴的人，你让它成功跃过了一米高的障碍，甚至还打算和它一起准备一场比赛。然而，当我们到达马场的时候，坦帕并不在。马舍全都满了，他们把坦帕赶到了山坡附近的田野上，一场大雨过后，它已经不见踪影。

马鞍还挂在钩子上，你拿着为它梳理鬃毛的刷子，失声痛哭，而我就站在你的身旁。那匹马并不属于你，你也没钱把它养在马舍，它只不过是一匹用来打发时间的马。你对我说：坦帕并不习惯待在野外，他们没有好好给它钉马掌，它会受伤、会瘸的。我没有任何解决方法，不知该如何回答，也不会安慰别人，所以只能站在一旁，看着你哭泣，看着你绝望。我没有抬起一只手或是一根手指让你知道我理解你正承受的痛苦，我会为你解决这个问题，为你报仇。我会弄来足够买十匹、二十匹马的钱，为你开一家专属于你的马场，你可以为每一匹马起名，告诉它们怎么跑得又快又优雅。我只是告诉你：马通常都待在田野里，我觉得它不会受伤，它经常在室外活动。因为我的迟钝，你生气了，往后退了几步，说这不仅仅是因为那匹马，不是因为那场比赛，也不是因为你没有钱，而是因为根本没有人在乎你会不会因此受到伤害。

你走过我身旁，拿起帽子，走进那片田野，跳上了另一匹马。这匹马属于一位英国女士，她已经好几天没有来过了。你骑着马，时而漫步，时而小跑，时而狂奔,在田野上绕了一圈又一圈,脸上带着愤恨的神情。我站在场地边,看你扬起一路尘土。我咳嗽几声,躲进树荫里,躲进苍蝇和杂草之间。

第二天,我们找到了坦帕,它确实瘸了,很快就会被马场处理掉。

我没有问那一天我能否陪你去向它告别,你也没有表示想和我同去。你独自去了现场,随后的几天,你一直阴沉着脸。阿加塔为了宽慰你,邀请你前往她常去的马场,挑选一匹新马,那里有好几匹幼马需要接受训练,而你回答:这不一样。

这就是让我备受折磨的地方,不,这不一样。

没有坦帕便不一样了,没有你也不一样了。

这封信真是糟透了,比我在学校写的作文还要糟。这封信你不会收到,我也不会寄出,它甚至根本就不该存在。

但是你曾经让我给你写一封信,所以就有了这些注定毫无用处的文字。

我很想你,我真是一个非常、非常、非常糟糕的朋友。

你的,

盖娅

* * *

鱼节期间，湖岸满是气球、母亲们的高跟鞋和炸鱼的鱼头。沙滩已经关闭，等待午夜的烟花。我曾经坐在那里看烟火表演，直到有一次，一片烟花碎屑落下，点燃了一位女士的草帽，孩子们吓坏了，而我们大笑着，兴高采烈地见证这危险的一幕。从那天起，烟火表演期间沙滩禁止入内。

人群四处流动，从木屋餐厅到士兵大道，他们挤在一起享用糖果，把它们吞进肚里；他们在餐吧驻足，买小圆比萨，倚靠在护栏上拍照。孩子们挤眉弄眼，相互打招呼。那些你在冬天里一直没有见到的人也回到了你的生活里，因为如果有什么活动是大家都不愿错过的，那就是鱼节。

木头搭建的舞台上，业余演出一个接着一个，舞蹈表演，即兴演唱，穿亮片衣服、喷发胶的女孩走上舞台，几个喜剧演员露出油腻的笑脸。最前排的椅子几乎一直空着，有人在喧闹的路口表演，被淹没在节日的人流中。

我最爱在一栋房子平坦的屋顶看烟火表演。只要翻过镇政府大楼下小花园的栏杆就能抵达。

从那里可以看到一大片湖面，没有太高的天线，也没有阻碍视线的树冠。在眼前的这片天地里，爆炸声响起，火光乍现，烟花在夜空中化作爱心、垂柳和黄色的星星。孩子们在隆隆的声响里捂上耳朵，发光的喷泉在夜色中掀起水花。烟雾弥漫,燃烧过后的纸屑漂浮在湖面,人们从湖周围的各个小镇、从罗马市中心赶来,看看自己能变得多么闪耀。

街道也封闭了,停放的汽车一路排到远处,人们排队沿堤岸上的柏油路前进,怀里抱着小孩,胳膊下夹着婴儿车,用两根手指拎着裙子,免得沾到野草和尘土。人们为了鱼节精心打扮,梳头发,熨刘海,穿细带凉鞋,买低胸的短袖衫,把胸罩填得鼓鼓囊囊,把墨镜架在额头上,尽管根本就没有太阳。

我骑着自行车一路下坡,穿过十字架路,像炮弹一样经过一户户人家,冲到湖边。我在人少的地方停下,然后转到一家餐厅的后面,随手锁上自行车。我像恶狼一样凶狠地盯着人群,他们盛装打扮,来参加属于他们的庆典。在我看来,这里没有尊重,没有情感,人们衣着鲜艳,戴着花朵,无人为我的哀恸而来。

我无须编造任何谎言。我全身的衣服几乎都是黑色,唯一不协调的就是头发,镜子里它们的颜色让我感到厌恶。当身体里的一切都在枯竭,它们怎么敢依旧鲜红、油亮而浓密?是谁允许它们保持活力?

我沿着小巷往高处走去,绕开码头广场,因为那里成群的年轻人固执地提醒着我,我的岁月已经过去了。那些慵懒的、昏昏欲睡的岁月,那些确实存在过的岁月,不用多久,就会像季节结束那样,被生活吞没。

我一路低着头，盯着铺路石。小斜挎包在身侧不停拍打。人群里笑声不断，可是有什么好笑的，为什么要笑。两个我认识的人从身旁路过，瞪大了眼睛。他们看见我冷冰冰的脸，根本不敢来打招呼。从他们的表情中，我看出他们已经知道了一切。我讨厌他们，正是因为他们什么都知道而讨厌他们。在这个地方，根本没有秘密可言，就连死亡也无法遮掩，无处隐藏，痛苦也是如此。

我想沿石阶一路向上，走到小花园。我想翻过栏杆，独自等待即将来临的午夜。我想这么做，因为屋顶的那片空间是我永远的归宿，是我与过去的联系，是我循环往复的光阴。眼前是不变的景象，耳边传来熟悉的声音，当烟花在夜空绽放，我恍然觉得这一刻成了永恒，时间凝结了，一切都不再流逝。我们会一直盘腿坐在那里，眼里闪烁着光芒。

一个女孩拦住了我。她穿得像拉拉队队员，短裙紧紧裹住臀部，胳膊又粗又长。我一眼就认出了她——伊利斯的一个高中同学的妹妹。眼前这个女孩的下巴又尖又突出，眼睛像猫一样。她看着我，神色悲痛，但她那身装扮让我觉得她随时会抬起膝盖，提起大腿，开始原地旋转：我已经听说了，太遗憾了，她那么漂亮……

她喃喃自语，哀悼的话像一颗子弹击中我的后脑勺，我从思绪中惊醒，回到现实。而现实是，人们同情地看着我，拦住我，只为说些礼节性的话。没错，伊利斯是个漂亮的女孩，他们还给她穿上了马靴，然后把她烧成了一捧灰烬。

于是我狠狠推了她一把。她这副年轻的身体还能呼吸，还能活动，简直是一个耻辱，怎么配活在这个世上。我大喊没有人死去，我们不需要你那令人作呕的哀悼。我推搡着，拍打着，她的朋友们拦在我们中间，周围的行人停下脚步，把我向后拽。为了自己，为了伊利斯，我不停抵抗他人的曲解与谎言。我指的是今晚来到这里的所有人，他们光鲜亮丽，准备举杯相庆。

指尖传来那个女孩衣料光滑的触感，我想把它拉过来撕成碎片。带乐队的游行队伍、售卖瓷器的摊贩、裹着糖衣的花生、公主形状的气球、淌着油的食品包装纸、飘向房屋的热气。我想挣脱周围的一切，但有人紧紧抓住我的肩膀，一遍遍地说你要冷静，并控制住了我。

我认出了这个声音，嘶喊道：克里斯蒂亚诺，帮帮我。

他抱住了我，那个女孩终于逃脱了我的利爪。我面容扭曲，人群聚拢在我们周围。女孩吓哭了，我还在期待克里斯蒂亚诺出手，因为没有他解决不了的问题。他总是在恰当的时机出现，带上火柴和汽油，载着我安然无恙地穿过黑暗，让那些想指责我的人闭嘴，保护我免遭背叛，然后给枪膛填上子弹。我们必须击中某样东西或者某个人，来报复我们遭到的不公。

你们看什么看？克里斯蒂亚诺抱着浑身是汗、面色苍白、瘫在他怀中的我，喝退了周围的人群。

我觉得这一定是有原因的，也许是防腐剂，也许是多磷酸盐[①]，也许是温室气体，也许是杀虫剂，也许是燃烧的塑料，也许是天线的辐射，也许是梵蒂冈电台，也许是水中的砷，也许是房顶里的石棉，也许是手机和无线网络发出的电波，也许是肉里的激素，也许是烟或二手烟，也许是喂鸡和牛的合成饲料，也许是河口的焦油，也许是汽车尾气，也许是污水，也许是药物和一些残渣，也许是身体乳里的硅，也许是添加剂和油漆，也许。我们要一个个地寻找罪魁祸首，寻找杀死伊利斯的因素，我们必须这么做。

克里斯蒂亚诺捂着我的额头，把我拉到饮水池旁。他不停地向靠近的人解释我们不需要帮忙，然后把水泼在我的脸上。

我什么也做不了，克里斯蒂亚诺对我说。我的衣服湿透了，斜挎包掉进水里，摩托罗拉手机滑到了地上，落在我们之间的水坑里。

与此同时，三声巨响标志着烟火表演的开始。响声在整个小镇上空回荡，传到乡间、老城区、牧师会教堂、鱼市、炸鱼摊，或许还会一直传到山羊胡弯道。一声、两声、三声，表演开始了。

[①] 一种常见于食品添加剂中的化学成分。

***

二十世纪六十年代末，德国人发现了小镇的老城区。

位于老城区高处的城塔附近有几座塔楼和花园，那里曾经是奥德斯卡奇城堡的前哨，能够俯瞰湖面的瞭望点。

石头铺就的窄巷一路向上，通往牧师会教堂，人们会在那里举行盛大的婚礼。如果证婚人穿着过于暴露，神父就会大声呵斥她们；如果你想在这里举行婚礼，就必须捐一大笔钱；如果你不给，神父就会关掉音乐，新娘只能在相机的咔嚓声和孩子们的哄笑声中走进教堂。

老城区还有几家店面，老人与镇政府的工作人员坐在餐吧的塑料椅子上，一扇木制大门几乎常年开着。还有三家餐馆，一间玻璃珠宝设计工作室和一家烟草店。文身店和帆板店也曾开到老城区，但手工制鞋店和装饰着两条张嘴鳗鱼的喷泉还是在冲击下存活了下来。

德国人喜欢这些摇摇欲坠的小房子：卧室在底层，进了门就是厨房，还有俯瞰湖面的阳台和石柱围栏，墙面也散发着古老的味道。

他们买下房屋和店面，开办起自己的生意，却很快就关门大吉。小镇不喜欢后来者，它喜欢保持原样，成为某种贮藏已久的黏稠液体，封闭在酒桶里，与世界隔绝。

于是这些德国人只能去城里找工作。他们会在老城区下面的小沙滩上赤身晒太阳，用鲱鱼配面包，戴草帽。小镇的人们对他们深恶痛绝，把他们视作发生转移的病灶，必须被根除。

德国人认为这片湖漂亮极了，容纳了阳光和缤纷的色彩，清澈的湖水与天空融为一体。于是他们从家乡弄来两只白天鹅，想让这片湖变得更加优雅。

乍看之下，这两只骄傲的动物性格温顺、羽毛华美，毫无攻击性。

小镇的人们看不得湖中的生物种群发生改变，认为这是一种冒犯。这里每一样东西都该一直保持原样，就像挂在墙上的画作。

渔民们开始议论，说这些天鹅有毒，会带来疾病，会吃掉湖里所有的鱼，还会杀死别的鸟类，它们肮脏而凶残。

于是有一天，两个渔民没有去捕鱼，而是划着小船，抓住了这两只天鹅。他们把天鹅掐死，扔进了锅里。炊烟从老城脚下的树林中升起，那一带人迹罕至，因为离人行步道的尽头很远。

德国人为自己翅膀宽大、嘴巴尖尖的两个孩子感到哀恸，但他们并没有就此打消这心思：制造新气象需要坚定的毅力，说服人们接受改变则需要坚持与狂热。

第二批天鹅来到这里，却再一次被送上烤架，然后一批又一批。再然后，小镇的人们看着这些天鹅嬉戏、繁衍，竟不知不觉中喜欢上这些把鸭子管教得服服帖帖的大块头，喜欢上这种高贵的动物。

天鹅就这样留了下来，在湖的两岸来去自如。城堡下的布拉恰诺湖岸边有一只黑天鹅，只有它从来不肯靠近人类。如今三十年后，孩子们正在湖岸边寻找这些宝贝天鹅，希望能给它们喂些干面包，摸一摸它们的羽毛。

然而，正如人们所知，天鹅并不是那种安于某个小池塘的鸟类，它们生性无常，很容易被激怒。当你看见一只天鹅的时候，就应该知道要与它保持多远的距离。

这就是我来到小镇之后最先学会的一个道理：对于湖边的野鸭，你可以毫无顾虑地接近，而天鹅不行。天鹅会狠狠啄向河狸的背，张开翅膀在水中追赶它们；天鹅不会区别对待小女孩或是成年女性，如果它们觉得你不顺眼，就会毫不犹豫地攻击你。我曾经就是一只天鹅，被带到这里，不得不适应这里的生活，然后反抗、挣扎，抗拒那些带着干面包片，带着充满爱意的怜悯向我靠近的人。

如今我正在湖边看着这些天鹅，它们扎入水下寻找食物，脑袋不见了，只剩尾巴尖还露在水面上。重新浮出水面时，它们看着我，眼神仿佛在说，湖底的水草不如以前那么美味，是时候离开了。

* * *

家，是东西落地的地方。

我们已经打碎了三个盘子、两个玻璃杯和橱柜上的一块玻璃；掉在地上的牛奶盒在厨房中央留下一片惨白的水洼。

安东尼娅搬来从超市拿的大箱子，在走廊上排成一排。与以往一样，东西不会被胡乱塞进去；一切都会被整齐地堆放在一起，位置精确到毫米。每个箱子都会用胶带封好，再用笔写上里面装的东西：牙刷和牙刷放在一起，窗帘和窗帘放在一起。趁母亲不注意的时候，我把书扔进她给我的黑色袋子里，丢在废品和垃圾之中。

如果说我们家是一艘船，母亲就是我们的船长，哪怕有暴风雨出现在地平线上，她还是会指引我们遵循她的航线，下达命令，制定纪律。当有东西从手中滑落、摔碎时，她会说，没了就没了吧，坏掉的东西就不要了，我们只留下完好的、必需的东西。这是我们第一次把东西丢掉，而不是修修补补、重新粉刷。

双胞胎小心翼翼地给我们的电视机打包，仿佛在处理一座大理石雕像。父亲在一旁忐忑不安地看着他们，生怕他们失手摔裂电视，让他的王国走向终结。

我把自己的衣服装进两个大袋子，然后把那些不再穿的衣服堆在墙角。太紧的裙子，低腰牛仔裤，臀部有洞的裤子，少了一根肩带的胸罩。还有我保留下来的废旧衣物，我曾固执地觉得它们早晚用得上，然而现在它们看上去确实毫无用处：破旧的布料；穿了一次又一次、直到破洞的袜子；腋下带着污渍、就连安东尼娅也洗不干净的短袖；那个难忘的夏天里我穿的黑色泳衣，已经褪色，胸口还有一块污迹；发黄的内裤；被水泥地面磨坏裤脚的裤子；散发尘土味的超人短袖衫。

那支网球拍也被我丢掉了。我闻了闻它，像弹奏里拉琴①那样用手指轻抚着，然后亲吻了一下。我说，永别了球拍，永别了"大耳朵"，直到今日我依旧对你们又爱又恨。

我应该有一个属于自己的家，有属于自己的孩子、婚姻和工作，如今我却在一间儿童房里收拾残余。我从墙上摘下那根绳子，尽管现在已经没有了床单，但它仍能隔开我和马里亚诺的空间。我拿走了哥哥的一条内裤、篮球、大象图案睡衣的上衣、歌手的海报、印着切·格瓦拉的旗帜、在被子下面等他多年的床单，还有他高中时的笔记本，里面的字迹紧紧地压在凹凸不平的纸面上。

我们在墙上留下了斑驳的痕迹，在墙角留下了霉菌。墙上的钉子已经固定不住任何东西，曾经挂置物架的位置如今只剩下几个洞眼。瓷砖沾染了污渍，地砖缝隙里藏着血迹、尘土、头发、死皮和剪下的指甲。

把那个东西留下，母亲指着粉色的大熊命令道，那是小孩子的东西，你已经不需要了。说完她就走出了房间。

她没有等我回答。长久以来一向如此：她说完就走，不允许对话，也不记得分享。当我告诉她伊利斯去世的消息时，她回答说：失去孩子是这个世上最大的痛苦。之后

---

① 一种古老的拨弦乐器。

她便起身离开去洗豆角，结束了我们的悼念、我们对痛苦的倾诉。

安东尼娅的身形变得愈发矮小、干瘦，她的肉体失去了活力，思想上却更加狭隘，她紧紧抓住身边的一切，不允许任何异议和背叛。

一连几个月，甚至在晚上，我都能听见安东尼娅在家里走来走去。她激动地打电话，大喊大叫，挥舞双手，拍打桌子或任何物品的表面。

曼奇尼家的寡妇米雷拉·博雷迪把我们在罗马的房子租了出去，房客没有签合同，没有交物业管理费，账单缴纳也出了问题。管理人员和门房把此事告知了母亲，向她索要拖欠的款项。母亲给米雷拉女士打了电话，但是没有收到任何回复，于是她接着打了一通又一通，对方仍然没有搭理。直到在最后一通电话里，米雷拉女士表示自己不介意跟安东尼娅斗一场，如果母亲继续骚扰她，她可以让我们连的里雅斯特大道的房子都住不成，因为她有能力、有关系，也认识相关人员。而安东尼娅只能单打独斗，还带着一家子没用的人，谁也没有劳动合同，所有人都是她的累赘。

那天，母亲没有吃饭也没有睡觉。半夜去卫生间的时候，我看见她坐在沙发上，盯着关闭的电视机屏幕，脸映在一片黑暗之中。

第二天一早，她把我们叫到厨房，说她和菲斯塔家一个叫贾科莫的园丁聊过了,她信得过这个人。他会在一个星期之后之来接我们,所以我们要抓紧时间,把整间公寓清空。

那家伙还以为我投降了,以为我被她唬住了,但那套房子属于我,我倒是要看看谁能把我从那里赶出去。母亲说完,沉下了脸。

就这样,她给我们分派了各自的任务和要做的事,在日历上标注好出发前剩下的日子——七天。

母亲将此事告知了门房和罗马的行政人员:我们会马上回去。当然还有米雷拉女士,母亲给她发了一条长长的信息,虽然语法很糟糕,但清楚地表达出威胁的意味——米雷拉女士必须让房客在一个星期之内搬离,否则母亲就会亲手把她们赶出去。

双胞胎不敢有任何抱怨,只是老老实实地收拾自己的东西。他们长得很高,手掌很宽,下巴和胎记上冒出了胡子,几乎像成年男性。两年前的冬装紧紧裹在他们身上。现在他们正准备分类、打包,用眼神和手指上的小动作发送暗号,悄悄告诉对方他们一定可以搞定。

我没有时间再看看这个空荡荡的家,看看它赤裸的身体,看看它的裂隙、它的回忆,看看它粗糙的皮肤、它的肘窝和它肚脐里的褶痕。我被母亲的怒火拖拽着离开这里,她就像一条河流,推动所有的树枝、石头和毒蛇涌向河口,永不停歇。

我是一个年轻，却也已然老去的女孩，失去了反对家中事务的权利，哪怕我从未拥有过。就像我错过了人生中的重要站点，而旅途依然要走向终点。没有人想问我的意见，或是让我参与一些重要的决定。安东尼娅还是我童年时见过的样子，还是那个独自支撑起危墙的母亲，背着我们走出燃烧的家。

我关上自己房间的门，把十八岁生日的海报、伊利斯的照片、阿加塔的照片、我自己的照片和比巴卜的那张大脸留在了里面。粉色大熊已经被岁月和无用侵蚀，这件战利品于我而言不亚于越野跑上赢得的奖牌，但那一刻的胜利与跨越距离的力量，如今不过是一捧尘埃。

星期一清空衣柜，星期二清空卫生间，星期三清空厨房的吊柜，星期四轮到地毯和纺织品，星期五丢掉那些黑色的袋子，星期六清理地板和卫浴，星期天我们已经准备好出发了。

就这样，那个有游乐场和旋转飞椅的广场，那些小巷、街道、商店，还有那个铁道口，都被我们留在身后，我们也离曾经的自己越来越远。几辆面包车载着我们所拥有的一切，告别了我们刚刚清空的家，奔向另一个也许不再属于我们的房子。

到达罗马之后，安东尼娅让面包车并排停在的里雅斯特大道的公寓楼下。她下了车，身体紧绷，红色的头发在脑后扎成高马尾，棉衣一直扣到下巴，面色冷淡而凶狠。

她打开大楼的铁门，让我们跟着她进去。那两扇曾经被法西斯抢走的铁门提醒了我，这栋大楼有它自己的历史。

罗伯塔四年前就死了，她在梦中停止了呼吸。我看见她曾经晒太阳的那个角落如今被绿荫遮蔽，以前养着鱼的喷泉早就没了水，取而代之的是满满当当的多肉植物。我环顾庭院，还有些黄色、红色、橙色的玫瑰。大楼里的许多住户已经换了人，现在这里满是家庭旅馆、度假公寓、合租的女大学生，还有一些孩子不多的家庭。房租不可能降，罗马的房地产市场一再攀升，而现在工作岗位越来越少，出租房屋也成了一种工作。

安东尼娅手上拎着一个工具箱，沿楼梯一直走到公寓那一层的楼梯间。一切都那么陌生，一切都仿佛在等待我们。

门铃上不再是我们的姓氏，而是一块空白的门牌，门前是一块红色的毛毡地垫，母亲粗暴地把它踹到了一边。门锁被换过了，大门闩得死死的。

这房子是我们的，她冲楼梯上那些张望的邻居喊道。那些人或是好奇，或是害怕。进不去我们就不走。

我无能为力，不知怎么才能帮上忙。我为我们的贫乏，为我们日复一日的争斗感到羞愧。这种争斗把我们带回了第一个家，带回那间半地下室，带回那段没有任何文件能证明我们应该得到救助的时光。

米雷拉女士在门口的墙上钉了两块木板，就像人们在危楼、废弃的农舍和到处是注射器与避孕套的地下室门口做的那样。双胞胎掏出工具,在安东尼娅的指挥下忙碌起来。他们竭尽全力,用仍属于未成年人的纤细手腕提起榔头和老虎钳。

母亲甚至没有开口让我做些什么,只是把我晾在一边,让我旁观他们的努力:木板纹丝不动,钉子寸步不让,他们似乎对这样的命运、对周而复始运行的世界感到无比愤怒。

安东尼娅的手在颤抖,但她并不打算妥协,说就是用肩膀也要把门撞开,说如果有必要她会带炸药回来。她一生都在被世界遗忘,但现在不会了,现在谁都不能阻止她。她把怒火发泄在钉子和墙上,撞击水泥和石灰,试图拆下铰链,用力砸向门框和木板。

我想着那些鱼,不知道它们是不是被放生了,是不是被扔进了下水道。或许它们正游动在下水道的井盖之下,追寻遥不可及的大海。或许它们发生变异,长出了三只眼睛、五片鱼鳍,因为我们使用的柔顺剂、洗碗机硬水软化剂、浴室消毒剂,还有洋甘菊、白麝香、乳木果油的洗发水污染了水源。

然后,楼道里传来几个人上楼的声音,其中一个声音喊道:妈!

母亲停下了动作,指关节通红,额头上满是汗水。当她看见来的是自己儿子,脸上又有些慌乱。

你们让一下,妈,我们来。

马里亚诺走上楼梯平台,来到我们身边。他带来了三个和他一样又高又壮、皮肤黝黑的朋友，每个人的手里都拿着铁棒或是撬棍，脸上裹着围巾。我们给他们让开一条路。当马里亚诺第一下狠狠砸到门上的时候，母亲吓得跳了起来，但是没有出声，只是紧紧靠在电梯门上。

钉子和木板掉了下来，还有墙上的水泥。马里亚诺手脚并用，又推又拽，想要用撬棍拆下铰链。与此同时，他的朋友们正用手里的工具砸着大门。过了一会儿，哥哥觉得大门已经松动，于是开始用肩膀撞向门板。一下、两下、三下、五下，他用身体撞击着，直到大门再也无法承受，打开了一条缝，隐约可见房间里面的样子。

哥哥的鼻子沾上了白色的粉末，墙面弄脏了他的手指和衣服。他的一只手流血了，外套的袖子也撕破了一只。但他并没有停手，而是一次次地踢向门锁，直到踢开一条能供人通过的空隙。哥哥跨过门槛，走进门的另一边，纵身跃入属于我们的过去。

他的朋友们走了进去，母亲走了进去，双胞胎走了进去，那扇门就像一张没了牙齿的嘴，把他们依次吞没。我跟在最后进去：米雷拉女士让人砸穿了浴缸和厨房的瓷砖，用剪刀剪破了沙发套，还带走了一些不属于她的东西，而那些东西原本是母亲留下用来和安圭拉腊房子里的东西做公平交换的。她还剪断了电线，拆掉了窗户上方的窗帘架。我们的家看起来像是一个建筑工地，一个犯罪现场。

马里亚诺四下查看，估算我们的损失，现在他已经进入了第二步，治疗阶段。他思考着该如何治愈这个家，让它从伤口、抓痕与暴力中恢复过来。他说自己会和朋友们处理门和浴缸的问题，然后再想办法收拾厨房，缝好沙发套；在这期间，我们可以把家具和个人物品搬上来。之后他们会在大楼外和门口巡逻，没有人能进来打扰我们。母亲用感激的眼神看着他，点了点头。除了哥哥，再也没有人能够拯救我们，因为他与母亲是如此相像，而我与母亲之间的相似之处——头发、雀斑、鼻子——不过是自欺欺人的幻觉。可如今，呈现在我眼前的，仍然是我们之间的巨大差异。

马里亚诺命令道：别拉着脸站在那儿，给妈妈帮忙去。他的语气就像对待工地上的工人、迟到的送货员，或是久久没能怀孕的妻子。

然后他一边跑下楼梯，一边大喊着告诉我们，他要去把父亲接上来。

我看着眼前的一片狼藉，它像一场雪，就这样落在我们身上。空气冰冷，眼前的一切都是那么刺眼。哥哥是一座大山，而我只是一只蚱蜢。有那么一瞬间，我希望他能够抱抱我，但他没有这么做，而我也没有向他提出请求。

马里亚诺再一次出现在那扇被砸坏的大门前，怀里抱着马西莫。马里亚诺在楼道里抱起父亲，不得已把轮椅留在了外面，然后放下父亲，一条接一条摆好父亲瘦小的断腿，对他说：别担心，爸。

因为父亲正在哭泣，父亲看见了这个破碎的家。

马里亚诺用正在流血的手按着父亲的肩头，告诉他我们的家还在。

我愣在原地，与儿时的那个自己四目相对，她正从浴室破碎的镜子里看向我，悄悄对我说：没有心的人没有家。

* * *

湖水干涸了，电视里都在这么说。夏天的时候，罗马为了维持供水系统运行，会从这里抽取湖水。于是湖岸的沙地越来越宽，岩石浮现，缆桩露出水面，一块块礁石宛如孤岛。如果我想沉入湖底，就要走啊走，远离湖岸，远离人群的喧嚣，远离一切获救的可能。

小镇上的人们都认为，这片湖早晚有一天会消失不见。他们每年夏天都从这里取水，直到它变成池塘，变成像沼泽那样散发臭气的水坑。只有那时，我们才能看见湖中央到底有什么，我们才能知道那个与高墙、庭院和门窗一同沉入湖底的小镇是否能重现于世人面前。

位于的里雅斯特大道的家在修缮之后又被粉刷一新，就像坏掉的洋娃娃被重新装上胳膊和腿，梳理好乱糟糟的头发，再穿上小小的裙子和罩衫。现在房子可以住进去了，我们睡在各自的床上，电视机也回到了靠墙的位置。我们忙个不停，清空纸箱，用彩色的布头补好沙发，重新摆放小物件——它们都是母亲的发明，比如柜门上的剪纸，种在酸奶盒里的仙人掌。

马里亚诺在沙发和大门之间走来走去，时刻警惕，守卫这个家。每天晚上，他都会与母亲坐在桌旁，计划着，布置着，他们很清楚自己该做些什么。

她得去找一份工作。我听见他们这么说，也知道他们指的是我。

经营这个家需要钱，可我们偏偏没有。于是有一天，母亲把吸尘器和一个装着抹布、清洁剂与手套的水桶塞到我手里，让我去找六楼的女士，她家需要做清洁。

我走进那个家，里面有异域风情的沙发、占满整面墙的书架、卡波迪蒙蒂瓷器、象牙烛台、黑胶唱片、清洁灰尘时用的小梯子、在乡间小路上散步时收集的石头、留在卫生间里的旧杂志、锻铁床、柳条编织的篮子、一幅露出一边乳房的女人画像、像雕塑一样的吊灯、给房间带来阵阵香气的干花、一排排鞋盒、装满旧单据的文件夹、穆拉诺产的玻璃杯[①]、在加拿大某个博物馆买的咖啡杯、养在阳台上的罗勒，还有一个坐在树桩上的小矮人雕像。

母亲告诉我，要把那里当自己家一样打扫干净，于是我满怀怒气，同淋浴花洒上又大又黄、令人气恼的污渍，缝隙里的灰尘和掉落在床头柜附近地面上的头发展开了搏斗。

---

① 穆拉诺是威尼斯群岛中的一个小岛，以盛产玻璃制品闻名。

现在家里只剩我一个人。马里亚诺带父亲去附近散步，哥哥给父亲穿上厚毛衣，还给他戴上一顶鸭舌帽，以免他受凉。父亲有些紧张，但也有些高兴。他很高兴儿子能陪自己，能担负起家中的一切：从出门散步到修理电灯，从装好坏掉的门到连通煤气管道。这是孩子们该做的事，世界和未来该由他们掌控。

我听见遥远的虚空传来自己跃入水中的声音：自行车留在了安圭拉腊，与它一同留下的有我的大熊比巴卜、克里斯蒂亚诺，还有装着伊利斯的皮肤、脾脏、髌骨与虹膜的骨灰盒。我感觉胸口的正中间开了一个口，那里曾是一座火山，谁知道呢，也许在经历了几个世纪的雨水浇灌之后，人们会认为那是一片湖，而它原本不过是一个洞，一个生命消亡后留下的幽魂。

假如此时有一辆车，我一定会立刻行动，驱车穿过这座城市，将它远远抛在身后，回到那个每逢星期一便无比喧闹的集市，回到缓缓划行的红色救生艇上。那里有虾与鲑鱼做的比萨，人们手脚并用地把遮阳伞插在沙滩上，挂在报刊亭外的充气玩具让小女孩担心不已。但我只能停在这里，我一路走来所抵达的地方。

我站起身活动了一下，关节吱呀作响。历经这么多年的风雨，我已如生锈一般。我遵循自己的思绪，它创造了许多故事，却也扭曲了现实。

我还记得刚到这里的时候，一切在我眼里都显得高大、壮观。宽敞的房间就是我的家，昏暗的半地下室是我度过童年的地方。我还记得双胞胎迈着胖胖的小短腿四处奔跑，穿着尿布，抱着安东尼娅的大腿。我还记得我、马里亚诺和安东尼娅穿着内裤站在院子里的局促模样，我们像乌龟一样与那些微小的不公和恶意抗争。我还记得别人家花园里的玫瑰盛开时，我摘下它们，撕碎、研磨，做成花泥和昂贵的精华。我还记得母亲告诉我什么是善，什么是恶，她对自己的话深信不疑，相信这个世界非黑即白。

我走进浴室，浴缸焕然一新，像洁白的牙齿一样闪闪发光。我把水龙头开到最大，苔藓、鱼和天鹅的气味仿佛在鼻尖萦绕。

我又拧开洗手池和坐浴盆的水龙头，水汩汩涌出，让人无法忽略它流动的声音。我堵上所有下水口的塞子，水一点一点地积聚、上涨。

等到湖水流干的时候，我们就能揭开传说、谎言与故事的面纱，我们会发现那些遗迹，把湖底的文物装进展示柜里；我们会看见暴露在空气中的鱼儿垂死挣扎，会知道从未见过的湖床的颜色；我们会找回丢失的鱼竿、沉没的船只、漏气的救生衣、长眠在湖底的尸体和失事直升机的螺旋桨；我们再也不会在湖边照映自己的面容，在岸边踱步沉思，在湖中钓鱼撒网，在水底藏匿圣诞马槽和枪支。

该去厨房了，那是哥哥用石灰和方砖砌起来的——我曾听见他日夜不停地拿着刮刀在桶里搅动的声音。我也打开了这里的水龙头,堵上了下水口,敞开所有房间的门,空气穿行而过,水穿行而过,我也穿行而过。

我坐在客厅正中间,思索着需要多少时间,或许两个小时、三个小时或是七个小时就已足够;或许过一会儿,水就能没过我的脚踝,或至少没过我的脚趾。这是掠夺而来的湖水,是苦涩却完美的湖水。它会汇聚成一个又一个恼人的水坑;它会喷涌而出,弄湿地面,在天花板上留下痕迹,渗入每一处缝隙;然后它会落下来,把沙发、床头柜、油瓶、书籍、杂志、垃圾袋、床罩和窗帘全都浸湿;它会惹恼往来的路人,漫延到地面,成为一场折磨;它还会入侵街道和社区,淹没所有车辆,让人们不得不舍弃财物,建造木筏和防洪屏障;至于那些无处求生的人,他们只能被水流席卷而去。

我闭上眼,心中默数。

"湖"是一个神奇的词

你沿主路而下,穿过草已泛黄的田野,经过几家二手车行和加油站。你瞥见路左边有一家旧货商店,那里卖铸铁秋千椅和带铜把手的床头柜。

你越过灌木丛和砂石地,在路中间停了下来,因为你听见了信号声:铁路道口要关闭了。你排在车窗敞开的汽车后面,有几辆车已经熄了火。不像城里,乡下只有一条轨道,火车只能相互让路,依次通过,铁路道口甚至能为此关闭十分钟。但这是没有办法的事,不论你走到哪里,就算是抄小路,都会遇到另一个关闭的道口。

对于没有汽车的人,铁路是离开这里的唯一方式,是输送血液的主动脉,是远方的地平线,是踏上冒险之旅的第一步。你坐火车来到这里,也会坐着火车再次出发。

当路障升起,你慢慢通过铁轨,如果你转头向右看,便能望见站台上的遮雨棚。这么多年,你一直乘坐那趟火车，你熟悉每一节车厢、每一块涂鸦、每一个用记号笔写下的落款。你记得火车上拥挤的人群，记得有个孕妇曾经因为拥挤而晕倒，记得有个女孩在拉斯托塔被强奸。你记得自己曾守着车门等朋友们上车；记得你没有买月票的时候会跑到车尾，躲进卫生间；记得你曾遇见一个比你大的男孩，他满嘴酒气，手上拿着一个袋子，里面是一罐腌黄瓜和一块用来喂天鹅的面包。

主路继续向前延伸，几家商店出现在你的眼前：一家也会卖蜗牛的果蔬店、一家制作高级橱柜和长条灯具的大型家具厂，然后是几家超市和鱼店。那里被称作"火车站那一片"，是整个小镇最繁华的地区，有几栋小别墅、几家建在半地下室的健身房，还有一家晚上会供应玉米片和玉米薄饼的餐吧。沿街是商铺，再往里便是住宅，那些房子最高也就两层，花园里摆放着滑梯。

你不想停留，于是越过药房和家庭医生的诊所。在人行横道前，你放慢速度，让一位带孩子的女士先行穿过。那孩子看着你，就像在看一只吸血鬼。

没过一会儿，你就到了克劳迪亚住宅区。它之所以叫这个名字，是因为这里一处同名的矿泉水源。

左边是一座广场、几户廉租房，还有几栋不知道名字的高楼。你的家曾经位于那里的三楼，尽管严格意义上那并不能算是你的家。那附近是你房间的窗户、被大熊折下一根枝条的树、拴自行车的栏杆、复活节时搭起游乐场的空地，还有玩射击游戏的棚子、射出的子弹、倒下的易拉罐。你和马里亚诺走在楼梯上，中间是一只巨大的粉色玩具熊，你们一人提着它的脑袋，一人提着它的脚。

每一家店都让你想起一个下午，每一家店都在几年里换了门脸：从牙医诊所变成矫形器械商店，从鞋店变成鲜花店，从冷冻食品店变成家居用品店，从一元店变成瓷器店，从宠物美容店变成通讯营业厅。想要更久地经营下去，就需要不断地坚持。

这些年里，你曾从各个方向穿过这个十字路口，这里有小镇上唯一一个宝贵的红绿灯，等待绿灯亮起也是你年少时光中的一部分。向右走，你便能前往那个带泳池的酒店，你可以穿着泳衣和浴袍回到那里，站在更衣室前，拿着浴刷、桉树味洗发水，听见卡洛塔对你说：我在这儿呢。

从那里接着往前走，在克劳迪亚住宅区里转一圈，就到了小广场和那栋废弃别墅。房子经过重建，现在已经住了一家人：他们有三个孩子，还养了一条狗和两只金丝雀。你继续向前，就能路过安德烈家的小别墅。大门还是之前被烟熏黑了的样子，街角也有当年大火的痕迹。安德烈马上就要结婚了，请柬已经印好，他未来的妻子是牙医，一个金发碧眼的美人。

但你并不想右拐，所以等待着绿灯。如果运气足够好，你很快就能穿过十字路口，然后在路的右边看见一座很大的农舍。它与别的建筑很不同，显得格格不入：这是一栋乡村风格的老房子，就建在这条路旁，可道路所在的小镇却想成为一座真正的城市，而这座旧农舍不过是一个逝去世界留下的回忆。

此刻，糟糕的回忆开始向你袭来：你看见从主路分出一条小道，一路上坡，通向小镇内部，半道上有一栋房子，那里曾经是，或许也永远都是伊利斯的家。你曾无数次走过这条路，步行、骑车，或是开车——你们开着车载音箱，打开车窗，在夜色中争吵着，爱着，诉说着那些不公。在大门前，你似乎还能看见满满一袋柠檬在地上留下的痕迹。

所以，不要拐进那条小道，留在主路上，继续前进吧，因为只要沿着这条路，你总能到达湖边，那儿才是你该去的地方。

所以，不要理会右手边的那片墓园，不要想那些坟墓，不要想卡洛塔墓碑上的照片。它是从一张合照上裁剪下来的，你也在那张照片上，但当时你根本笑不出来。湖越来越近，你已经能看见小镇中心的几栋建筑和糕点店的广告牌，你们以前会在晚上去那里吃牛角包或是吐司。

马上就到十字架路口了：那是镇上最有名的十字路口，那些从乡下来的人有时会骑马来这里逗留，只是为了让别人看看自己把马拴在木桩上，然后到小镇里喝杯咖啡的样子。克里斯蒂亚诺也这么做过，他牵来一匹不知是谁家的马，只是为了体验一下在镇上骑马的感觉。克里斯蒂亚诺翻修了农场，现在那里养了很多山羊、奶牛和小牛犊，还会生产一种上好的发酵奶酪，许多餐厅都用上了克里斯蒂亚诺的产品。

从路口左转，你会遇到两条以圣人的名字命名的马路：圣方济各路和圣斯特凡诺路。圣方济各路通往镇上的初中和小学，人们会在夏天沿这条路前往露天电影院，镇上也有许多人会去那条路上的教堂做弥撒。圣斯特凡诺路则通往有钱人的小别墅，那些房子更大，建在地势更高的地方，俯瞰湖面和老城区。每一栋别墅都很新，配有宽敞的花园、高大的树木和电动栅栏门。你从未拥有属于自己家的栅栏门，所以你嫉妒他们，嫉妒这些只需拿着遥控器轻轻一按就能进门的人。

如果在路口右转，往特雷维尼亚诺的方向走，你很快就能到达湖边。你可以沿着湖边继续向前，在竹林和水湾间，房子逐渐变得稀疏。这一带很安静，只会让你想起克里斯蒂亚诺的那辆摩托车和熄灭的车前灯。黑夜来临，只有记得每一处拐弯、每一个停车标志的人，只有能避开沟渠、及时刹车的人，才能从黑暗中幸存。

但你决定直行，然后到达了目的地。

你可以进入老城区，穿行在窄巷，去山顶的牧师会教堂，问问是否有人愿意娶你，穿上没有肩带的白色礼服。又或者，你也可以走一段下坡路，来到湖边。

这由你来选择，而我们要在此处与你分别。我们靠边停下，让你下车，自己步行前去。

现在的你似乎有些着急：你跑过首饰店，你和伊利斯曾经想一起去那里打耳洞；你跑过比萨店，那里的装修还是二十世纪八十年代的风格，服务员身上散发难闻的味道。不必在意摩托车、汽车或是行人的脚步在路上留下的坑。你的目光掠过所有人，所有人的目光也都落在你身上。跑吧，一直跑到码头去，脱掉衣服，脱掉条纹短袖、黑色牛仔裤、鞋头已经磨损的网球鞋，然后跨过栏杆，一跃而下，爬上一个缆桩：小心，别滑倒了。

现在，看看身后，有人正在等你。向她伸出手吧，然后兑现你的一个诺言。

告诉她不要把身体探出太多，应该先找到平衡，掌控自己的身体。你们脚下是一月的湖水，四月的湖水，八月的湖水；你盯着湖面，寻找圣诞马槽中上帝的身影；你走过这么多公里的路，只是为了跃入其中，而这片湖水将证明这一切。你闭上眼睛，让她也跟着你这么做，然后你大喊一声："湖"是一个神奇的词。

只有喊出声来，你和伊利斯才有勇气跳入湖中。

后 记

这部小说的三个主要人物[①], 创作灵感来自现实中的三个女人。第一个是安东内拉, 她同我讲述了她的家庭, 关于申请保障性住房期间的种种困难, 关于房屋的交换使用, 关于他们是如何通过多年的努力, 维护合法权益, 拿回他们一度失去的房子。我在她的经历的基础上虚构了一些内容, 比如安圭拉腊萨巴齐亚的部分, 我认为罗马市政府并没有在那里设置保障性住房。

第二个女人是伊拉利娅。在曾经的十年时光里, 她一度是我最要好的朋友。她有些刻薄, 有些顽固。她知道如何制作卡仕达酱, 也知道如何纵马在林间驰骋。她喜欢兔子和《安娜·卡列尼娜》, 她在二〇一五年离开了这个世界。

[①] 意大利语中的"主人公"写作 personaggio, 其词性为阳性单数, 可同时指代男性与女性。此处作者为明确小说中三个主要人物的女性身份, 按意大利语的构词规律, 创造出 "*personagge*" 一词, 作为 personaggio 的阴性复数形式。

第三个女人是我。我没有用球拍打过某个男孩，没有差点把埃莱娜溺死在湖里，没有在游乐园里赢下巨大的粉色玩具熊——我压根儿就不会射击，甚至还害怕在夜里独处。这本书不是传记或自传，也不是自传体小说，它只是集合了许多人的人生片段，然后试着把它们叙述出来。它讲述了我成长的岁月，我曾经见证或经历的痛苦。

我要感谢安圭拉腊萨巴齐亚作为故事背景出现在这部小说中，感谢住在那里的人们，感谢布拉恰诺湖、消失的萨巴齐亚城、维卡雷洛的日落、空军历史博物馆、维尼亚迪瓦莱的帆船俱乐部、特雷维尼亚诺沿湖步道、海鸥酒吧、黑胡椒露天舞厅、白杨树公共沙滩浴场、山羊胡弯道，感谢湖岸和火车站之间的摆渡车与往返于维泰博和罗马提布尔迪纳站的火车，感谢星期一开放的市场和星期四关门的商店。我要感谢佩德罗·卡诺[1]和老城区、牧师会教堂和圣比亚乔教堂，感谢安杰拉·祖科尼[2]和以她的名字命名的图书馆。我要感谢布拉恰诺湖畔莫维达沙滩上的夏季派对和奥德斯卡奇古堡，感谢湖中那些我从未见过的鳗鱼和总是见到的天鹅，感谢通往马尔蒂尼亚诺湖畔的土坡、双湖马场和湖边所有我热爱的地方。我还要感谢鱼节和烟火表演，感谢炸鱼和观赏烟火的屋顶，感谢那个歪向一边的舞台上的舞蹈表演，感谢所有演出的歌手，尽管真正听他们唱歌

---

[1] Pedro Cano（1944—　），西班牙画家，曾住在安圭拉腊萨巴齐亚。
[2] Angela Zucconi（1914—2000），意大利作家、教育家、社会工作专家。

的人寥寥无几。我要感谢背叛过我的人、嘲笑过我的人、憎恨过我的人、理解过我的人和拥抱过我的人。我要感谢我的朋友们，她们活着，与我共同保护这段记忆。

我要感谢那些陪伴我，在幕后为这本书默默付出的人，那些无意出现却依然在这本书中现身的人，那些在文中被我有意或无意提及的人，那些读这本书时会感到愤怒的人。我要感谢劳拉·费达莱欧，她那些神奇的话语促使我开始了这本书的写作。

最后，我要告诉你们一些事实：

二〇一二年，费德里卡·曼贾佩洛成为一起女性谋杀案的受害者，她在万圣节当晚被自己的未婚夫溺死在布拉恰诺湖中，时年十六岁。

二〇一七年，教皇方济各关闭了梵蒂冈电台的大部分信号站，因为人们认为电波导致了周边地区儿童肿瘤和白血病病例的增加。

还是二〇一七年，联合国教科文组织在波兰克拉科夫第四十一届大会上，将奥里奥洛罗马诺的山毛榉林列入了世界遗产名录，但那里的盗猎行为至今依然猖獗。

二〇一九年，意大利明文禁止罗马市政能源与环境公司取用布拉恰诺湖的湖水。时至今日，安圭拉腊萨巴齐亚的引水管道仍时常被认定为危险管道，因为其中的砷含量高于国家标准的临界值。近年来，湖中出土了一些珍贵的考古文物，证明了这里曾经确实有别墅和房屋。

至于传说中码头下面的圣诞马槽,我从未亲眼见过,但我相信它的存在,相信它就在那里。这种信仰源自我的童年,至今仍未停歇。

图书在版编目（CIP）数据

湖水永远不会甜 /（意）茱莉亚·卡米尼托著；陈波译. -- 海口：南海出版公司，2025.3. -- ISBN 978-7-5735-1053-2

Ⅰ. I546.45

中国国家版本馆CIP数据核字第2024EQ2710号

著作权合同登记号　图字：30-2024-170

L'acqua del lago non è mai dolce, Giulia Caminito - © 2021
Giunti Editore S.p.A./Bompiani
This edition published in agreement with the Proprietor
through MalaTesta Literary Agency, Milan

湖水永远不会甜

〔意大利〕茱莉亚·卡米尼托 著
陈波 译

出　　版	南海出版公司　（0898）66568511	
	海口市海秀中路51号星华大厦五楼　邮编 570206	
发　　行	新经典发行有限公司	
	电话(010)68423599　邮箱 editor@readinglife.com	
经　　销	新华书店	
责任编辑	侯明明	
特邀编辑	刘书含　梅　清　吕宗蕾	
营销编辑	罗淋丹　李琼琼　杨美德　刘明辉	
装帧设计	张　卉	
内文制作	田小波	
印　　刷	河北鹏润印刷有限公司	
开　　本	850毫米×1168毫米　1/32	
印　　张	11.25	
字　　数	211千	
版　　次	2025年3月第1版	
印　　次	2025年4月第2次印刷	
书　　号	ISBN 978-7-5735-1053-2	
定　　价	59.00元	

版权所有，侵权必究
如有印装质量问题，请发邮件至 zhiliang@readinglife.com